# 漢語音韻引論

張光宇——著

五南圖書出版公司 印行

# 前言

這本書的目的是要讓讀者領略漢語音韻學的基本內容，以便未來能夠自己探索漢語語音發展史而寫的。這門學問已有悠久的發展過程，也累積了許多寶貴的經驗與教訓。作者希望能以最簡短、最直接的方式呈現其途徑，針對問題提出思辨。由於是作爲入門的講義，許多相關的課題只能輕輕點到，無法做詳細的交代。底下，我提出兩點建議。

一、背景知識　如果你是初學者，看完此書以後想進一步了解研究途徑。我建議你開始閱讀西方的歷史語言學，語音學，音系學。西方的歷史語言學研究已有兩百年的歷史，不但方法可供借鑑，成果也多有啓發。關於語音學，我們要多關注科學的語音學而不是分類的語音學—許多人以爲國際音標就是語音學，觀念太過落伍。音系學主要在探討音系規則，其遼闊視野可以豐富和刺激我們探索漢語語音規律。

二、古不輕今　由於學術分工的關係，許多傳統音韻學者不太碰觸漢語方言，以爲方言鄙俗而文獻清高—文獻是紀錄雅言的，方言怎能與雅言相提並論？其實，中西通達的學者早就提出「古不輕今，雅不輕俗」的見解。在這方面，我對年輕漢語音韻學者的建議是，多多涉獵漢語方言學，一方面了解漢語方言的差異，一方面透視古代雅言、通語和現代方言的關係；漢語方言是漢語發展史不可分割的一部分。

古代音韻學文獻對初學者來說有如霧裡看花、晦澀難懂，只有把它和自己的母語聯繫起來才能產生共鳴和親切感。在台灣，每個人都會說國語，所以學漢語音韻的起步是弄清楚古音和國語的關係。如果，你會說閩南話、客家話，那就不要暴殄天物，記得在學習漢語音韻學的每個環節嘗試用閩南話、客家話的發音去做比較。這種聯繫做多了，你的境界一定大大提高。

當一門學問能與現代人的口語對話的時候，即使古老也會展現年輕活力。當古今對應關係能夠用規律掌握的時候，這門學問就從傳統的飣餖之學跳脫出來走進現代意義的科學。

作者 2021/3/17

# 目錄

1

# 第一章

# 現代漢語音系

學習歐美語言，通常都要先學音標符號以便翻閱字典，元音幾個，輔音幾個都得掌握。元音系統和輔音系統就是它們音系的基本單位。我們學國語也要學注音符號，但是我們學的是聲母系統，韻母系統和聲調系統。輔音、元音和聲母、韻母的概念是不一樣的。這是因為，漢語是單音節語言（monosyllabic language），聲母和韻母的組配可以全數列出（例如國語有一千三百個不同的音節）；歐美語言，以英語為例，至今也數不清到底有多少個音節。我們很少問國語到底有幾個元音或幾個輔音，我們關心的是聲母有哪些，韻母有哪些。如果問語言學家，國語的聲母輔音有幾個？大家的答案還比較一致；如果問國語的元音到底有幾個？你聽到的答案人言言殊。進入正題以前，我們看一下相關的名稱問題。

漢語：中國是一個多民族組成的國家，舊稱漢、滿、蒙、回、藏五族共和，實際上包含五十六個民族。所以，我們所說漢語，指的是中國主體民族所說的語言，相關的學問如古代漢語，漢語音韻學，漢語方言學都是學界的通稱，指涉範圍明確。在台灣，學界一般都接受「漢語」這個名稱，但是一般人常用的是「中文」或「國語」。例如：你會說中文嗎？你會說國語嗎？大約沒有人會問：你會說漢語嗎？

國語：這個名稱實際上有兩個含意。一個是統治者的語言，例如北魏時期，鮮卑族（拓跋氏）貴族統治中國北方時，起初軍容號令都是用鮮卑語，到了魏孝文帝遷都洛陽以後禁止使用鮮卑語，只許用漢語。實際的情況是雙語教學，做官的漢人必須兼通鮮卑語，鮮卑人必須兼通漢語。《隋書．經籍志》云：「後魏初定中原，軍容號令，皆以夷語。後雜華俗，多不能通，故錄其本言，相傳教習，謂之國語」。[1] 另外一個含意是國家的代表語言（national language）。這個名稱較早是 1909 年（宣統元年）由江謙在清政府資政院會議上提出的，中華民國成立之後採納這個名稱，並隨政府播遷帶來台灣，沿用至今。

官話：這個名稱源於明朝初年，意思是官員所說的話。其背景因素是洪武大帝朱元璋對官員並不信賴，爲了防範各地官員坐地爲王，尾大不掉，官員、軍士都派駐他鄉；南方人被派到北方，北方人任職於南方。[2] 他們都必須學會官話以便上任，其內容可能是當時的南京話—關於這個問題，請看第五章。明朝末年以來，西方的傳教士紛紛前來中國傳教，他們就用 Mandarin 翻譯「官話」。這個英文字是梵語 mantrin（資政、顧問）與葡萄牙語 mandar（統治、管轄）兩字拼合而成，所以 mandarin 的原意是領導（leader）、老闆（boss）。[3]

北京話：清末洋務運動聲中，維新派的人物吳汝綸從日本考察回來，1902 年建議學習日本（以東京音爲國語），推廣北京語音作爲國語的標準音。吳的建議（加上江謙的努力）後來成爲民國政府的方針，但有兩個插曲。首先是洋務運動的代表人物如張之洞等不同意改用「國語」這個新名稱，仍堅持用「官話」的舊名稱；民國初年的讀音統一會上，南方代表不同意北京音作爲國語的標準音，相持不下，最後只好投票表決，北京音勝出—國語注音符號多設計出三個「蘇音」符號，應是南方代表力爭的妥協方案。北京話最後勝出，其實與它的包容性有關，除了延續遼金元北京（大河北）方言的語音習慣之外，前後受過中原官話（開封）與江淮官話（南京）讀書音的影響，這樣的包容性使它具備共同語（koine）的架勢。

普通話：中共建政以後，經過長期的辯論，最後在 1955 年裁定用「普通話」的名稱取代國民政府時代的「國語」。普通話（the common language）的意思是普羅大眾（proletariat 無產階級）的語言，新政府用這個名稱取代舊社會資產階級的「國語」，代表新氣象。「普通話」的定義是：普通百姓的語言，以北方方言爲基礎，以北京音系爲發音標準。按照這個定義，「普通話」和「國語」並沒有實質的差別。[4] 現在看來，個別字的發音在台灣和中國大陸容或有所不同，但是語音系統相當一致。

# 第一節　國語注音符號

現行國語「注音符號」是民國十九年（1930）由當時的行政院統一定稱的，總數是四十個。這個符號原來叫做「國音字母」，總數只有三十九個，後來增加了一個（ㄜ）。[5] 這個符號系統主要是根據漢字形體加以簡化而成，在當時可謂匠心獨運，創意十足，迥異於西方的拉丁字母，頗具中國特色；它的神髓在於能體現漢語的單音節性，重點是分析聲母和韻母的類別。其目的是爲了因應國語統一運動的需要，這種以教學目的（pedagogical purpose）爲著眼的符號設計比起傳統的注音方法（反切）可謂大躍進，其進步意義不可以道里計。

注音符號總共有四十個，包括二十四個聲符和十六個韻符，首先施教的對象是各地師範學校，然後透過師範畢業生把注音符號教給全國的小朋友。台灣兒童入學讀書首先學的就是這套國語注音符號，識字量不多的低年級小朋友之間往往可以用注音符號傳情達意，寫出完整的句子。台灣推行的國語注音符號是：

| | | |
|---|---|---|
| 聲符 | ㄅ ㄆ ㄇ ㄈ | [p ph m f] |
| | ㄉ ㄊ ㄋ ㄌ | [t th n l] |
| | ㄍ ㄎ ㄏ | [k kh x] |
| | ㄐ ㄑ ㄒ | [tç tçh ç] |
| | ㄓ ㄔ ㄕ ㄖ | [tʂ tʂh ʂ ʐ] |
| | ㄗ ㄘ ㄙ | [ts tsh s] |
| 韻符 | ㄚ ㄛ ㄜ ㄝ | [a o ɤ ɛ] |
| | ㄞ ㄟ ㄠ ㄡ | [ai ei au ou] |
| | ㄢ ㄣ ㄤ ㄥ ㄦ | [an ən aŋ əŋ ɚ] |
| | ㄧ ㄨ ㄩ | [i u y] |

注音符號四十個，實際教學只用到其中的三十七個。這是因爲國

語統一委員會開會之時，採票決制，大約當時江蘇省的委員代表聲量比較大，委員們只好勉爲其難把他們的意見納入考慮。多出來的三個符號（万、兀、广）代表 [v、ŋ、ȵ] 三音，委員會公布之時特別標明爲「蘇音」。

聲調符號的寫法是：一聲一（不標），二聲 ˊ，三聲 ˇ，四聲 ˋ，輕聲 ˙。一二三四聲的說法是教學上用的，國語統一委員會定的名稱是：陰平、陽平、上聲、去聲。

在設計上，韻符還有一個沒有列在上面，因爲實際上省略不用。這個符號就是「帀」，原來應該出現在ㄓ、ㄔ、ㄕ、ㄖ和ㄗ、ㄘ、ㄙ後面，實際上備而不用；「知」只寫作ㄓ，而「私」只寫作ㄙ。這個符號傳統上也有人稱之爲「空韻」，現代的名稱叫做舌尖元音（apical vowel），其發音 [ï] 可以視爲ㄓ、ㄙ的延長部分，因此實際上有兩個音值 [ɿ、ʅ]。

## 第二節　國語音系

如同英語以倫敦方言爲標準，法語以巴黎方言爲標準一樣，民國元年的讀音統一會決定採用古都北平的音系作國語推廣的標準。台灣在 1945 年後開始用這套注音符號做國語教學的輔助工具，中國大陸則在 1957 年頒布漢語拼音方案，雖然兩地在個別字音的讀法上有所不同，但是就語音系統來說，其根據都以北京音系爲標準。現代北京音系的聲韻調內容如下：[6]

一、聲母（22）

| | | | | |
|---|---|---|---|---|
| p 八步別 | ph 怕盤扑 | m 門謀木 | f 飛付浮 | |
| t 低大奪 | th 太同突 | n 南牛怒 | | l 來呂路 |
| ts 資走坐 | tsh 慈蠶存 | | s 絲散送 | |

| | | | |
|---|---|---|---|
| tʂ 之照渣 | tʂh 茶產純 | ʂ 詩手生 | ʐ 日銳榮 |
| tɕ 及結淨 | tɕh 齊求輕 | ɕ 西袖型 | |
| k 哥甘共 | kh 枯開狂 | x 海韓很 | |
| ø 安言望雲 | | | |

二、韻母（39）

| | | | |
|---|---|---|---|
| ɿ 資此絲 | i 必第七義 | u 步母逐出 | y 女綠橘育 |
| ʅ 知吃詩日 | | | |
| ɚ 爾二 | | | |
| a 八打渣法 | ia 家佳蝦壓 | ua 瓜刷抓畫 | |
| | ie 爹界別葉 | | ye 月略薛卻 |
| ɤ 歌德社和 | | | |
| o 波魄抹博 | | uo 多果若握 | |
| ai 該太白賣 | iai 崖 | uai 怪壞率外 | |
| ei 杯飛黑賊 | | uei 對歲會位 | |
| au 包高帽韶 | iau 標調焦要 | | |
| ou 頭洲口肉 | iou 牛邱九六 | | |
| an 般單甘案 | iɛn 邊點簡燕 | uan 短川關晚 | yan 娟全淵 |
| ən 本分陳恨 | in 林金心音 | uən 敦寸婚問 | yn 均循運 |
| aŋ 當方港航 | iaŋ 娘將向陽 | uaŋ 裝床荒王 | |
| əŋ 彭登能更 | iŋ 兵丁經姓 | uəŋ 翁 | |
| | iuŋ 洶湧瓊炯 | uŋ 東隆榮工 | |

三、聲調（4）

| | | | |
|---|---|---|---|
| 陰平 | ꜀□ | 55 | 包天方蘇 |
| 陽平 | ꜁□ | 35 | 國門白石 |
| 上聲 | ꜂□ | 214 | 短每有筆 |
| 去聲 | □꜄ | 51 | 道路畢業 |

這套系統（聲調除外）是語言學家用國際音標描寫的北京音系，如果拿注音符號一一比對，人們很快就可以發現有些出入，也不免會有一些疑問。在解釋疑惑之前，首先應該看到的是兩者的共同點：注音符號的聲符是代表聲母的，而韻符是用來拼韻母的。爲什麼前後兩種寫法儘管形式不同，卻都如出一轍？簡單說，那是音節音系學的特色決定的。

## 第三節　音節結構

在漢語社團裡，普通百姓只要略識之無，大概都會用「一字一音」來表達他們對中國語言特點的印象。人們把一個音節當作一個音，雖然不免粗略卻很傳神，那是長期以來漢字文化形塑而成的印象：每個漢字都是表意的最小單位（morpheme），同時也都只涵蓋一個音節（syllable）。在音節概念還沒引進的年代，百姓只有字音的籠統概念，不可能有完整的音節分析的概念。

底下，我們從國語音系出發談音節結構的概念，後面再來看漢語方言的情況。如上一節的國語音系所示，一個音節由聲母、韻母和聲調三個成分組成。

聲調（tone）代表音高。在五度制裡，國語的陰平是高平調（55），陽平是高升調（35），上聲是降升調（214），去聲是高降調（51）。這種聲調的高低升降寫法不在國際音標的符號系統裏頭，而是因應漢語聲調描寫的設計，語言學家把它叫做上加成分（suprasegmental），也就是橫跨在音段（segment）之上的語音成分。除去聲調，其餘部分都是分立的單位，叫做成段的（segmental）語音單位。

聲母（initial）是音節起首的輔音。國語聲母輔音如依發音部位分，可分爲如下幾類：a) 唇音—含雙唇音 [p ph m] 和唇齒音 [f]；b)

舌尖音 [t th n l]；c) 舌尖前音 [ts tsh s]；d) 捲舌音 [tʂ tʂh ʂ ʐ]；e) 舌面音 [tɕ tɕh ɕ]；f) 舌根音 [k kh x]。音節起首地方沒有輔音而以元音開頭的叫零聲母，其寫法如數學使用的空集合符號作 [ø]。附此一提：捲舌音（retroflex）是傳統的說法，正確的描寫應是舌尖後音（post-alveolar）。印度話裡的捲舌音是眞正把舌頭捲起，國語的舌尖後音只把舌尖放在牙齦後並無捲舌。

如依發音方法分，可以分爲：a) 塞音 [p ph t th k kh]；b) 塞擦音 [ts tsh tɕ tɕh tʂ tʂh]；c) 擦音 [f s ʂ ʐ ɕ x]；d) 鼻音 [m n]；e) 邊音 [l]。塞音和塞擦音系列在發音方法上還有送氣不送氣之分，不送氣的是 [p t k ts tʂ tɕ]，送氣的是 [ph th kh tsh tʂh tɕh]。送氣成分的寫法，還有兩種：一種是用特殊的逗點如 [p‘ t‘ k‘ ts‘ tʂ‘ tɕ‘]，另外一種是用上抬的小 [h] 標示如 [pʰ tʰ kʰ tsʰ tʂʰ tɕʰ]。

韻母（final）是除去聲母的其餘部分。其結構成分是介音、主要元音和韻尾。主要元音是音節裡最響亮、最顯著（prominent）的發音，在它前面出現的是介音，在它後面出現的是韻尾。

介音（medial）：國語音系的介音是 [i u y] 三個。

主要元音（main vowel）：國語音系的主要元音有 [ʅ ɿ a o ɤ ɛ ɚ i u y] 十個。[ə] 與 [ɤ] 視爲一個，寫作 [ɤ] 或 [ə] 隨人而異。在鼻音前，一般的習慣寫作 [ə]。

韻尾（final ending）：國語音系的韻尾可分元音韻尾和輔音韻尾兩類。元音韻尾是 [i u] 兩個，如 ai、au；輔音韻尾有 [n ŋ] 兩個，如 an、aŋ。

高元音作爲介音和韻尾都是滑音（glide）性質，所占發音時間都比較短。音韻學界就依它們在主要元音的前後分別稱爲前滑（on-glide）與後滑（off-glide）。

在漢語音韻學的傳統裡，也有人把介音叫做韻頭，主要元音叫韻腹，以便和韻尾的叫法相呼應。此外，還有一種習慣把整個音節用人體做比喻，因此而有頭（聲母）、頸（介音）、腹（主要元音）、尾（韻尾）、神（聲調）的說法。底下列表把不同的名稱做個概括：[7]

音節結構名稱

| 聲母 | 介音 | 主要元音 | 韻尾 | 聲調 |
| --- | --- | --- | --- | --- |
| 頭 | 頸 | 腹 | 尾 | 神 |
| | 韻頭 | 韻腹 | 韻尾 | |

總起來說，每個音節必有一個主要元音（韻腹），最長的音節至多只有四個音段，每個音節都有一定的聲調。

有了音節結構的概念，自然可以避免混淆不清的情況。如上所見，同一個高元音在音節結構裡出現在三個地方，有時充當介音，有時充當主要元音，有時充當韻尾。寫法上，學界用下列辦法標示它們在音節結構的角色：介音 -i-、-u-、-y-，韻尾 -i、-u。

韻母（final）和韻（rhyme）兩個概念不完全相同。所謂韻是可以押韻的韻，只要主要元音相同和韻尾相同就可以說是同韻，不管介音是否相同；an（安）、iɛn（淹）、uan（灣）、yan（淵）在詩文押韻裡可以相押，但是在音節結構裡屬於不同的韻母。

韻母分析裡還可以就韻母的組成方式分爲單韻母和複韻母兩類。所謂單韻母是說由單一元音構成的韻母，也就是上面所列的充當主要元音的那十個——[ʅ ʅ a o ɤ ɛ ɚ i u y]；所謂複韻母又稱結合韻母，指的是在主要元音之外前有介音或後有韻尾的韻母，例如：ia、yɛ、ai、an、iai。這樣的分類平常似乎沒有什麼必要，但是在語音變化上很有意義。高元音一方面可以充當主要元音，另一方面又可以充當介音，這兩個角色常在語音演變上起不同的作用。例如國語的「蘇」和「酸」念 [su] 和 [suan]，但是在北京附近的河北昌黎縣變成 [ʂu] 和 [suan]，前者變了，後者不變。如果問爲什麼？一個不言自明的道理就是：單韻裡的後高元音使舌尖前音變成舌尖後音（捲舌音），複韻裡的後高元音不然。在中國大地上，類似的情況並不鮮見，後高元音 [u] 如此，前高元音 [i y] 也是這樣；雖然，在大多數的漢語方言裡，高元音不管是作爲主要元音還是作爲介音，其作用往往是一致的。

傳統上，韻母系統根據介音情況分爲開口呼（open-mouth finals）、齊齒呼（even-teeth finals）、合口呼（closed-mouth finals）、撮口呼（puckered-mouth finals），簡稱爲「開、齊、合、撮」四呼。我們在上一節所列韻母系統就是按四呼排列的。這四呼是怎麼發現的呢？從邏輯上說，應該是古代學者發覺單韻裡的高元音也可以出現在韻腹之前，於是描摹發音狀態把伊音 [i] 叫做齊齒，烏音 [u] 叫做合口，魚音 [y] 叫做撮口；齊齒是上下排牙齒併齊發音，撮口發音則唇部前凸。爲了方便稱述，我們略仿古人又照顧國語音系，把三種介音分別稱爲伊介音，烏介音、魚介音。這樣，四呼的定義可以說清楚：

開口呼是沒有介音的韻母；
齊齒呼是帶伊介音的韻母；
合口呼是帶烏介音的韻母；
撮口呼是帶魚介音的韻母。

從音系學來說，我們可以把單韻裡的高元音視爲具有同部位介音的韻母，也就是把 [i] 分析爲 [ii]，[u] 分析爲 [uu]，[y] 分析爲 [yy]。[8] 這種分析的語音根據是，單韻裡的高元音所佔時間長度如同複韻一[i] 和 [ian] 在音節裡時間長度一樣。如此分析，那麼單韻的高元音不是沒有介音，而是與主要元音相同但略而不書。總而言之，四呼是以介音爲根據的韻母系統分類。這種分析的音系學方面的考慮，後文第七節〈生成音系學〉舉例說明。

最後一個分類是洪音與細音。所謂細音指的是前高元音 [i、y]，洪音包括所有其它元音。細音的「細」指的是氣流通道最爲狹窄—可以比喻做麻六甲海峽或蘇伊士運河，氣流經過這個地方雖然還是通暢的，但是比起其它元音，其通道相形狹窄。有了洪細分野，我們可以用來概括四呼：

洪音：開口呼、合口呼；

細音：齊齒呼、撮口呼。

西方的語音學研究裡，也有人用氣流外出通道的寬窄來描寫發音的差異。例如齒間擦音 [θ] 是寬道（wide channel），而舌尖前和舌葉音 [s、ʃ] 是窄道（narrow channel）。[9] 指稱對象雖然不同，但是對漢語洪細的定義不無啓發。

## 第四節　音標符號與實際發音

語音具有無限變量（infinite variability），這是科學的語音學家早就建立的基本信念。實驗語音學家說，英語的音系單位 /s/ 在常人的耳裡聽起來似乎都是相同的一個發音，實際上，在實驗儀器的分析裡，它含有一百多個不同的變體。[10] 音標符號的設計是 1830 年前後開始的，但是不久之後，語言學家就提出警告不要陷入音標符號的迷思。1852 年，凱伊（T.H. Key）說：「有些語言學家彷彿迷途羔羊，只一味看音標符號而不大留心語音本身。」在這方面，只要進行一個小實驗就不難明白。例如連續發 [ki]、[ke]、[ku]、[ko]、[kɑ] 五個音節，人們就可以體會其中的舌根塞音是隨元音的部位而不同的，雖然寫法上用的是同一個符號。爲什麼明明不同但是可以用同一個音標符號去代表呢？這是因爲人們在心理上覺得它們是同一個。國際語音學會在繪製元音發音部位的時候，也多少根據心理距離把元音分爲高低前後放進上寬下窄的四角形；如按眞正的發音部位繪製，所得結果絕非那麼方正整齊。

有了這樣的了解，我們在乎的不是所有的語音細節（phonetic detail），而是跟語音系統分析有關的語音細節。國語注音符號既然是以北平音系爲根據而研製出來的一套符號系統，照理改用國際音標去描寫，結果應該是一樣的。但是，如果一對一地加以比對，其間還是有所出入，初學者不免多少感到困惑。底下分幾點來說。

a) 零聲母（zero initial）：注音符號系統沒有零聲母，爲什麼在國際音標的描寫系統裡有？這個問題可分兩方面來說。第一，零聲母在國語並非沒有輔音成分；高元音前常帶有輕微的摩擦成分，開口呼的音節以純元音起頭或帶喉塞音。如果字音一個一個慢慢念，那麼四呼的開頭都有喉塞音成分。爲什麼國語「發難」fa nan 跟「翻案」fan an 不會混淆？語音上，那是因爲後者實際念的音是 fan ʔan。第二，國語讀零聲母的地方，漢語方言或者讀濁喉擦音，或者讀舌根鼻音。例如「愛」字，國語讀零聲母 [ai]，山西太原讀 [ɣai]，湖北武漢讀 [ŋai]。零聲母的名稱一方面便於稱述，另一方面便於在方言之間做語音比較的說明。

b) ㄢ韻系：注音符號的ㄢ、ㄧㄢ、ㄨㄢ、ㄩㄢ如按國際音標書寫，應該寫爲 [an]、[ian]、[uan]、[yan]。但是在上一節國語音系裡，我們看到齊齒呼的寫法作 [iɛn]，而不是 [ian]。這就是音系寫法與實際發音權衡的差異；就音系寫法來說，注音符號及其國際音標轉寫是比較好的，只要說明ㄢ韻系主要元音 [a] 在齊齒呼的情況下讀爲較高的 [ɛ] 就可以了。在台灣，ㄢ韻系裡的齊齒呼、撮口呼念 [iɛn]、[yɛn]，可以跟開口呼、合口呼的 [an]、[uan] 押韻。音系的寫法用雙斜線 // 標示，那麼在台灣所聽聞的音系規則可以寫作：/an、ian、uan、yan/ > [an、iɛn、uan、yɛn]，左邊代表音系寫法，右邊代表實際發音。簡單一點，可以歸納爲：/an/ 在前高元音後變 [ɛn]。音系學家還可以用種種辦法來呈現這條規律，這裡就不說了。

c) ㄣ韻系：注音符號的ㄣ、ㄧㄣ、ㄨㄣ、ㄩㄣ如果一對一轉寫爲國際音標，其寫法應該是：[ən、iən、uən、yən]，但是在上一節國語音系的寫法裡作 [ən、in、uən、yn]。如果問「恩、音、溫、暈」四個字能不能押韻？說國語的人會憑直覺（intuition）答說可以。所謂直覺就是心理實際（psychological reality），換言之，儘管表面不同，但在人們心中視爲同一類。至於在語音系統裡如何呈現，每個語言學家可以就目的去決定。如同我們在ㄢ韻系所見的情況一樣，ㄣ韻系裡發生變化的地方也是在齊齒呼和撮口呼兩類韻母上，也就是說，如果注音符號的寫法及其國際音標的轉寫代表的是系統代號，那麼我們只要說明在實際發音裡，央元音在齊齒呼和撮口呼裡一般不發出來，用規律呈現就是：/iən、yən/ > [in、yn]。

d) ㄥ韻系：注音符號裡的ㄥ、ㄧㄥ、ㄨㄥ、ㄩㄥ如果一對一轉寫爲國際音標應作 [əŋ、iəŋ、uəŋ、yəŋ] 四個，實際上在上一節國語音系的描寫裡共寫成五個：[əŋ、iəŋ、uəŋ、uŋ、iuŋ]，其中的差異可分幾方面來說。第一，ㄧㄥ韻的實際讀法在北京比較近乎 [iəŋ]，系統上寫作 /iŋ/ 可與 /in/ 相呼應。第二，ㄨㄥ的實際發音有 [uəŋ] 和 [uŋ] 兩個，前者出現在零聲母的情況下如「翁」，後者出現在其他聲母後如「東、宮」；注音符號頒布的時候雖然只用ㄨㄥ去代表，但是附加說明實際上代表兩個不同的韻母。第三，ㄩㄥ的問題比較複雜，寫作 [yəŋ] 表示它是撮口呼，寫作 [iuŋ] 身份變爲齊齒呼；到底應該用什麼系統寫法比較好？端看分析目的而定。

ㄣ韻系和ㄥ韻系在國語注音符號的寫法呈平行狀態，都有開齊合撮四呼，就音系學研究的目的來說，應該把ㄣ韻系寫作 /ən、iən、uən、yən/，把ㄥ韻系寫作 /əŋ、iəŋ、uəŋ、yəŋ/。這種寫法的好處有兩個，對外而言便於方言比較，對內而言便於說明共時音系學的音系過程（phonological process）如兒化問題。底下先看ㄣ韻系。

國語的ㄣ韻系在大華北方言裡常有鼻化現象發生，也有不少方言變成ㄟ韻系。例如：

| ㄣ韻 系 | 開口呼 | 齊齒呼 | 合口呼 | 撮口呼 |
|---|---|---|---|---|
| 例 字 | 本 | 民 | 困 | 旬 |
| 國 語 | ꜂pən | ꜁miən | khuən꜄ | ꜁ɕyən |
| 山東濟南 | ꜂pẽ | ꜁miẽ | khuẽ꜄ | ꜁ɕyẽ |
| 山東曲阜 | ꜂pə̃ | ꜁miə̃ | khuə̃꜄ | ꜁ɕyə̃ |
| 山西永濟 | ꜂pei | ꜁miei | khuei꜄ | ꜁ɕyei |

這個比較顯示得很清楚：國語的ㄣ韻系在山東、山西等官話方言原來都應有一個央元音作為音節核心，否則無法變化出現代所見的形式；國語音系原來也是這樣，只是在前高元音的影響下元音消失了，成為齊齒呼和撮口呼今日所見。

兒化韻是北京話的特色，國語統一運動是否要把它作為標準語推廣出去，學界爭論不休。底下的分析仍以注音符號為根據。

| ㄣ韻系 | ㄥ韻系 |
|---|---|
| 恩 ən+r > əɹ | 燈 əŋ+r > ə̃ɹ |
| 因 iən+r > iəɹ | 影 iəŋ+r > iə̃ɹ |
| 溫 uən+r > uəɹ | 甕 uəŋ+r > uə̃ɹ |
| 暈 yən+r > yəɹ | 熊 yəŋ+r > yə̃ɹ |

這個比較顯示：舌尖鼻音尾在兒化時消失，舌根鼻音尾則以鼻化成分反映在主要元音上。其原因是，舌尖鼻尾發音部位偏前，但是兒化的發音要求舌體向後，在快速發音的情況下舌尖鼻音隱沒不彰，

終於消失；舌根鼻音尾發音部位偏後，就舌體運動來說與兒化並不衝突，在快速發音時只是部位模糊而代之以鼻化。語音學研究指出，舌根鼻音常與鼻化交替，這就解釋了爲什麼鼻化現象也同樣出現在ㄤ韻系（aŋ、iaŋ、uaŋ）的兒化，但不出現在ㄢ韻系（an、ian、uan、yan）的兒化。回到韻系寫法問題，如「影、熊」所示，主要元音是在兒化前就已存在的音節成分，不是兒化後才浮現的—兒化會給音節帶來央元音，如姨兒（i+r > iəɹ），但不會帶來鼻化央元音。

也有人在本音爲 /uŋ、iuŋ/ 的基礎上兒化，其規律是：uŋ+r > õɹ，iuŋ+r > iõɹ，主要元音在兒化的時候念得稍低。[11]

有首兒童歌謠唱道：小蜜蜂 [fəŋ]，嗡嗡嗡 [uəŋ]，一天到晚忙做工 [kuŋ]。這裡的押韻應該視爲天籟，儘管語言學家把 [uəŋ] 和 [uŋ] 分開處理，但是無法否認它們彼此可以押韻的百姓認知。

e) ㄚㄞㄠㄢㄤ主要元音的讀法：這幾個韻符裡的主要元音略有不同，實際發音有偏前偏後與居中的差異，如下：

主要元音偏前——ㄞ、ㄢ讀 [ai、an]；
發音部位居中——單韻的ㄚ讀 [ᴀ]；
主要元音偏後——ㄠ、ㄤ讀 [ɑu、ɑŋ]。

也就是說，音系裡的同一個單位 /a/ 在不同的環境下發音不同。韻尾發音部位爲前（-i、-n），那麼ㄚ音偏前；韻尾發音部位偏後（-u、-ŋ），那麼ㄚ音偏後；韻尾爲零（-ø），那麼ㄚ音居中。這種共時音系學（synchronic phonology）的分析，看起來稀鬆平常，許多人難免覺得沒什麼，因爲其結果是可以預測的（predictable），實際上，在歷時音系學（diachronic phonology）的探討裡，這樣的分析具有重大的啓發，其意義是：在歷史音變上，決定主要元音變化最重要的因素是韻尾性質。

f) ㄛㄜㄡㄝㄟㄦ的讀法：這幾個韻符的共同點在同具中元音。

ㄛ是一個後圓唇中元音，只出現在唇音聲母與合口介音之後。注音符號所寫ㄅㄛ、ㄆㄛ、ㄇㄛ、ㄈㄛ，用國際音標改寫應作 [po、pho、mo、fo]，如果是這樣寫，那麼單韻的ㄛ是個開口呼。但是，在實際發音裡，元音前面都有一個烏介音：[puo、phuo、muo、fuo]，如同一個合口呼。換言之，唇音聲母後的 [o] 在系統上歸在開口呼，在實際發音上歸在合口呼。其他聲母後的 [o] 都只在合口呼 [uo] 韻裡出現，如；[tuo、nuo、luo、tsuo、tʂuo、kuo、uo]。

ㄡ的國際音標寫法是 [ou]—「斗六」寫作 [ ᶜtou liouᵓ ]。總起來說，後中元音 [o] 在國語從不單獨出現，如果出現，不是唇音聲母在前，就是圓唇的元音或前或後相隨。

ㄜ韻的國際音標是 [ɤ]，只用在單韻，同時就出現環境來說，只不在唇音聲母後出現—[tɤ、nɤ、lɤ、tsɤ、ʂɤ、kɤ、ɤ]；但是國語沒有 [pɤ、phɤ、mɤ、fɤ]。語音上，[ɤ]、[o] 的不同在前者爲展唇、後者爲圓唇。起初，國語統一委員會在設計注音字母的時候，這兩韻並無區別，只寫一個形式，現在看來，那種考慮是因爲想節省符號，著眼點就在他們出現的環境互補。後來分開寫，著眼於實際發音，目的在便於教學，不勞辭費。

ㄝ韻的音標寫法是 [ɛ]，作爲單韻只見於「誒」[ɛ]。這個字用作嘆詞，含意隨聲調而不同。如果念第一聲，表示招呼，如「誒，你快來！」；念第二聲，表示詫異，如「誒，他怎麼走了！」；念第三聲，表示不以爲然，如「誒，你這話可不對呀！」；念第四聲，表示答應或同意，如「誒，就這麼辦！」。除了第一聲之外，其他三聲的說法都可以用 [ei] 的形式表達。[12]

ㄝ的元音在ㄧㄝ、ㄩㄝ的韻母裡念得較低—[iɛ、yɛ]，ㄟ的音標寫法是 [ei]，主要元音稍高。如同後中元音一樣，前中元音很少作爲單韻出現，前後常伴隨一個前高元音。

ㄦ是個捲舌元音寫作 [ɚ]，發音時舌尖由前向後逐漸加深捲舌。這個韻母最特別的地方是只能單獨出現，前面不能有聲母，後面不能有韻尾。北京話的兒化韻就是把這個捲舌元音加在其它音節後面，了解其發音狀態以後，就不難明白爲什麼兒化韻會使前一個音節的主要元音後化，同時也明白爲什麼部位偏前的韻尾（-i、-n）會消失。

g) 舌尖元音：注音符號ㄓㄔㄕㄖ、ㄗㄘㄙ可以單獨使用來注「知吃施日、資雌斯」之類的音節，好像這一類字是沒有元音似的。其實，注音符號也有爲它們的元音設計出一個符號，只是不予推廣使用。國際音標上，捲舌聲母後的主要元音是 [ʅ]，舌尖前音聲母後的主要元音是 [ɿ]──「知」的寫法是 [ ˋtʂʅ]，「資」的寫法是 [ ˋtsɿ]。如果後面有別的元音，那麼習慣上省略不寫，如「戰」寫作 [tʂan˒ ]，「鑽」寫作 [ ˋtsuan]。這兩個舌尖元音的發音就是ㄓㄔㄕㄖ和ㄗㄘㄙ的延長，在聲學圖上，其部位在元音 [i][e] 之間而偏後。在台灣，閩南人常把「老師」[ʂʅ] 說成「老蘇」[su]，「資~格」[tsɿ] 說成「租~格」[tsu]，也就是用後高元音替代舌尖元音，說明舌尖元音偏後的性質。

h) ㄧㄡ、ㄨㄟ、ㄨㄣ的發音：這三個韻母在國語音系的寫法裡寫作 [iou、uei、uən]，但在實際上常因聲調的不同而稍異；在第一聲和第二聲時，主要元音傾向弱化，在第三聲和第四聲時主要元音比較明顯。這一點，讀者自己可以驗證看看是否如此，例如讀「優游有佑，威爲尾味，溫文穩問」。這個現象提醒我們：在語音變化上，聲調也可能對元音的發音產生影響。

此外，還有許多語音細節無法詳盡敘述。只要記得同一個音出現在不同的環境就有可能稍微不同這個原則就容易了解。因爲：音節成分之間恆常處於互動狀態（interaction），彼此互相制約。

# 第五節　閩客方言的語音系統

閩南話在台灣分為泉州話與漳州話兩系，前者分布在台北萬華、新竹市、彰化鹿港，後者主要分布在台南、宜蘭。客家話在台灣也分為四縣話與海陸話兩系，前者主要分布在苗栗，後者主要分布在新竹縣。所謂四縣指的是移民故鄉的廣東梅縣、五華、興寧、蕉嶺，而海陸指的是廣東海豐、陸豐兩地。由於廈門話兼具泉、漳兩系的特色，形成所謂不漳不泉、亦漳亦泉的方言，討論閩南方言可以從廈門話做起點。四縣話與海陸話雖然腔調不同，音系內容也有不少差異，但彼此溝通並無障礙，因為這樣，我們討論客家方言可以用梅縣做代表。[13]

## 閩南話：廈門語音系統

一、聲母（17）

| | | | | | |
|---|---|---|---|---|---|
| p 布筆放 | ph 皮簿芳 | b 文蚊侮 | m 門名罵 | | |
| t 刀同除 | th 鐵糖蟲 | | n 軟讓卵 | | l 冷粒賴 |
| ts 早尖裝 | tsh 粗淺市 | | | s 是傘常 | |
| k 高懸缸 | kh 開看空 | g 牛銀我 | ŋ 硬雅傲 | h 發蟻雲 | |
| ø 藥歐活 | | | | | |

二、韻母（80）

| | | |
|---|---|---|
| | i 米池美二 | u 邱有居呂 |
| a 教飽痲早 | ia 騎車姐寫 | ua 我紙蛇蔡 |
| e 迷茶地爬 | | ue 杯買初罪 |
| ɔ 布初苦模 | | |
| o 高多婆刀 | io 茄僑笑招 | |
| ai 利排犀屎 | | uai 怪懷 |
| | | ui 鬼水肥對 |

| | | |
|---|---|---|
| au 包草劉晝 | iau 夭標條療 | |
| | iu 周友酒修 | |
| ã 三擔敢餡 | iã 驚行燃兄 | uã 碗寒官趕 |
| ẽ 嬰 | | |
| ɔ̃ 模奴 | | |
| | ĩ 天青錢燕 | |
| aĩ 買耐艾 | | uaĩ 關懸橫 |
| | | uĩ 梅 |
| aũ 茅鬧 | iaũ 描鳥 | |
| | iũ 楊香長腔 | |
| am 南感監甘 | iam 點鹽欠鹹 | |
| | im 臨金音深 | |
| an 限難產眼 | iɛn 免聯言研 | uan 反團慣灣 |
| | in 因民緊珍 | un 本銀分忍 |
| aŋ 東紅蟲鬆 | iaŋ 雙響涼 | |
| | ɪŋ 間經朋弓 | |
| ɔŋ 風孔聰宗 | iɔŋ 良用恭雄 | |
| ap 答十鴿合 | iap 接業涉協 | |
| | ip 立及入習 | |
| at 八達實密 | iɛt 別結舌悅 | uat 法說挖奪 |
| | it 必一實乞 | ut 不出骨物 |
| ak 北六學殼 | iak 鑠 | |
| | ɪk 益或脈伯 | |
| ɔk 北作各沃 | iɔk 六玉雀藥 | |
| aʔ 百鴨合 | iaʔ 壁拆錫隻 | uaʔ 活潑割 |
| eʔ 冊伯隔 | | |

ɔʔ □

oʔ 學各桌落　ioʔ 借藥惜席

iʔ 舌接　uʔ 托

uiʔ 挖拔

auʔ 雹落　iauʔ □

iuʔ □

ãʔ 趿　iãʔ 嚇

ẽʔ 脈　uẽʔ 夾

ɔ̃ʔ 膜

ĩʔ 物

aũ □　iaũʔ □

m̩ 梅茅　ŋ̍ 當長酸　m̩ʔ 默　ŋ̍ʔ □

（其中六個韻母空白，即所謂有音無字的口語講法）

三、聲調（7）

| | | | |
|---|---|---|---|
| 陰平 | ꜀□ | 55 | 天高飛師 |
| 陽平 | ꜁□ | 24 | 黃銅湖門 |
| 上聲 | ꜂□ | 51 | 古早好暖 |
| 陰去 | □꜄ | 11 | 太歲貴去 |
| 陽去 | □꜅ | 33 | 動舊部度 |
| 陰入 | □꜆ | 32 | 角鐵色筆 |
| 陽入 | □꜇ | 5 | 日綠實別 |

## 客家話：梅縣音系

一、聲母（18）

p 斑比八　ph 簿匹別　m 門尾網　f 花苦灰　v 文王爲

t 多跌知　th 大蹄毯　n 南糯泥　l 來梁力

ts 資莊章　tsh 粗深鄭　s 蘇新沙

ȵ 人銀軟

k 哥高見 kh 共狂跪 ŋ 牙瓦我 h 海限害

ø 安愛夜

二、韻母（76）

| | | |
|---|---|---|
| ɿ 子姿世梳 | i 每居其李 | u 布肚魯古 |
| a 架話煞車 | ia 姐夜寫斜 | ua 瓜跨 |
| ɛ 雞街細 | iɛ □ | uɛ □ |
| ɔ 婆多坐貨 | iɔ 茄靴瘸 | uɔ 果鍋過 |
| ai 鞋蹄賴蔡 | iai 解界 | uai 乖快歪 |
| ɔi 台菜愛開 | | |
| | iui 銳 | ui 內對鬼跪 |
| au 包飽交教 | iau 標調笑繳 | |
| ɛu 某瘦頭狗 | | |
| | iu 劉久修有 | |
| am 擔三凡慘 | iam 點欠簾嫌 | |
| ɛm 岑森 | | |
| əm 針沉甚 | im 林心飲侵 | |
| an 半單山 | ian 間牽眼硯 | uan 慣關 |
| ɛn 敏根朋丁 | iɛn 邊先天前 | uɛn 耿 |
| ɔn 短蒜船歡 | iɔn 軟 | uɔn 官 |
| ən 真秤剩 | in 民仁精興 | |
| | iun 群忍芹近 | un 本分頓巡 |
| aŋ 省冷硬爭 | iaŋ 餅名驚影 | uaŋ 梗 |
| ɔŋ 上床常忙 | iɔŋ 香娘強框 | uɔŋ 光 |
| | iuŋ 龍從恐恭 | uŋ 東風窗公 |
| ap 甲答鴨法 | iap 接葉帖 | |

| | | |
|---|---|---|
| ɛp 粒澀 | | |
| əp 汁濕 | ip 入立急襲 | |
| at 八達活設 | iat 結缺歇月 | uat 括 |
| ɛt 北色克德 | iɛt 別雪鐵切 | uɛt 國 |
| ɔt 脫割渴 | iɔt □ | uɔt □ |
| ət 質室直 | it 筆匹日律 | |
| | iut 屈 | ut 不出骨 |
| ak 白石隻 | iak 壁錫劇額 | uak □ |
| ɔk 角落覺剝 | iɔk 腳弱略削 | uɔk 郭 |
| | iuk 足綠六玉 | uk 木讀叔穀 |
| m̩ □ | ŋ̍ 五魚女 | |

三、聲調（6）

| | | | |
|---|---|---|---|
| 陰平 | ꜀□ | 44 | 刀坐馬簿 |
| 陽平 | ꜁□ | 11 | 平常南來 |
| 上聲 | ꜂□ | 31 | 古早比米 |
| 去聲 | □꜄ | 52 | 兔歲去市 |
| 陰入 | □꜆ | 1 | 八伯筆日 |
| 陽入 | □꜇ | 5 | 達讀綠月 |

閩客方言的語音系統有許多突出的色彩，不但不見於北京話，也罕見於大華北方言，無論在音節結構上，還是個別字音上，都引人注目。底下是幾個鮮明的音系特點。

a) 陰陽入三分：傳統上，漢語韻母系統還可依韻尾性質分爲陰聲韻、陽聲韻、入聲韻三類。所謂陰聲韻指的是韻母以元音結尾；所謂陽聲韻指的是韻母以鼻音結尾，簡稱鼻尾韻（nasal final）；所謂入聲韻指的是以塞音結尾，也就是塞尾韻（stop final）。這樣的音節形態較好地保存在粵語、閩語和客家話中。例如：

客家話　陰聲韻——比 [꜂pi]、哥 [꜀kɔ]、包 [꜀pau]、蹄 [꜁thai]
　　　　陽聲韻——三 [꜀sam]、算 [sɔn꜄]、醒 [꜂siaŋ]
　　　　入聲韻——入 [ȵip꜇]、八 [pat꜆]、石 [sak꜇]
閩南話　陰聲韻——美 [꜂bi]、蛇 [꜁tsua]、晝 [tau꜄]、肥 [꜁pui]
　　　　陽聲韻——鹽 [꜁iam]、本 [꜂pun]、雙 [꜀siaŋ]
　　　　入聲韻——十 [tsap꜇]、達 [tat꜇]、北 [pak꜆]

在韻母系統分析上，除了要依介音分為開齊合撮之外，還要依韻尾性質分為陰陽入。台灣的閩南話和客家話都沒有撮口呼。

b) 鼻化韻：這是閩南話有，而客家話和國語都沒有的韻母。底下以台南的閩南話為例：名 [꜁miã]、病 [pẽ꜅]、張 [꜀tiõ]、邊 [꜀pĩ]、生 [꜀sẽ]、三 [꜀sã]、官 [꜀kuã]。鼻化符號是一條浪線，寫在元音上，包括介音和元音韻尾都應標示，因為如果鼻化現象發生，整個韻母都是鼻化的；了解了這個道理，寫法可以減省標記，只要標在主要元音或元音韻尾就可以了。「橫」寫作 [꜁hũãĩ] 是正確的寫法，可以省略作 [꜁huaĩ] 或 [꜁huãi]。

c) 喉塞尾韻：這是以喉塞音作韻尾的韻母形式。閩南話常見的例子有：百 [paʔ꜆]、壁 [piaʔ꜆]、冊 [tsheʔ꜆]、割 [kuaʔ꜆]、八 [pueʔ꜆ ~peʔ꜆]、藥 [ioʔ꜇]、學 [oʔ꜇]。

d) 鼻化喉塞尾韻：這是閩南方言在漢語方言中的絕大特色，常見的例子有：脈 [mẽʔ꜇]、物 [mĩʔ꜇]。國語的「什麼」原來是從古代的「什物」來的，閩南話 [siaʔ꜇ mĩʔ꜇] 反映的就是那個事實。

e) 成音節鼻音（syllabic nasal）：所謂成音節是說可以單獨用作韻母表意，閩客方言都有成音節鼻音。例如：

客家話——五 [꜂ŋ̍]、魚 [꜁ŋ̍]。
閩南話——酸 [꜀sŋ̍]、梅 [꜁m̩]

成音節的符號一般作短豎寫在音標上方或下方。

f) 閩客方言的聲母：閩南話和客家話各有一些國語不用的聲母。例如：

客家話——文 [ ꜁vun]、黃 [ ꜁vɔŋ]、橫 [ ꜁vaŋ]；人 [ ꜁ȵin]、忍 [ ꜀ȵiun]
閩南話——文 [ ꜁bun]、武 [ ꜂bu]；牛 [ ꜁gu]、癌 [ ꜁gam]、礙 [gai꜊ ]

客家話用的聲母 [v] 是濁的唇齒擦音，[ȵ] 是舌面鼻音。閩南話的 [b] 是濁的雙唇塞音，[g] 是濁的舌根塞音。

閩南話的韻母系統號稱複雜，在古代的陰陽入三類之外，別有鼻化韻、喉塞尾韻、鼻化喉塞尾韻和聲化韻（成音節鼻音韻）。爲什麼這樣？簡單說，那是因爲常用字裡有文白異讀的區別，口語裡說的是一種，讀書用的是另一種。

如果你會說閩客方言，你多少不免覺得你所說的和上面所列的語音形式不盡相同，如果是這樣，你可以把那些差異記下來，並嘗試解釋爲什麼？實際上，方言之間語音的差異隨處可以聽聞，不同的人常常略有分歧。我們在後文時常會提到閩客方言，如果沒有特別註記，那個閩方言就是廈門音，而客家話就指的是梅縣音。

研究古音宜從現代漢語方言入手，照理我們應該大量羅列現代漢語方言。但是，作爲入門進階，從自己熟悉的方言開始才是正途；除了國語之外，我們有必要對閩客方言進行分析。你對方言與國語的差異了解越多，心中的疑惑也隨之增加，思考如何解決其中的異同就會慢慢走上歷史語言學的康莊大道。

## 第六節 語音學的一些概念

簡單說，語音學（phonetics）是研究人類語言語音的生理和物理屬性，生理方面的研究叫做發音語音學（articulatory phonetics），物理方面的研究叫做聲學（acoustics）。音系學（phonology）研究的是語言內部語音的關係，包括語音的組配（phonotactic）、語音行為（phonological behavior），重點在語音系統（phonological system）和音系過程（phonological process）。這是就其分工態勢來區分，實際上兩者應該合而為一；如果偏於一曲，難免見樹而不見林。我們在上文的討論裏實際上已多少把語音學和音系學融在一起。底下，我們談一些相關的概念。

a) 送氣：發音時氣流往外送，為什麼還有送氣（aspirated）和不送氣（unaspirated）的問題？一個實驗可以說明。手持一張薄薄的紙在口外，發 [phɤ、thɤ、khɤ]，你就立馬發現：紙張會晃動。但是發 [pɤ、tɤ、kɤ] 時，那張紙不會晃動。那是因為，送氣發音在除阻時氣壓仍然持續上升，不送氣發音不然。上下發音器官接觸叫「成阻」，接觸維持不動叫「持阻」，解除接觸叫「除阻」。

b) 濁音：聲帶振動叫濁音，其構成要件是喉門下的氣壓必須大於喉門上口部的氣壓。一個實驗可以知道聲帶振動或不振動。把小指放進耳朵輕聲發 [s、z] 兩音，發清音的 [s] 時不覺有異，發濁音的 [z] 時耳膜會有被鼓動所引起的隆隆響。

c) 邊音：所謂邊音是氣流從舌頭兩邊外出發出來的聲音。做個實驗證明一下。把舌頭放在正常發 [l] 的地方，維持不動，然後倒吸一口氣，立馬會感覺到兩頰內側都有涼涼的空氣，那個空間就是正常邊音氣流外出的途徑。舌尖邊音的實際發音隨人而異，有人發硬顎化（palatalized）的邊音，有人發軟顎化（velarized）的邊音—前者像伊（i-like），後者像歐（o-like）—在印象上，西方人用「明、暗」來形容，像伊的叫「明」的邊音（clear l），像歐的叫「暗」的邊音（dark l）。這樣的區分在漢語方言也可以觀察得到，在語音變化上起不同的作用。[14]

相對地，舌尖前音 [s] 叫做「央音」，因為發音時氣流集中在舌面中央外出。不過，這樣的描述在語音的分類系統裡一般並不需要，因此較少提及。

英語的舌葉音 [ʃ] 多少都帶圓唇，但是在一般的描寫裡常略而不提。這樣的發音在台灣其實很常出現，例如在教室裡同學們會說：「噓！老師來了。」那個「噓」的發音通常是 [ʃ...]，而非 [ɕy]，觀察一下唇形是不是突出就可以知道。

d) 游移性：所謂游移是說一個音的發音範圍。從無限變量的角度看，每個音多少都有游移性，不會每次都完全同在一個定點上發出來。聲學研究顯示，漢語方言游移性最大的是央元音（schwa），有的方言讀高一點，有的方言讀低一點，有的方言讀前一點，有的方言讀後一點，也就是說，同一個音標 [ə] 在不同的方言裡其實前後高低是不一樣的。[15] 在台灣，我們很常聽到有人把「很冷」[ ᶜləŋ] 說成很 [ ᶜlən]，那是因為他發的央元音偏前或偏高，使舌根尾變舌尖尾。也有人把「冷」讀為 [ ᶜnən]，那是所謂 n~l 不分，其原因是兩者共鳴腔（resonance chamber）相似。

e) 響度層級（sonority hierarchy）：這裡所謂響度是說在正常發音狀況下語音的聽覺感受是否明顯（prominence），而不是指音量（volume）高低。大體言之，語音的響度可分為六級，從最為響亮到最不響亮的次第是：元音>半元音>流音>鼻音>擦音>塞音。如果按元音與輔音作更細的區分，響度層級可以概括如下：

元音　a > e、ɛ > o > i、u（低元音>前中元音>後中元音>高元音）
輔音　流音（r > l）> 鼻音 > 濁擦音 > 清擦音 > 濁塞音 > 清塞音

音節核心（nuclei）都必須有一定的響度，元音在響度層級上居最高位置，因此都常作為音節核心。輔音方面，除了清塞音之外也都可以擔任音節核心，機會大小全看它們在響度層級的位階。漢語方言裡，鼻音常以成音節的姿態出現，就因為鼻音在輔音中具有較高的響度。青海西寧方言的「布」讀爲 [pv̩˒ ]，用濁擦音作音節核心。英語 little [litl̩] 的第二個音節以舌尖邊音爲音節核心；這個英文字在台灣學生初學時常讀成 [litou]，好像 [ 力頭 ]，這是邊音軟顎化，讀得像歐的註腳。

f) 唯閉音（unreleased）：所謂唯閉音是說只有成阻而沒有除阻的發音方式，漢語方言的入聲塞音尾大都是唯閉音，只有其勢而未有其聲。這樣的發音如果部位在雙唇還可以憑目視知道是雙唇塞音，如果是舌尖、舌根部位常難辨認。雖然如此，在閩南話裡，連音變化會顯示原來唯閉音的發音部位。例如：

| 單字音 | 連音變化 |
|---|---|
| 盒 [ap] | 盒子 [ab ba] |
| 賊 [tshat] | 賊子 [tshad la]（小偷） |
| 竹 [tik] | 竹子 [tig ga] |

閩南連音變化發生時，韻尾塞音必須除阻，由於處於兩個元音之間，發生了濁化現象。閩南的 [d~l] 兩音不分，比較常讀爲邊音。

g) 聲韻組配：哪些聲韻的結合用於國語，哪些不用，會說國語的人一般都能不假思索給出正確的判斷。如果把聲母數和韻母數相乘，那麼國語的音節共有八百五十八個（22×39 = 858），如果再乘以四聲，總數是三千四百三十二個。國語實際上沒有用到那麼多，其中有許多空檔。音系空檔分爲兩種，一種是系統性的空檔（systematic gap），一種是偶然性的空檔（accidental gap）；一個熟悉國語的人一定知道音系空檔，因爲這是語言內化知識的一部分，雖然他未必知道系統性空檔和偶然性空檔的區別。但是，久受國語薰陶的人難免產生一些刻板印象，以爲國語如此，別的方言想必也是如此。例如，國語的舌根音聲母不和細音韻母相拼，但是閩客方言可以；國語沒有 [ki]，閩客都有 [ki]。爲了避免以偏概全，我們有必要在漢語方言之間取得一個比較全面的了解。底下，先看一個概括：

| 聲母 | ts | tɕ | tʃ | tʂ |
|---|---|---|---|---|
| 洪音 | + | – | + | + |
| 細音 | + | + | + | – |

這個表說的是：舌尖前音（ts 組）和舌葉音（tʃ 組）是洪細皆宜的；舌面音（tɕ 組）宜細不宜洪；捲舌音（tʂ 組）宜洪不宜細。國語的舌尖前音聲母只跟洪音韻母相拼，但是在方言裡常見於細音韻母前—南方如此，北方也很常見。國語沒有舌葉音聲母，但是在山東方言常見，其行為模式是洪細韻母前都可能出現。國語的舌面音只跟細音韻母相拼，捲舌音聲母只跟洪音韻母相拼，這一點和漢語方言的一般趨勢沒什麼不同。

如果一個方言有 [ ꜀tsiaŋ]（將）、[ ꜀tɕiaŋ]（薑）之別，那叫尖團有別；國語音系兩者都念 [tɕiaŋ]，是所謂不分尖團。「尖」指的是舌尖前音，「團」指的是舌面音。尖團有別的方言在北方還有不少，例如河南鄭州方言的音系就分尖團。

民國初年，北京婦女界流行一種發音習慣，把應該唸舌面音的地方改唸舌尖前音，有人把這種發音特色叫做「女國音」。這是社會語言學關注的話題。

## 第七節 音系學分析

現代音系學是二十世紀初年瑞士學者索緒爾（Ferdinand de Saussure）開啓序幕的，基本出發點來自他對語言的一項洞察：語言是一個系統，系統內部互有關聯。（Une language est un système où tout se tient.—這句名言經由他的學生梅耶 Meillet 轉述而廣爲人知）了解了這個理論假設，就容易了解音位音系學（phonemic phonology）及後來的生成音系學（generative phonology）如何運作。底下，我們看音位音系學如何運作。

a) 音位音系學

音位音系學的主要概念包括：語音近似（phonetically similar），互補分布（complementary distribution），自由變體（free variant），最小對比（minimal pair）。凡是兩個或更多個語音近似而出現環境互補的就可以歸納爲一個音位（phoneme），那些近似的語音就叫同位音（allophone）。自由變體是說，雖然語音發得不盡相同，但以此代彼或以彼代此都不會造成語意的誤解。最小對比是說，在詞語裡不管語音差異多麼微細，只要更換就會造成語意不同，那麼那個語音成分就是獨立的音位；只要構成最小對比，那些音就是獨立的音位。

最小對比的情況在國語下列幾個字顯示得很清楚：

| 例字 | 立 | 路 | 綠 | 樂 | 辣 |
| --- | --- | --- | --- | --- | --- |
| 國語 | li⊃ | lu⊃ | ly⊃ | lɤ⊃ | la⊃ |

這五個字都有一個邊音聲母，同時也都讀去聲，唯一的差別就在元音。這五個元音彼此對立，不能替換；如果替換，意思就不一樣。這種對立狀況叫最小對比。

互補分布的情況，我們在討論元音 /a/ 的時候已經看過；這個音位在三種環境下有偏前 [a]、居中 [ᴀ]、偏後 [ɑ] 的變體—這三個音就是音位 /a/ 的同位音。所謂「音位」就是在語音系統裡具有獨立地位的單位，它的實際讀法隨環境而異；換言之，音位是抽象的概念，而同位音是實際的表現。說國語的人一般大概不會覺得這三個同位音有什麼差別，這就說明：音位雖然抽象，但是實際存在；這實際存在人們心中的抽象物就叫做「心理實際」（psychological reality），而那種感覺就叫「土人感」（native feeling）。

底下，我們看聲母方面的互補分布狀況。國語的舌面音聲母（[tɕ] 組）只出現在細音韻母前，舌尖前音（[ts] 組）、捲舌音（[tʂ] 組）、舌根音（[k] 組）三類聲母都只出現在洪音韻母前，也就是說，一套聲母與三套聲母構成互補分布。理論上，舌面音可以跟三者任一合爲音位。到底要怎麼歸納？答案是有三種可能的辦法：

第一種，把舌面音與捲舌音合在一起，其音位符號用舌葉音表示，寫作 /tʃ、tʃh、ʃ/，細音前實現爲舌面音，洪音前實現爲捲舌音。用規律呈現：[16]

/tʃ、tʃh、ʃ/　如在細音前改寫爲 [tɕ、tɕh、ɕ]
/tʃ、tʃh、ʃ/　如在洪音前改寫爲 [tʂ、tʂh、ʂ]

第二種，把舌面音聲母與舌尖前音聲母合爲一套寫作 /ts、tsh、s/，說明：這一套音位在細音前讀爲舌面音，在洪音前讀爲舌尖前音。第三種分析，把舌面音系列與舌根音系列合在一起寫作 /k、kh、x/，同樣的說明也是不可少的。但是，中國語言學者從很早開始就不做類似的音位分析，普遍認爲多此一舉沒有必要，仍照實際發音設計注音符號或拼音方案。

自由變體說的是：有人這麼說，有人那麼說，都不妨礙語意交流。例如ㄧㄢ和ㄩㄢ，有人把主要元音唸得高一點 [iɛn、yɛn]，有人唸得低一點 [ian、yan]。

b) 生成音系學

生成音系學者認爲音位觀念不免抽象，不切實際，他們的出發點是詞音的交替（alternation）。這門學問的基本概念包括：基底形式

（underlying representation），表面形式（surface representation）。以英語的 electric [ɪˈlɛktrɪk] 和 electricity [ɪˌlɛkˈtrɪsətɪ] 爲例，字母 c 出現在前者是個舌根音 [k]，出現在後者是個舌尖音 [s]，這兩個交替形式原來應該是同一個，只因環境不同，一個變了，一個沒變。生成音系學家就用 |k| 代表兩者共同的基底形式，而把它在特定環境下發生的實際發音 [s] 叫做表面形式。這樣，在觀念上再無音位與同位音的說法。

生成音系學家爲了描寫語音規則，發明了一套所謂區別特徵（distinctive feature），有的區別特徵具有實質的語音學的根據，有的特徵純粹只是爲了便於概括，不免抽象。他們提出的區別特徵有沿用傳統分類的，也有新創的。其中有兩個區別特徵涵蓋很廣，但是生成音系學家說不清楚到底是什麼，其名稱或者模糊不清，或者語音上難以精確定義。這兩個區別特徵是：舌冠音（coronal），前部音（anterior）。雖然定義不清，生成音系學家認爲有可操作性（workable），還是堅持沿用不誤；換言之，在這種地方，他們看中的是其分類功能，而不顧其它。

一口原則（one mouth principle）：所謂「一口原則」是說跨越輔音與元音的分野，用同一套區別特徵去描寫；元音有前後高低，輔音也可以用同樣的尺度去描寫。這樣的觀點，兩千年前的印度語言學家就嘗試過，1930 年代音系學家雅可卜森（Jakobson）也論述過，生成音系學家採納了其中的合理、實用的說法。對漢語歷史語言學來說，一口原則很有啓發，因爲一個音節是一個一體成型的單位，一旦出口，所有相關的發音器官已經協調完畢；如果沒有一口原則的認識，許多語音事件就說不清楚。

自然類（natural class）：生成音系學家比較重要的貢獻是提出自然類的概念，用以簡單明瞭地掌握語音行爲。語音行爲有單獨行動的，也有同類行爲一致的。如果是同類行動一致的，就用它們的共同語音內涵（property）去代表，不必一個一個分開說。例如，國語的舌根音總不跟細音一起出現，描寫起來就用舌根音去代表，不必分開說三次同樣的事情。這樣，規律可以簡潔明快，掌握共性。了解了自然類的說法，我們就可以用 [ts] 代表所有舌尖前音，用 [tʂ] 代表所有捲舌音；只有在單獨行動的語音行爲裡，我們才用那個音的特別標籤。

趨勢的解釋（explanation by tendency）：作爲生成語法（generative grammar）的一個部門，生成音系學的學科任務同樣關注人類語音行爲的共同性，而不僅僅關注單一語言的內部運作。因爲這樣，他們掌握了許許多多世界各地語言的音系內容，從而看出人類語言的一些共同趨勢。例如，舌根輔音的顎化（palatalization）首先發生在前高元音，然後發生在前中元音，然後發生在前低元音；在輔音之間，首先發生顎化的是舌根音，其次是舌尖音，最後是唇音；鼻化首先發生在低元音，其次在中元音，最後才輪到高元音。這一類的說法叫「趨勢的解釋」，大體概括了人類語音行爲的共同傾向。

因爲是以詞音交替作爲出發點，生成音系學在漢語的運用，主要是用在連音變化的描寫上：單字的念法作基底形式，出現在其它地方的變化形式就是其表面形式。上文談過的閩南連音變化和北京音系的兒化都是詞音交替，因此成爲生成音系學家關注的焦點，雖然生成音系學家可能會有不同的描述方式，但是所說的是同一個道理，其間的差異這裡就不說了。

我們在上文談「開齊合撮」四呼的定義時，不用傳統的說法（例如：「齊齒呼」定義爲：凡主要元音或介音爲 [i] 的韻母），我們用的就是生成音系學的觀念。語音上，我們把單韻的高元音寫作 [ii、uu、yy]，這樣一來雖然名爲單韻，可是在語音行爲上，同一個符號出現在前的是介音，出現在後的是主要元音。這種分析有什麼好處？比較下列對應關係：（調號從略）

| | | |
|---|---|---|
| 追 | 國語 tʂuei | 山西萬榮 pfei |
| 衰 | 國語 ʂuai | 山西萬榮 fɑi |
| 書 | 國語 ʂu | 山西萬榮 fu |

其間的對應關係是：tʂu>pf、ʂu>f，依此規律，「書」在萬榮應該作 [f] 而不應該是 [fu]；換言之，只有把「書」的寫法寫作 [ʂuu]，才可能得出 [fu] 的對應形式。

c) 整合音系學

大約從 1970 年開始，科學的語音學家認爲：發現事實本身固然重要，但是眞正推進科學進步的動力來自了解事實背後的道理。在這個認知下，音系學家的種種努力被認爲只是在做描寫（description）與分類（classification），不能算作解釋（explanation）。於是，一方面吸收音系學研究的成果，一方面大力導入實驗語音學的科學發現，嘗試爲語音行爲提供科學的解釋。到了 1990 年左右，研究成果日豐，學界刮目相看，終於正式爲這一新的研究方向命名爲整合音系學（integrative phonology）。底下，我們看幾個語音行爲的解釋。

空氣動力學（aerodynamics）：音系學家發現，一個語言如果濁塞音三缺一，那麼所缺一定是舌根塞音（例如泰語）。爲什麼這樣？音系學家沒有解釋，只說那是語言裡常見的事實，也就是一般趨勢如此。整合音系學家用物理學的概念尋求答案，那是因爲部位偏後的濁塞音不容易維持聲帶振動所需的壓差，只要開口發音，喉門上下的壓差立即消失，聲帶也就不再振動。

鼻音定理（nasal theorem）：如上文所說，鼻化會先發生在低元音。爲什麼這樣？音系學家只能說趨勢如此。整合音系學家在鼻音定理的相關研究裡指出：那是因爲生理連動的關係造成的。也就是，從生理解剖學來看，元音的高低與軟顎的升降成正比；發低元音時，軟顎下垂程度大一點，這樣，氣流就有機會從鼻腔外出，造成鼻化。例如英語 half 的低元音常有人發爲鼻化的 [ã]。

在台灣，常常可以聽到有人把「怕他」說成 [phã꜄ ꜀thã]，在不該有鼻化的地方出現鼻化，原因就在兩個音節都有低元音；附此一提，送氣也會產生假性鼻化。

舌齒音（apicals）的作用：舌齒音如 /t/、/s/、/l/ 在發音時會使第二共振峰（F2）升高，升高的共振峰會使後元音聽起來偏前造成後元音前化：藏語 lus>ly（身體）。這是整合音系學家提出的聲學（聽覺）的解釋。從發音的角度說，那是因爲舌齒音發音時接觸部位比較固定（一般的舌齒音偏前，捲舌不然），因此也比較會牽制元音的發音。例如客家話：*tɔn>tan（單），但是 *kɔn>kɔn（肝）不變。類似的情況在漢語方言可以用舌齒音原則來概括：歐音阿化（o>a）或烏音前化（u>ø、y）首先發生在舌齒音聲母。

歷史語言學家的工作，主要是利用比較法找出語言的較早狀態，其重建形式是一種假設，從重建到演變也是一種假設，整合音系學家的研究在幫助或強化歷史語言學家的假設。如同舌齒音原則一樣，我們在漢語音韻學裡的許多語音變化，都可以根據整合音系學家的科學實驗成果去解釋。

## 結　語

聲韻學是研究語音變化的學問，討論宜從現代漢語開始。子曰：「未知今，焉知古？」用整合音系學家的話來說，那就是：「現代是開啓過去的一把鑰匙」。（The present as a key to the past.）爲什麼除了語音學之外，還要涉及音系學？因爲音系學的一個重要建樹是探討語言的共同性，「共同性是開啓過去或現在的一把鑰匙」。（The universal as a key to the past or present.）語音學和音系學本來是一家，如有什麼區別，那是分工以後，學者的志趣和專注對象不同；如果不嫌粗略，語音學家比較著重事實，音系學家比較偏重理論。整合音系學就是統合兩者所做的努力。[17]

自從有了國際音標以後，人們以爲從此就有了依傍，可以談論語音變化了。其實，那是遠遠不夠的；關於音標，我們應該記得「語音具有無限變量」這條鐵則，這樣才能避免被音標符號所蒙蔽。社會語言學家指出，語音變化都是在貼近地面的事實（the reality on the ground）上發生的。所以，描述語音要盡可能不漏細節；哪些細節重要，哪些細節不重要，除了經驗之外，一個很重要的靈感來自音系學的素養。音系學的作用在幫助我們了解語音規律，養成我們對語音行爲的敏感度及其描寫方式。作爲理論，音系學不免有其缺失，但是，我們應該知道：理論本身有其價值，因爲一個理論代表一種思維模式，理論的素養可以提高一個學者的眼界，處理問題的靈活度。

最後，回到國語音系的問題上。我們在音系的描寫上，採取的是貼近地面的語音描寫——呈現現狀事實——這是現代漢語方言學者共同遵守的原則。但是，我們在討論問題的時候，多少也採取了音系學的處理態度，以便簡潔地掌握語音行爲，呈現其規律性。

## 注　釋

[1] 參看張隆華．曾仲珊《中國古代教育史》，四川教育出版社，1995 年。同樣的情況復見於滿州人入主中原一清兵入關之後，把滿語稱作國音。參看高永安《聲調》，北京商務印書館，2014年。

[2] 參看曹樹基《中國移民史》第五卷，福建人民出版社，1997 年。

[3] 參看 Mario Pei. *The Story of Language*. The New American Library, Inc.1965.

[4] 參看 Norman, Jerry L. *Chinese.* Cambridge University Press. 1988.

[5] 參看臺灣省國語推行委員會編印《國音標準彙編》，台灣開明書店，1952 年。

[6] 參看王福堂修訂《漢語方音字彙》，語文出版社，2003 年。北京 /ʐ/ 是個近音 [ɹ]。參看朱曉農《語音學》（商務印書館，2010年。頁 307 。）台灣常見的發音是濁擦音 [ʐ]，也有不少人發爲邊音 [l]一這樣的發音在大華北地區很常見，參看錢曾怡《漢語官話方言研究》（齊魯書社。2010 年。）在台灣，爲什麼「很熱」在許多人的口語聽起來像是「很樂」？語音上那是因爲，濁擦音不容易維持；發擦音要求口部氣壓大於大氣壓力，發濁音要求口部氣壓小於喉下壓力。這部分涉及空氣動力學的解釋，可以看張光宇《漢語語音發展史》第三章。

[7] 參看羅常培《漢語音韻學導論》，中華書局。1956 年。

[8] 參看王洪君《漢語非線性音系學一漢語的音系格局與單字音》，北京大學出版社，1999 年。頁 130 。

[9] 參看 Catford, J.C. *Fundamental Problems in Phonetics.* Indiana University Press. 1977.

[10] 參看 Pickett,J. M. *The Sounds of Speech Communication*. University Park Press: Baltimore. 1980.

[11] 參看林濤主編《中國語音學史》，語文出版社，2010 年。

[12] 參看《辭海》，上海人民出版社，1977 年。

[13] 這兩個方言語音系統的材料來源同 [2]。

[14] 參看 Catford 上揭書。

[15] 參看時秀娟《漢語方言的元音格局》，中國社會科學出版社。2010 年。

[16] 這是國際語音學會採取的分析辦法，參看 *The Principles of the International Phonetic Association.* 1949/1981.

[17] 關於整合音系學，作者在《漢語語音發展史》（台灣商務印書館，2019）一書闢有專章介紹。

# 第二章

# 聲　調

作爲語言類型學的特點，漢語自古以來就是一個有聲調的語言（tonal language），也就是說，聲調的差別具有區別意義的作用：同一個聲母和韻母的組配，聲調的高低升降代表不同的涵義。這一點是漢語社團每個成員共同經驗的一部分。概念上，漢語的聲調可以分爲幾點來說。

調形：聲調的調形可以分爲平調（level）、升調（rising）、降調（falling）、降升調（concave）、升降調（convex）幾類。

調值：在五度制的描寫裡，由低到高分爲五個高度。所謂平調是起點與終點同一個高度（55、33、11），升調與降調則起點與終點的高低不同（35、51），先降後升爲降升調（214），先升後降爲升降調（242）。漢語方言裡，升降調比較少見，降升調則隨處可見；福州話兩個都有，降升調是 213，升降調是 242。

調類：如果純粹採取共時的描寫，人們可以憑分析結果用數字去代表調類。但是，漢語方言研究的學者採取兼顧歷史傳統的辦法，也就是根據古代的平上去入四聲在現代方言的讀法來給聲調定稱。這個傳統始於一千五百年前。

## 第一節　四聲的發現

作爲音節組成的一部分，聲調很早就出現在漢語，那就是傳統上所謂的平、上、去、入四聲。可是發現四聲卻是很晚的事情，大約在南北朝時期學士大夫才發現自己的語言有四聲。因爲，那個時期的文人學士有機會和佛教徒往來，隨佛教徒傳誦佛經；他們從古代印度《聲明論》獲得啓發，因爲《聲明論》的「聲」就是音調的高低，於是用「平、上、去、入」四個字代表四個聲調的名稱。發現四聲的人也許不只一位，代表人物是沈約；中國文學史上的「永明體」就在沈約（441-513）等人的倡導下靡然成風，人們熟知的平頭、上尾、蜂腰、鶴膝等名稱就是當時文學界講求聲律提出的概念。

古代的四聲到底呈何調形？我們已難以透過重建的程序加以復原。不過，自古以來，就有不少學者嘗試用譬況的方式加以界定。底下，我們看幾家的說法：

唐代《元和韻譜》——平聲哀而安，上聲厲而舉，去聲清而遠，入聲直而促。

明代釋眞空《玉鑰匙歌訣》——平聲平道莫低昂，上聲高呼猛烈強，去聲分明哀遠道，入聲短促急收藏。

明清顧炎武《音論》——平音最長，上去次之，入則詘然而止，無餘音矣。

清代江永《音學辨微》——平聲長空，如擊鐘鼓；上去入短實，如擊土木石。

這樣的描繪代表古人的好奇和推論，當然算不上科學。因爲比較科學精準的聲調描寫是二十世紀以後的發明，那就是現代漢語方言學者所用的「五度制」。所謂五度制就是把音高定爲五階，有如音樂五線譜的 do、re、mi、fa、so 那樣；據此，國語的一、二、三、四聲的調值可以描寫爲：55、35、214、51。

現象早有而發現甚晚，這並不奇怪。因爲，語言學的研究都是透過比較而來，共時的現象如此，歷時的現象也是如此。漢語的四聲雖然發現於六朝，但是可能有史以來就已經存在，怎麼知道呢？《詩經》共有 305 篇，1141 章，如以押韻單位計算，全書共有 1679 個押韻單位，其中有四聲分押的，也有四聲通押的。從四聲分押看，平聲 714，上聲 284，去聲 135，入聲 247（三種韻尾合計），總加起來，一共是 1380，占比爲 82.2%。[1] 這個數字表明，漢語在上古時期不但有聲調，同時，其聲調系統也和六朝以來相傳的平上去入四類相當。

總起來說，漢語自古以來就有四聲，只是六朝文人學士接觸了印度文化以後才體認出其存在，由於缺乏現代描寫的辦法，我們僅能知道其調類而不能描繪其調值。從語音發展的角度看，這四個調類可供做我們探討現代所有漢語方言聲調演變的起點。

## 第二節 四聲的演變

現代漢語方言的聲調系統呈現南多北少的趨勢，北方少至三調，南方多至八調、九調或更多。官話方言一般都是四調系統，但這四調並非古代四調一對一的繼承，而是歷經變化的。就我們所知，現代方言裡只有江蘇丹陽方言的文讀系統所分四調與古代四聲如出一轍：平聲 33、上聲 55、去聲 24、入聲 4。[2] 這樣的聲調系統來自文讀，可能是保守的學堂在維護傳統的努力下流傳下來的；相對言之，丹陽的口語有六個調，是庶民大衆語言自然的發展。

什麼是聲調的自然發展？聲調的發展主要取決於聲母的清濁，元音的基頻（基本頻率 fundamental frequency，簡寫 F0）在清輔音之後較高而在濁輔音之後較低；生理上，咽頭上的環甲肌（cricothyroid muscles）在發清音時收縮程度較高。環甲肌是個調節器，其鬆緊直接影響基頻高低。如果一個方言清濁聲母兼具，那麼陰調高而陽調低；傳統習慣上，所謂陰陽是根據原來聲母清濁分的，清聲母字是陰調，濁聲母字是陽調。底下，我們看一個吳語方言的情況。

| 常熟 | 平 | 上 | 去 | 入 |
|---|---|---|---|---|
| 清聲母 | 刀 $tɔ^{53}$ | 草 $tshɔ^{44}$ | 借 $tsiɑ^{423}$ | 百 $pɑʔ^{5}$ |
| 濁聲母 | 桃 $dɔ^{24}$ | 老 $lɔ^{31}$ | 謝 $ziɑ^{213}$ | 白 $bɑʔ^{\underline{23}}$ |

常熟方言共有八個調：陰平 53、陽平 24、陰上 44、陽上 31、

陰去 423、陽去 213、陰入 5、陽入 <u>23</u>（下加線表示短調），調值顯示陰高陽低。調類的說法也可改用清平、濁平、清上、濁上、清去、濁去、清入、濁入。如果只記調類而不管調值，漢語方言學者都用如下辦法：刀 ꜀tɔ、桃 ꜁dɔ、草 ꜂tshɔ、老 ꜃lɔ、借 tsiɑ꜄ 、謝 ziɑ꜅ 、百 pɑʔ꜆ 、白 bɑʔ꜇ ，單一圓弧表示陰調，下加一線表示陽調。此外，調號也可以用阿拉伯數字寫在音標的右上角來標示，例如：刀 tɔ$^1$、桃 dɔ$^2$ ……等等。只要不混淆，可以根據目的選擇其中之一來顯示。

## 第三節　四聲與平仄

唐代的律詩有五言律詩、七言律詩兩類。本來詩歌吟唱出於天籟，押韻自然不可或缺，但是律詩除了押韻還講求平仄。所謂平就是古四聲裡的平聲字，仄就是古代的上去入聲字。底下是唐代詩聖杜甫的《春望》前四句：

| | |
|---|---|
| 國破山河在 | 仄仄平平仄 |
| 城春草木深 | 平平仄仄平 |
| 感時花濺淚 | 仄平平仄仄 |
| 恨別鳥驚心 | 仄仄仄平平 |

面對這四句詩，會說吳語、閩語、粵語、客家話或贛語的人可以不假思索，正確指出每個字的平仄。但是，對只會說國語或普通話的人來說不無迷惑：爲什麼同樣是第二聲，「河、城、時」是平聲，而「國、別」是仄聲？簡單說，「國、別」兩字原來是入聲，閩南話讀 [kɔk꜆ 、piet꜇ ]，原來的入聲尾 -k, -t 在國語語音系統裡消失了，因此從國語讀音去分別唐詩的平仄失去了部分的依傍。

要知道古四聲如何演變成現代國語四聲，我們必須把決定聲調發展的聲母分爲清音、全濁、次濁三類。清音包括全清（不送氣）和次清（送氣）兩類在內。如下：

| 古四聲 | 平 | 上 | 去 | 入 |
| --- | --- | --- | --- | --- |
| 清音 | 顛天 | 好草 | 頓兔 | 八國尺撤 |
| 全濁 | 田前 | 上坐 | 電病 | 讀及雜達 |
| 次濁 | 蘭棉 | 老暖 | 練爛 | 莫入辣日 |

古平聲在現代國語讀第一聲和第二聲；清平讀一聲（顛、天），濁平讀二聲。濁平含全濁平（田、前）和次濁平（蘭、棉）。

古上聲在現代國語讀第三聲和第四聲；清上（好、草）和次濁上（老、暖）讀三聲，全濁上（上、坐）讀第四聲。

古去聲在現代國語讀第四聲，不管聲母是清是濁都如此。全濁上來的去聲（上、坐）就叫「濁上歸去」。

古入聲在現代國語讀法是：古全濁入讀二聲，古次濁入讀四聲，古清入則一二三四聲的都有。

爲了清晰起見，底下用調號做個歸納：

|  | 平 | 上 | 去 | 入 |
| --- | --- | --- | --- | --- |
| 清音 | 1 | 3 | 4 | 1 2 3 4 |
| 全濁 | 2（送氣） | 4 | 4 | 2（不送氣） |
| 次濁 | 2 | 3 | 4 | 4 |

這個表顯示，除了清入字的混亂情況需要另外探討之外，其他古今對應關係相當清楚。從現代人的角度說，有幾點値得注意：

第一　凡國語的第二聲都是古代的濁音。全濁平（田、前）今讀送氣，全濁入（讀、及、雜、達）今讀不送氣。這是因爲古代的全濁聲母發生清化，其條件是：平聲送氣，仄聲不送氣。

第二　古代的平仄之分，一般籠統地說，可以說是：凡第一聲和第二聲就是古代的平聲，凡三四聲就是古代的仄聲。但是精準一點說，在第二聲裡，凡聲母不送氣的是仄聲（如：讀、別），應該排除在外；聲母送氣的（如：田、前）和聲母爲鼻音、邊音的（如：眠、年、藍）是平聲。

第三　爲什麼「上」字只有在指稱平、上、去、入的時候讀爲三聲如「賞」，其他地方都讀四聲如「尙」？其實，讀三聲只不過是爲了便於稱引，按濁上歸去的規律，「上」字應讀四聲，它的古代聲母是全濁。

第四　次濁聲母的行爲在國語分爲三類：在平聲字裡，次濁與全濁一致；在上聲字裡，次濁與清音一致；在入聲字裡，次濁單獨爲一類，有別於清與全濁。所謂次濁，就是鼻音、邊音、半元音聲母系列—語音上，次濁聲母都是濁音；但是在語音行爲上，次濁游移於清和全濁之間。如果不獨立爲一類，漢語方言聲調發展述說起來會很費事，這應該視爲古代音韻學家卓越的貢獻。

詩文用字講究平仄爲的是追求聲律之美，用現代的話來說也就是追求詩歌的音樂性；古人吟詩之樂相當於現代人開懷歌唱。聲調的高低起伏如同樂譜的音符和節拍，事實上，六朝文士發現四聲的時候起初也嘗試以古代音樂的「宮、商、角、徵、羽」去做比況。但是，到底什麼是平仄？按字面說，「平」是平調有高低沒起伏；「仄」是傾斜的意思，包括上揚、下降、曲折（先降後升或先升後降）。古人用「仄」包含上去入，簡單說就是「非平」的意思。上文引述顧炎武和江永兩人關於四聲的說法，現在看來，主要是區分平仄，因爲兩人以平聲與上去入對舉，嘗試說出其間的差異。用音樂的節拍去理解，平聲從起點到終點都是同一個高度，因而可以拉長（占兩個或更多的節拍）；仄聲因爲有高低點的限制，不可能延伸而必須戛然而止。所以平仄可以簡單定義爲長調與短調。詩文作品平仄相間，在韻律上構成跌宕起伏，自然就富於音樂性。一個反思就足以了解其中的道理，那就是，有沒有人作詩首句全是平（如：平平平平平），下一句全是仄（如：仄仄仄仄仄）？如果答案是有，那首詩一定不怎麼悅耳。

## 第四節　如何根據國語指認古入聲字

古代漢語的音節又有舒、促之分，「舒」是指平上去的音節，「促」指的是入聲的音節。古代的入聲帶有塞音韻尾（-p、-t、-k），同時還有一定的音高。字面上，「舒」是舒緩的意思，「促」是短促、急促。既然四聲已有平仄之分，爲什麼又有舒促之別？因爲，漢語入聲音節的塞音尾是一種唯閉音，有其勢而無其音，做勢要發而沒有實際發出，例如閩南話「合、達、殼」三個字分別讀爲 [hap、tat、khak]，尾音都沒有實際發出，但是如果一個一個慢慢發，就可以發現尾音的位置在唇部、牙齦、軟顎。用語音學的術語說，所謂有其勢而無其音是說：只有成阻（也就是接觸 contact）而沒有除阻（released）。因爲這樣，入聲音節都讀得比較短促（checked），上文提到的江蘇常熟方言，陰入調是 5，陽入調是 23，前者只有音高一點，後者雖有調形但也是短調。常熟的陽入調（23）與陽平調（24）如此相似，而人們能夠分辨清楚，那是因爲喉塞尾與短調一起突出了入聲的發音特色之故。

閩客方言都有入聲，會說這兩種方言的人對於什麼是「促」應該早就有感性的認識。對比下列詞語：

閩南　　家 [ ꜀ka]── 甲 [kaʔ꜆ ]
　　　　天 [ ꜀thĩ]── 鐵 [thiʔ꜆ ]
　　　　金 [ ꜀kim]── 急 [kip꜆ ]
　　　　間 [ ꜀kan]── 結 [kat꜆ ]
　　　　公 [ ꜀kaŋ]── 角 [kak꜆ ]

客家　家 [ ꜀ka]——甲 [kap꜆ ]
天 [ ꜀thien]——鐵 [thiet꜆ ]
金 [ ꜀kim]——急 [kip꜆ ]
間 [ ꜀kian]——結 [kiat꜆ ]
公 [ ꜀kuŋ]——穀 [kuk꜆ ]

這樣的對比可以幫助說明古人分舒促的語音根據：凡是帶有塞音韻尾的，整個音節都念得比較短促。

國語沒有入聲，原來的塞音尾消失了，原來的促聲也已舒化。除了全濁入現在讀不送氣二聲之外，對於只會說國語的人來說，什麼是古代的入聲字頗感困惑。從古今對應關係看，古入聲字還反映在以下幾個地方。[3]

1. 如果聲母是不送氣的塞音、塞擦音 [p t k tç tʂ ts]，聲調爲陽平。

[p]：白 別 簿；伯 柏 駁

[t]：達 敵 讀；答 得 德

[k]：國 格 隔 葛 革

[tç]：及 疾 菊 局；吉 節 結 角

[tʂ]：直 侄 濁；哲 竹 職

[ts]：雜 賊 族；則 足 卒

說明：分號前的是古全濁入，分號後的是古清入。聲母 [k] 全行五個都是古清入字。這一條規律可以補充上文的不足，換言之，不只全濁入讀不送氣陽平，許多清入字也是這樣。

2. [fa fo] 不管什麼聲調都是古入聲。

[fa]：發 罰 法 乏

[fo]：佛

3. 聲母爲 [t th n l ts tsh s]，韻母爲 [ɤ]，不論聲調都是古入聲字。

[tɤ]：得 德　　　　[tsɤ]：澤

[thɤ]：忒 特　　[tshɤ]：冊 測 廁 策

[nɤ]：訥　　[sɤ]：澀 瑟 塞 色

[lɤ]：樂 勒 肋

說明：這一類音節在國語實際只有陽平和去聲。

4. 聲母爲 [kh tʂ tʂh ʂ ʐ]，韻母爲 [uo]，不論何調都是古入聲。

[khuo]：括 闊 擴

[tʂuo]：桌 拙 捉 酌

[tʂhuo]：綽 齪 戳

[ʂuo]：說 朔 碩

[ʐuo]：若 弱

說明：實際上沒有上聲字。

5. 聲母爲 [p ph m t th n l] 韻母爲 [ie]，不論什麼聲調都是古入聲字。

[pie]：鱉 別

[phie]：撇

[mie]：滅 蔑 篾

[tie]：疊 蝶 碟 諜

[thie]：貼 鐵 帖

[nie]：聶 孽 捏

[lie]：列 烈 裂 獵

說明：爹 [tie] 是古平聲字，也是上述規律中唯一的例外。

6. [ye] 都是古入聲字。

[nye]：虐 瘧

[lye]：略 掠

[tɕye]：決 訣 絕 覺 爵

[tɕhye]：缺 卻 確 怯

[ɕye]：薛 學 雪 穴 血

[ye]：約 月 越 樂 粵

說明：瘸 [ ꜁tɕhye]、靴 [ ꜀ɕye] 例外。

7. 聲母爲 [t k kh x ts s]，韻母爲 [ei]，不論什麼聲調都是古入聲。

[tei]：得　　[xei]：黑

[kei]：給　　[tsei]：賊

[khei]：克（一般寫作剋，如：剋他）　　[sei]：塞

說明：「塞」字台灣一般讀 [ ꜀sai] 不讀 [ ꜀sei]。

8. 破音字裡，如果文讀是開尾韻而白讀是 [-i] 尾或 [-u] 尾韻，那麼那個字是古入聲。

| 文讀 | 白讀 | 例字 |
|---|---|---|
| [ɤ] | [ei] | 黑 勒 賊 克 |
| [ɤ] | [ai] | 色 冊 摘 擇 |
| [o] | [ai] | 白 柏 陌 脈 |
| [ɤ] | [au] | 鶴 |
| [uo] | [au] | 鑿 落 絡 著 |
| [u] | [iou] | 六 |
| [u] | [ou] | 熟 |
| [ye] | [iau] | 角 學 嚼 削 |

說明：其中有些白讀在台灣不怎麼流行，如：色 [ ꜂ʂai]、擇 [ ꜁tʂai]、冊 [ ꜂tʂhai]、鶴 [ ꜀xau]，但是北京這類讀法常見於口語。

掌握了這八條聲韻結合特點，那麼我們對平仄的了解又更上層樓。什麼字是古代的仄聲？我們可以大體回答說：所謂仄聲就是國語的三、四聲加上以上八條聲韻特點。我們說的是大體，而不是全部，因爲還有不少古入聲字沒有涵蓋在內，例如：筆、督、八……等等。

上列八條是從古今字音對照整理出來的條例，從中我們僅能籠統

知道哪些字是古代入聲，但是無法知道它們的韻尾到底是什麼。進一步的探索，我們必須根據方言比較，尤其是韻尾保存較佳的粵語、客家話和閩南話（文讀）。底下，我們舉幾個例子：

| 例　字 | 獵 | 裂 | 落 |
|---|---|---|---|
| 國　語 | lie⊃ | lie⊃ | luo⊃ |
| 客家話 | liap⊇ | liet⊇ | lok⊇ |
| 閩南話 | liap⊇ | liet⊇ | lok⊇ |

這些邊音聲母的入聲字在國語都讀第四聲，符合次濁入歸去的規律。

## 第五節　國語音系裡的系統空格

國語語音系統有一個系統性的空格，就是第二聲從不出現在特定的環境。例如：

| | | | | |
|---|---|---|---|---|
| [pan] | 班 | -- | 版 | 半 |
| [tan] | 單 | -- | 膽 | 但 |
| [kan] | 乾 | -- | 感 | 幹 |
| [taŋ] | 當 | -- | 黨 | 盪 |
| [kəŋ] | 耕 | -- | 耿 | 更 |
| [tɕin] | 金 | -- | 僅 | 進 |

這一類音節的共同點是：聲母都不送氣，而韻母都帶鼻尾。爲什麼在這類音節裡第二聲正好都沒有字？因爲：按規律，國語的二聲有兩個來源，如果是從古濁平來的，現代應讀送氣聲母，但是上列音節都讀不送氣；如果是從古濁入來的，塞音尾消失後，不會有鼻音尾，但是上列字都有鼻音尾。上表只是舉幾個例，擴大比較以後，也都是這樣。[tʂan]、[tʂaŋ]、[tɕian]……也都在二聲缺字。

## 第六節　清入爲什麼沒有規則可循？

國語裡，古全濁入歸陽平，次濁入歸去聲，清入則散見於陰平、陽平、上聲、去聲。我們在上文已舉過一些例字顯示清入在聲調歸趨上的不規則，底下是更多的例子：

清入讀陰平——七黑禿出摘〇託削潑八瞎接缺
清入讀陽平——吉國福竹伯隔卓酌〇答夾節拙
清入讀上聲——尺北谷〇窄〇索繳〇塔甲鐵雪
清入讀去聲——適〇不宿測客各雀闊塌恰竊輟

如同物理學裡的牛頓第一定律（Newton's first law of physics）一樣，歷史語言學研究有一條基本假設叫做「規律性假設」（regularity hypothesis）。牛頓定律說的是：物體總是處於靜止狀態或者沿一條直線行進，除非外力加以干擾。語音的規律性假設是說：同一個條件下的語音會沿著同一個方向演變。根據這個道理，清入應該會完全變成同一個聲調，除非外部力量加以干擾。底下，我們分從幾方面來說。

(1) 元代的大都　清入字在元朝的時候都讀上聲。這一點反映在元朝周德清所著的《中原音韻》，書中所謂「入聲作上聲」都是清入字。如此說來，上列「尺、北、谷……」的上聲讀法是元代的延續。

(2) 官話的類型　清入讀上聲是膠遼官話的特點，元代大都（北京）所在的大河北方言與膠遼地區（山東膠州半島與遼寧遼東半島）屬於同一個演變類型。中原官話（河南及其相鄰的陝西、山東）清入讀陰平，上列陰平調的讀法很可能出自中原地區（河南開封）。

(3) 文教的推廣　文教推廣會造成方言流失，這一點在現代中國隨處可見。底下，我們就從文白異讀的角度看清入作上的變化：

| 北京 | 剝 | 託 | 色 | 鵲 | 得 | 覺 |
|---|---|---|---|---|---|---|
| 白讀 | ᶜpau | ᶜthau | ᶜʂai | ᶜtɕhiau | ᶜtei | ᶜtɕiau |
| 文讀 | ꜀puo | ꜀thuo | sɤᵓ | tɕhyeᵓ | ꜁tɤ | ꜁tɕye |

文讀的清入字讀爲陰平、陽平、去聲，大量取代了原來（元代）白讀的特色，不只聲調變了，韻母也有所不同。上列白讀在河北還很流行，台灣則少聽聞（除了「得」字白讀），可見文教的推廣在字音的變化上是一個值得注意的因素。

如果，清入讀陰平來自開封，那麼清入讀陽平和去聲可能來自南京。這一點可以從下列比較看出端倪：

| 北京 | 色 | 責 |
|---|---|---|
| 白讀 | ᶜʂai | ᶜtʂai |
| 文讀 | sɤᵓ | ꜁tsɤ |
| 南京 | sɛʔ꜆ | tsɛʔ꜆ |

語音上，這類字的聲母在北京文讀和南京一樣是平舌，韻母則從南京到現代北京歷經 ɛʔ>eʔ>e>ɤ 的變化（第三階段的 [e] 反映在明末徐孝的《等韻圖經》，也反映在西南官話）。爲什麼在一個捲舌音發達的地方，這類字不讀捲舌而讀平舌？不用說，那是學校老師教的，學校教育的根據是政府明令頒布加以推廣的。

(4) 南直隸的影響　明朝初年，蒙元北去，昔日駝鈴處處，商貿鼎盛的北京市況不復聞見，代之而起的是一派沉寂荒涼。明成祖在永樂十九年（1421）遷都北京，從南京地區隨遷的富戶、工匠和官吏有十八萬人，軍衛戰士及其家屬共有五十四萬多人。這些龐大的移民改變了北京的人口結構。

同時，從明成祖起，行政上實行兩京制，北京歸北直隸，南京歸南直隸。因爲這樣，學士大夫之間就有「北主《中原》，南宗《洪武》」兩種態度，意思是：北京的發音以《中原音韻》爲準，南京一帶的發音根據《洪武正韻》。換言之，南京話在明代的地位與北京平起平坐。

背負著燕賊篡位的罵名，明成祖即位以後在文教上大有作爲，編纂《永樂大典》就是曠古未有之舉。在教育上，北京的學校開始推廣以《洪武正韻》爲參考的南京發音，作爲讀《論語》、《孟子》等四書五經的標準，因爲官員既然來自南京，他們熟悉的當然是南京話。隨著時代的推移，讀書音漸漸滲透到口語，慢慢地淘汰了原有的發音。「澀」在元代的北京讀 [꜂ʂʅ]，現代讀 [sɤ꜄]，就是南京話影響下的結果：南京原來的 [sɛʔ] 經過中間階段（seʔ>se）的變化，成爲今天北京所說的 [sɤ꜄]。

但是，爲什麼北京文讀的清入字不是整齊劃一地讀同一個調？背後的原因可能起於方言接觸和混雜。如從西南官話來說，古入聲字全都應歸陽平調，清入變成陽平還不難理解，因爲西南官話的源頭就是南京官話。很可能，從明初以來，審音定韻的專家在個別字聲調的讀法上看法不同。

舉個例來說，清入「室」字在現代河北方言讀陰、陽、上、去的都有：冀州市 [꜀ʂʅ]，晉州市 [꜁ʂʅ]，肅寧縣 [꜂ʂʅ]，安國市 [ʂʅ꜄]；如果請這四個地區的代表來開會，代表們各持己見，如何定奪？所以，我們只要知道文讀對北京話發生一定的影響就可以了，雖然答案含糊，但不失爲一個答案。因爲，首都的語言上升成爲全國標準，難免要有廣大的包容；英語成爲國際語言，海納百川的進程無時或已，國語也是一樣。1932 年，國語統一籌備委員會主席吳敬恆給教育部長朱家驊的公函說：「指定北平地方爲國音之標準；所謂標準，乃取其現代之音系，而非字字必遵其土音；南北習慣，宜有通融，仍加斟酌，俾無窒礙。」這段話多少解釋了不規律的原委。

方言調查資料顯示，北京官話區有 82 個清入字有所謂聲調異讀。如下：[4]

陰平～陽平異讀：答、搭、插、跌、發、割、扎、結、拙、潑、擱、駁、啄、息、積、昔、惜、錫、擊、叔、麴、燭、卓。

陰平～上聲異讀：撒、眨、薛、撮、雪、匹、喝（～酒）、戳、黑、劈、曲。

陰平～去聲異讀：踏、壓、澀、瞎、駿、切、屑、括、豁、刷、悉、鵲、綽、側、績、戚、析、戌、迹。

陽平～上聲異讀：折、褶、葛、覺、角、得、索、國、百、菊。

陽平～去聲異讀：殼、識、益、給。

上聲～去聲異讀：獺、血、室、各、惡、色、迫、客、冊、赤、壁、腹、髮、筆、鯽。

這些聲調異讀涵蓋了上文所說的文白異讀，但是許多字並非文白之別，只能說是方言接觸或混雜造成的。如果是文白異讀，我們可以根據分工狀態去加以區別，例如「得」在「你得好好休息」讀上聲，在「得到」讀陽平，前者是白讀，後者是文讀，其中的文白之別還反映在韻母差異上，區別起來毫無困難。有時，我們也可以從方言比較推測其文白來源，例如「答」在「答應」讀陰平，在「回答」讀陽平，前者可能是白讀來的，後者是文讀來的，因爲相同的詞語在閩南話就分別用文白形式去說：「答應」的「答」在閩南用白讀形式 [taʔ꜀]，而「回答」的「答」在閩南用的是文讀形式 [tap꜀]。但是，這樣的比較用處有限，沒法對上列所有字都做同樣的分析。怎麼辦呢？上列清入字凡是讀上聲的，都是元代北京發音習慣的延續，凡是讀爲陰平、陽平和去聲的都是從外而來的—其中陰平調讀法的最終來源是河南（中原官話）；陽平和去聲讀法可能隨明初文讀來自南京（江淮官話），起初猶帶喉塞尾，後來喉塞尾消失而聲調舒化。由於難以一一指認，方言接觸或混雜不失為解釋之道。

## 第七節　入聲消失的途徑

古代入聲在現代國語分讀爲陰、陽、上、去四聲，用傳統的話來說，那就是所謂「入派三聲」，也可以說是「促聲舒化」，其前提是塞音尾消失。古代的塞音尾有三個，它們是如何消失才造成聲調由促轉舒呢？由於文獻沒有相關的記載，我們只有藉助現代漢語方言「正在發生」的情況進行推測。

(1) 南昌型　古代 *-p、*-t、*-k> 南昌 -t、-t、-k

| 入聲 | *-p | *-t | *-k |
| --- | --- | --- | --- |
| 例字 | 答 | 達 | 讀 |
| 梅縣 | tap꜆ | that꜇ | thuk꜇ |
| 南昌 | tat꜆ | that꜆ | thuk꜇ |

江西南昌方言的入聲唇音尾變爲舌尖音尾，原來的三類塞音尾只剩兩類。

(2) 奉新型　古代 *-p、*-t、*-k> 奉新 -p、-t、-ʔ

| 入聲 | *-p | *-t | *-k |
| --- | --- | --- | --- |
| 例字 | 甲 | 割 | 藥 |
| 梅縣 | kap꜆ | kot꜆ | iok꜇ |
| 奉新 | kap꜆ | kot꜆ | ioʔ꜇ |

江西奉新入聲舌根尾發生弱化變爲喉塞尾。

(3) 潮州型　古代 *-p、*-t、*-k> 潮州 -p、-k、-k

| 入聲 | *-p | *-t | *-k |
| --- | --- | --- | --- |
| 例字 | 答 | 達 | 讀 |

梅縣　tap꜆　that꜇　thuk꜇

潮州　tap꜆　tak꜇　thak꜇

廣東潮州方言入聲舌尖尾變爲舌根尾。

(4) 太原型　古代 *-p、*-t、*-k> 太原 -ʔ、-ʔ、-ʔ

| 入聲 | *-p | *-t | *-k |
|---|---|---|---|
| 例字 | 答 | 達 | 讀 |
| 梅縣 | tap꜆ | that꜇ | thuk꜇ |
| 太原 | taʔ꜆ | taʔ꜇ | tuəʔ꜇ |

山西太原方言的古入聲尾都弱化爲喉塞尾。

北京的入聲尾在元代已經消失，其途徑可能採取的是太原型。因爲，塞音尾是一種唯閉音，有其勢而無其音，聽辨上容易混淆，因而傾向合流爲一個喉塞音；阻塞部位雖然變了，但是聲調短促一如既往。

歷史語言學上，我們追求的是語言的連續性。但是，在塞音韻尾的探討上，有兩個不利因素使我們無法做更細緻的分析。第一，就文獻來說，北京方言的歷史最早只能推到元代的《中原音韻》，這部韻書顯示已經是入派三聲的格局。第二，就方言來說，三種塞音尾都有可能率先變化，如南昌、奉新、潮州所示；換言之，我們很難從現代漢語方言整理出特定的途徑提供其邏輯過程。

上面說的是塞音尾消失的過程。此外，我們還可以從聲母的角度看入聲消失次序。古代的一個入聲在官話方言裡大要分爲三種情況：一分法，二分法，三分法。細說如下：

一分法——江淮官話古入聲尾喉塞化，聲調保持獨立一類（入聲），西南官話古入聲塞音尾消失，調歸陽平。這兩個官話可以統歸在一分法底下。

二分法——全濁入聲都歸陽平，次濁入和清入一起歸入另一個調類，後者在中原官話歸陰平，在蘭銀官話歸去聲。這是二分法的方言。

三分法——所謂三分法，是說古入聲分歸三個調，全濁入都歸陽平，次濁入都歸去聲，清入歸陰平（冀魯官話）或上聲（膠遼官話）或陰陽上去（北京官話）。

除了一分法之外，二分法和三分法都有一個明顯的趨勢：全濁入都歸陽平，次濁入多歸去聲，清入的調類歸趨比較分歧。這樣的差異意味著：入聲消失的次序是全濁入最早，其次是次濁入，清入消失得最晚。[5] 這樣的推論並非沒有道理，山東章丘、利津方言至今仍保持獨立的入聲調，主要的成員就是古代的清聲母入聲字（陰入），雖然調不短促，也沒有塞音尾。[6] 換言之，其全濁入、次濁入隨著大勢演變早已舒化，但是清入舒化較晚沒有跟上。

最後一個問題是：聲調如何由促轉舒？簡單說，那是調型和調值相近決定的。例如，冀魯官話區和北京官話區在全濁入和次濁入消失之後，清入仍獨立成調，但調值接近於上聲。這就解釋了爲什麼清入歸上。歷史上，全濁入歸陽平，次濁入歸去聲或陰平的道理也是一樣。在這個問題上，吳語方言也很有啓發。浙江金華、湯溪等南部吳語入聲演變的過程是由促轉舒（延伸、拉長），從而併入原有的相近的舒聲調。[7]

## 第八節　方言聲調的發展

前面說過，聲調的發展主要是看聲母的清濁，國語的四聲如此，常熟的八調也是如此。底下，我們以近取譬，看一下台灣客家話和閩南話的聲調發展。客家話在台灣主要分爲苗栗腔和新竹腔，前者近乎廣東梅縣有六個調；閩南話在台灣主要有台南的漳州腔和台北的泉州腔，都是七個調。下文的客家話以苗栗腔爲分析根據，閩南話則以台南腔爲準。

(1) 客家話的六調系統

| 客家 | 平 | 上 | 去 | 入 |
|---|---|---|---|---|
| 清音 | 天 thiɛn$^{13}$ | 好 ho$^{31}$ | 去 hi$^{44}$ | 筆 pit$^{1}$ |
| 全濁 | 田 thiɛn$^{11}$ | 坐 tsho$^{13}$ | 病 phiaŋ$^{44}$ | 勺 sok$^{5}$ |
| 次濁 | 蓮 liɛn$^{11}$ | 馬 ma$^{13}$ | 練 liɛn$^{44}$ | 入 ȵip$^{5}$ |

a) 根據這樣的分布情況，客家話的六個調可以歸納爲：陰平 13、陽平 11、上聲 31、去聲 44、陰入 1、陽入 5。

b) 濁上歸陰平（坐、馬），次濁入歸陽入（入）。

c) 次濁上也有歸上聲的（如：老 lo$^{31}$），次濁入也有歸陰入的（如：日 ȵit$^{1}$）。

d) 全濁聲母不管平仄今讀都是送氣的，如：田、坐、病。

(2) 閩南話的七調系統

| 閩南 | 平 | 上 | 去 | 入 |
|---|---|---|---|---|
| 清音 | 天 thĩ$^{55}$ | 好 ho$^{51}$ | 去 khi$^{11}$ | 筆 pit$^{32}$ |
| 全濁 | 錢 tsĩ$^{24}$ | 坐 tse$^{33}$ | 病 pẽ$^{33}$ | 讀 thak$^{5}$ |
| 次濁 | 棉 mĩ$^{24}$ | 馬 be$^{51}$ | 練 liɛn$^{33}$ | 入 lip$^{5}$ |

a) 閩南話的七個聲調是：陰平 55、陽平 24、上聲 51、陰去 11、陽去 33、陰入 32、陽入 5。

b) 全濁上歸陽去，次濁上歸上聲，次濁入與全濁入同歸陽入。次濁上白讀也有歸陽去的（如：老 lau$^{33}$、卵 nŋ$^{33}$）。

c) 現代台灣常見的混同現象是把陽入讀成陰入。

d) 全濁聲母不管平仄都有送氣（如：糖、讀）和不送氣（如：平、堂、坐、病）的情況。

如同國語一樣，閩客方言也都經歷過濁音清化。由於聲調的變化主要受制於古聲母的清濁，古代濁音雖然清化，但其痕跡遺留在聲調上。所以從聲調的表現可以反推古代聲母的清濁。國語的陽平調（35）大體就是古代濁聲母，這一點前面已經說過了（例外是清入來的陽平讀法）。從閩南話看，凡單字調讀 24、33、5 的，古代一定是濁聲母。閩南話無法分辨濁上和濁去，但是只要知道客家話濁上歸陰平的規律，那麼分辨起來易如反掌。如果一個字國語讀不送氣，而客家話送氣，那個字一定是古濁聲母。

我們不厭其詳講述閩客方言的聲調發展，目的是以少馭多，用簡單的規律掌握古音，尤其是消失的古音特點。在漢語方言之間，一個學者如能掌握吳語和粵語，那麼他研究古音必定如虎添翼；在台灣，閩客方言還處處可聞，如能善於運用，境界必定大大提高。

(3) 廣州話的九調系統

| 廣州 | 平 | 上 | 去 | 入 |
|---|---|---|---|---|
| 清音 | 知 $tʃi^{55}$ | 走 $tʃɐu^{35}$ | 變 $pin^{33}$ | 竹 $tʃʊk^{5}$/ 百 $pak^{33}$ |
| 濁音 | 窮 $khʊŋ^{21}$ | 抱 $phou^{23}$ | 汗 $hɔn^{22}$ | 白 $pak^{2}$ |

a) 廣州話的九個調是：陰平 53（55）、陽平 21、陰上 35、陽上 23、陰去 33、陽去 22、陰入 5/33、陽入 2（22）。其中，陰平和陽入的調值兩可，隨人而異。

b) 陰入分爲上陰入和下陰入兩類，例如：

上陰入——筆 $pɐt^{5}$ 碧 $pɪk^{5}$ 竹 $tʃʊk^{5}$ 谷 $kʊk^{5}$

下陰入——百 $pak^{33}$ 八 $pat^{33}$ 法 $fat^{33}$ 客 $hak^{33}$

大體說來，陰入分爲上下與元音高低有關，原來元音較高的讀上陰入，較低的讀下陰入。由於歷史音變的關係，這條規律在許多地方變得模糊不清，這裡且不細說。

c) 粵語次濁聲母在聲調發展上與全濁行動一致，次濁平（明）、次濁上（五）、次濁去（例）、次濁入（入），分別讀爲陽平、陽上、陽去、陽入：明 ꜀mɪŋ、五 ꜂ŋ̍、例 lɐi꜆ 、入 jɐp꜇ 。

d) 粵語的濁音清化規律是：平聲送氣，仄聲不送氣。濁上字在白讀裡也有讀送氣的，如「抱」字所示。

如同江蘇常熟一樣，廣州話聲調發展也可以概括爲四聲八調一古四聲依聲母清濁分化爲八個調，然後在清入部分又依元音的高低分化爲上下兩調。比起閩客方言，吳語和粵語的聲調系統更能夠讓現代人去分辨古四聲和古代聲母清濁。

漢語方言南北差異的一個表徵就在聲調的多寡，南方多而北方少。在北方一般都是四個調，而南方的聲調數一般都有五個以上。其原因就在北方原來的入聲塞音尾消失，原來的促聲調跟著舒化。北方世界的例外是以山西爲核心的晉語（或稱山西官話），由於晉語古入聲字還保留喉塞尾的關係，入聲調也都獨立成一調，有的還有陰入與陽入之別。

總結言之，漢語聲調的發展主要是聲母清濁決定的，有時在濁音部分還要看次濁是否行爲特殊。順著這個邏輯，人們難免要問，送氣是否跟聲調的發展有關？就現在所知，絕大多數漢語方言的聲調發展在清聲母部分送氣與否都是一致的，只有少數方言（例如江蘇吳江）需要區別送氣與不送氣兩類，讀送氣的是一個調，不送氣是另一個調；通常送氣那類聲調較低，不送氣那類聲調較高。

## 第九節　相關問題

### 一、聲調的描寫與分類

調形與調型：我們在上文用「調形」來指稱聲調的輪廓，音系學家用「調型」這個標籤，把聲調分爲平調、斜調和曲調；平調下分高平、中平、低平，斜調包括升調與降調（細分又可分爲高升、低升、高降、低降）……。音系學家的目的是爲了尋求規律的一致性，掌握語音行爲的共同性。[8] 我們在第一章看過，國語的韻母可以據實際發音加以描寫，也可以對它進行音系學分析，端看目的而定。聲調的問題也是一樣。

調域問題：調值的高低決定於基頻，其變化範圍（約占八度音）就是調域。男人的調域約在 100-200 赫茲之間，女人大致在 150-300 赫茲之間。[9] 除了男女之別，方言之間也有調域高低的不同。例如，溫州人說起話來高亢、激越，外人以爲他們是在吵架；蘇州人說起話來溫柔婉約，給人「吳儂軟語」的印象。儘管調域不同，無礙於人間交談和了解，那是因爲在信息的傳遞上，我們接收的聲調高低是取其相對值，而不在其絕對值。

五度制：雖然調域男女有別，也隨人而異，但在信息傳遞上，人們會自動把接收進來的聲調高低調整爲自己的五度高低。語音學家發現，貴州錦屛、劍河縣轄內的高垻侗語有九個聲調，內含五個平調（11、22、33、44、55），三個升調（13、24、45），一個降調（31）。在相鄰地區，至今沒有發現哪個語言聲調系統裡有五種以上的平調。換言之，如果超過五個平調的限度，可能會給聽辨帶來困難。[10]

調長：一般談聲調長短多憑聽感。爲了彌補這項主觀印象可能帶來的缺失，語音學家進行了儀器實驗分析。江蘇常州方言有七個調：陰平 44、陽平 213、上聲 233、陰去 41、陽去 332、陰入 5、陽入 3。調長量測的結果顯示：曲調 > 平降調（升平調）> 平調 > 斜調 > 入聲，相應的長度（以毫秒爲單位）是：[11]

293.9>224.4（224.2）>184.9>142.4>123.3（120.6）

概括起來，舒聲比促聲長，曲調比平調長，平調比斜調長。其中，陽入（123.3）略長於陰入（120.6）。這是很有意義的調長分析。

## 二、永明體與四聲八病

永明體是南朝齊梁年間文學界的一種講求聲韻格律的主張。《南史．陸厥傳》云：「永明末，盛為文章，吳興沈約，陳郡謝朓，琅琊王融，以氣類相推轂。汝南周顒，善識音韻，約等文皆用宮商，以平上去入為四聲。以此制韻，平頭、上尾、蜂腰、鶴膝，五字之中音韻悉異，兩句之內角徵不同，不可增減，世呼為永明體。」其中所謂平頭、上尾、蜂腰、鶴膝指詩文創作中易犯的毛病。此外還有大韻、小韻、旁紐、正紐四種，合稱八病。底下是與聲調有關的詩文要求。[12]

平頭：五言詩上下兩句頭兩個字或第二個字不能同為平聲或仄聲。例如：「芳時淑氣清，提壺台上傾。」「芳時」、「提壺」都是平聲字，不合聲律要求。「樹表看猿挂，林側望熊馳。」「表」、「側」同為仄聲字，也不合要求。

上尾：上下兩句末尾字如果都是平聲，那是缺乏變化，視為一病。例如：「西北有高樓，上與浮雲齊。」「樓」、「齊」兩字都是平聲，不好。

蜂腰：指五言詩一句之內，第二字、第五字平仄相同。如：「聞君愛我甘，竊獨自雕飾。」「君」與「甘」都是平聲，「獨」與「飾」同為仄聲，都不符合格律。

鶴膝：指第一聯首句，與第二聯首句最末一字，平仄不得相同。例如：「客從遠方來，遺我一書札；上言長相思，下言久離別。」「來」與「思」都是平聲，犯了「鶴膝」的毛病。

齊梁詩人發現四聲，並給四聲定名為平上去入，這是中國語言學史光輝的一頁。四聲的發現，加上前此反切的發明，這就給後代依聲（調）分卷的韻書製作創造了條件。他們關於四聲八病的主張璀璨一時，影響所及一定會強化人們對四聲的體認，讓後人知道下筆爲文應該顧及聲韻調搭配的音樂美感；雖然，隨著時代的變遷，四聲已非昔日面貌，但是聲調和音樂是形影不離的。在這方面，齊梁詩人可謂先知。

## 三、濁音清化的類型

濁音又叫帶音（voiced），發音時聲帶振動（vibration）。聲帶（vocal cords）振動的條件是喉下氣壓（sub-glottal pressure）必須大於口部氣壓（oral pressure）。一旦沒有壓差，聲帶就不會振動，濁音也就不復存在。所以濁音清化是很常見的語音變化。歐哈勒教授上課的時候，[13] 曾舉英文的 guy/gaɪ/ 爲例，指出這個詞在辭典裡的注音雖然是個濁輔音，但在一般美國人口中跟 sky/skaɪ/ 所發的清音沒什麼區別。因爲，部位偏後的濁塞音由於口部體積小，一旦發音，那個口部氣壓立刻與喉下氣壓連成一氣成爲正壓，壓差既失，濁音不復聽聞。

濁音清化發生的年代：現代漢語方言大多數都已經歷過濁音清化（devoicing），只有吳語（江蘇南部、浙江）和湘語（湖南中南部）還保留某種濁音狀態。按照傳統的說法，現代漢語方言所見的濁音清化都是中古以後發生的，因爲代表中古漢語的文獻材料《切韻》（作於隋仁壽元年，公元 601 年）還保留一系列的濁音聲母。現在看來，這樣的說法慮有未周，過於簡略。第一，語言發展的不平衡性自古而然，西方如此，中國也不例外。現代德語的祖先原始日耳曼語在兩千多年前已發生過濁音清化（如：*d>t），雖然其他印歐語（如梵語）還保留。在中國，春秋戰國時期，各國的情況是「文字異形，言語異聲」（許慎《說文解字‧敘》）。換言之，語音的保守與創新各地步調不同。第二，傳統語文學者只看古代文獻材料，不大看歷史人民活動。[14] 如把歷史人民活動列入考慮，視野就寬廣多了，同時也給我們一個反思的機會。從移民史來看，閩客方言先民早在西晉末年（公元 316 年）就往南方遷徙，這個時代比韻書的編成還早三百年。換言之，閩客方言濁音清化現象應在南下以前就已發生，後來隨移民被帶到南方。韻書所保留的濁音系統是根據比較保守的雅言（讀書音）。

濁音清化的類型：歷史語言學的基本假設是語音變化的規律性。同時，從日耳曼語前仆後繼的語音定律研究，學界終於得出一個認識：例外也有規律，只是還沒發現。[15] 這樣的經驗總結極其重要，富於啓發。

漢語方言學者爲了給現代漢語方言分區，採用了古全濁聲母的演變作爲標準。按照這個分區條件，閩語、客家話與粵語的特色是：閩語——古全濁聲母清化，平仄都有送氣與不送氣的，而以不送氣的爲多；客家話——古全濁聲母清化，平仄都送氣；粵語——古全濁聲母清化，平上聲送氣，去入聲不送氣。從歷史語言學的眼光看，這樣的概括距離規律的探求還很遙遠，尤其是閩粵方言，因此有必要條分縷析，然後加以透視。

閩語在所有漢語方言裡最突出的色彩是文白異讀最爲複雜。層次分析上，除了時代問題之外，還有地域背景的因素。作爲初步分析，首先只要簡單地分爲文白兩類就可以了。底下是古全濁聲母在閩南話的文白讀法。

白讀 A——肥　陳　寒　前；病　厚　斷　石
廈門音——꜁pui　꜁tan　꜁kuã　꜁tsɪŋ；pĩ꜅　kau꜅　tŋ̍꜅　tsioʔ꜇
白讀 B——蟲　床　騎；鼻　柿　待　賊　讀　席
廈門音——꜁thaŋ　꜁tshŋ̍　꜁khia；phi꜅　khi꜅　thai꜅　tshat꜇　thak꜇　tshioʔ꜇
文讀 A——平　談　前　途　球　題；鼻　劇
廈門音——꜁pɪŋ　꜁tam　꜁tsian　꜁tɔ　꜁kiu　꜁te；pit꜇　kiɔk꜇
文讀 B——評　痰　潭　騎　提　琴
廈門音——꜁phɪŋ　꜁tham　꜁tham　꜁khi　꜁the　꜁khim

客家話古全濁聲母演變的規律單純多了——清化後不論平仄都讀爲送氣。我們已知官話方言的規律是平聲送氣，仄聲不送氣。這樣，客家話與國語的不同就反映在仄聲字上；凡國語讀不送氣而客家話讀送氣的，那個字一定是古全濁聲母。底下是古全濁聲母仄聲字在客家話的讀法：

梅縣音——敗 phai꜄ 病 phiaŋ꜄ 被 ꜀phi 備 phi꜄ 白 phak꜇ 鼻 phi꜄
梅縣音——淡 ꜀tham 代 thɔi꜄ 動 ꜀thuŋ 弟 ꜀thai 鈍 thun꜄ 讀 thuk꜇
梅縣音——在 ꜀tshɔi 站 tsham꜄ 坐 ꜀tshɔ 淨 tshiaŋ꜄ 鄭 tshaŋ꜄ 席 tshiak꜇
梅縣音——舅 ꜀khiu 近 ꜀khiun 共 khiuŋ꜄ 件 khian꜄ 屐 khiak꜇ 局 khiuk꜇

此外，漢語方言學者指出有些古全濁聲母字讀爲不送氣，例如：渠、隊、站、辮、笨。[16] 其中，眞正的例外是代表第三人稱的「渠」꜁ki。在台灣，「隊」字讀 tshui꜄，並非例外。「辮、笨」讀不送氣是後起來自官話音或國語的影響。

粵語被定義爲：古全濁聲母清化，平上聲送氣，去入聲不送氣。除了上聲送氣之外，粵語跟後來崛起的官話方言類型相當一致。粵語古全濁上有文白異讀，白讀送氣，文讀不送氣。例如：

| 全濁上聲 | 坐 | 伴 | 淡 | 近 | 肚 |
|---|---|---|---|---|---|
| 廣州白讀 | ꜃tshɔ | ꜃phun | ꜃tham | ꜃khɐn | ꜃thou |
| 廣州文讀 | tsɔ꜅ | pun꜅ | tam꜅ | kɐn꜅ | ----- |

此外，還有「舵、柱、舅、抱、盾」等字只有白讀（送氣＋陽上）而沒有文讀（不送氣＋陽去）。

面對閩、客、粵方言這種分歧複雜的現象，我們如何看待？首先應該指出，漢語方言分區的目標是在方言現狀中找出異同，並根據彼此的差異劃分界線，其工作性質是靜態的，只管古今對應關係，羅列事實。找出現狀事實背後的原因，那是歷史語言學家的工作。換言之，漢語方言分區工作只負責描寫與分類，歷史語言學家的工作必須對同一個事實提出解釋。

如何解釋？語音定律，移民運動，文教推廣。從語音定律看，上述分歧複雜的對應關係其實是從三種演變類型來的。這三種類型的特點是：長安型——清化，平仄皆送氣；太原型——清化，平仄皆不送氣；洛陽型——平聲送氣，仄聲不送氣。從這三種類型出發，漢語方言古全濁聲母清化的問題就變得明朗多了。閩語白讀兼有太原型與長安型；客家話主要是長安型；粵語主要是洛陽型。

長安型（秦晉方言）在漢代是帝國的通語，隨著政治、文化的力量對外擴散，風行全國各地，河南、山西、山東都受到一定程度的沖擊。這就解釋了，為什麼西晉末年南遷的北方人口語中多少都帶有長安型的特色，江西人（含客贛先民）如此，福建人也如此，江蘇通泰地區（南通至泰州一片）也是如此。閩南先民的北方故鄉（山東）原來是太原型，在長安型的擴張下也受波及，到了西晉末年，太原與長安兩大類型的特色早已融入口語，後來隨移民運動帶到南方。

洛陽型的濁音清化運動雖然起步較晚，但是隨著中原地位日隆，其語言勢力越來越大。其變化首先發生在通語（方言），後來影響到雅言，所以洛陽型到了北宋時期就變得很明顯，從而受到文獻的紀錄。粵語先民來自洛陽附近山區，其濁音清化就是唐代河南方言的見證；白讀中的濁上送氣應是更早一個時期（漢代）長安型影響下的殘存。

閩南話的文讀出自南宋政府推廣的雅言，這個雅言仍有一套濁音系統，傳進福建後發生清化並一致地讀為不送氣。那麼，文讀中的送氣讀法又是怎麼來的？答案是官話音的影響，因為主要見於平聲字。談漢語方言，一定要注意官話擴散的因素，有了這個認識，才能分辨什麼是方言原來的特色，什麼是「官話化」。事實上，洛陽型不只見於中原核心，也以文讀姿態大規模深入原來的長安型、太原型故地，影響所及，現代已無純粹的長安型、太原型可言。

## 四、濁上的演變類型

我們在上文看到，粵語的古濁上白讀陽上，文讀陽去，調類不同，送不送氣也不一樣。除去全濁上白讀，粵語的清化規律就和後來的官話一致：平聲送氣，仄聲不送氣，濁上變去。粵語的問題可分幾方面來說。一、全濁上白讀是上一代（漢代以來的長安型）的音讀模式的殘餘。二、洛陽型崛起後，粵語先民率先受到波及，雅言只有平聲字分陰陽，方言則上去入也分陰陽。換言之，粵語先民在南下以前已成四聲八調之勢。三、一般方言的文讀都是在白讀行用已久之後，才從權威語言引進；粵語先民就住在天子眼皮底下（洛陽近旁），他們所接受的漢字音就是天下的標準音，若有差別，就是上述雅言與方言的不同；若論分化模式，其實同出一源。四、文白是方言學者描寫與分類的標籤，對粵語先民而言，都是天朝帝都的標準音（一個來自漢代長安，一個來自唐代的洛陽），哪有軒輊？附此一提，類型的殘存反映在哪裡隨方言而異。北京「特」字讀爲送氣 [thɤ꜄ ]，不合於全濁入讀不送氣的規律，與客家話的 [thit꜇ ] 同出一源：漢代長安型。

客家話聲調發展的特色反映在兩個地方，濁上讀陰平，次濁入分歸陰入和陽入。底下是方言實例。

全濁上讀陰平　被 ꜀phi 淡 ꜀tham 弟 ꜀thai 在 ꜀tshɔi 舅 ꜀khiu<br>近 ꜀khiun

次濁上讀陰平　馬 ꜀ma 冷 ꜀laŋ 有 ꜀iu 暖 ꜀non 禮 ꜀li 忍 ꜀ȵiun

除此之外，客家話也有另一種讀法，全濁上讀去聲，次濁上讀上聲。例如：動 [thuŋ꜄ ]、近 [khiun꜄ ]、李 [ ꜂li]、卵 [ ꜂lon]。這樣的聲調讀法來自後起的讀書音的影響，詞例：動物園、近視、姓李、雞卵。

| | |
|---|---|
| 次濁入讀陰入 | 日 ȵit꜆ 六 liuk꜆ 肉 ȵiuk꜆ 躡 ȵiap꜆ 約 iɔk꜆ 壢 lak꜆ |
| 次濁入讀陽入 | 月 ȵiet꜇ 綠 liuk꜇ 玉 ȵiuk꜇ 業 ȵiap꜇ 藥 iɔk꜇ 歷 lak꜇ |

這種分化情況不只在台灣如此，在中國大陸的福建（永定、長汀）、江西（于都）、廣東（五華）客家話也是如此。[17] 爲什麼條件相同而聲調表現分歧？這個無條件分化在歷史上出於什麼原因？不得而知。山東東部榮成、牟平、煙台、萊陽的次濁平也分化爲兩個調，例如「羊、洋」兩字不同調，何以如此也難考究。[18]

閩南話全濁上讀陽去，次濁上分歸陽去和上聲。底下是次濁上的例字。

| | |
|---|---|
| 次濁上讀陽去 | 老 lau꜅ 有 u꜅ 卵 nŋ̍꜅ 耳 hĩ꜅ 兩 nŋ̍꜅ 五 gɔ꜅ |
| 次濁上讀上聲 | 老 ꜂lo 有 ꜂iu 軟 ꜂nŋ̍ 耳 ꜂nĩ 兩 ꜂niũ 五 ꜂ŋɔ |

大體言之，次濁上讀陽去是白讀，讀上聲是文讀。文讀詞例：父老、烏有、木耳、五龍。但是，也有交錯情況，聲調是文讀聲調，但聲母、韻母應歸白讀，如「軟、耳、兩」所示。「軟」字的文讀是 [꜂luan]，兩個「兩」字詞義不同並非文白異讀——「兩~個」和「兩斤~」，應是同形異詞。

現代漢語方言是歷史上分化與統一兩股力量交相運作的結果。較早的一次語言統一運動是兩漢時期長安型的擴散運動，較晚的一次是唐宋以來的洛陽型擴散運動。一般都把這較晚而且較明顯的統一運動叫做「官話化」，論其源頭應出自洛陽；所以，我們有時逕以洛陽型概括。[19] 總結言之，我們對分化與統一的認識越深，越有助於透析漢語語音發展史。

# 注　釋

[1] 參看史存直《漢語語音史綱要》，商務印書館，1981 年。

[2] 參看呂叔湘《丹陽方言語音編》，語文出版社，1993 年。

[3] 參看李榮〈四聲答問〉，收在《音韻存稿》，商務印書館，1982 年。

[4] 參看錢曾怡主編《漢語官話方言研究》，齊魯書社，2010 年。頁 82。

[5] 參看許寶華〈論入聲〉，《音韻學研究》第一輯，中華書局，1984 年。

[6] 參看錢曾怡主編《漢語官話方言研究》，齊魯書社，2010 年。頁 145。

[7] 參看曹志耘《南部吳語語音研究》，商務印書館，2002 年。

[8] 參看王洪君《漢語非線性音系學——漢語的音系格局與單字音》，北京大學出版社，1999 年。

[9] 參看林濤．王理嘉《語音學教程》，北京大學出版社，1992 年。

[10] 參看石鋒．廖榮蓉《語音叢稿》，北京語言學院出版社，1994 年；Ian Maddison. Universals of Tone, in *Universals of Human Language*. Vol.2. Stanford University Press. 1978.

[11] 這是平悅鈴（2001）的研究。轉引自高永安《聲調》，商務印書館，2014 年。

[12] 參看高永安《聲調》，商務印書館，2014 年。

[13] 1982 年秋季，我上歐哈勒教授（Prof. John J. Ohala）語音學和音系學（Phonetics and Phonology）的課，他把這個例子寫在黑板上，至今印象深刻。

[14] 這是周祖謨教授歷練有得的評論。他說：「過去研究歷史的人不十分注意語言的發展和人民活動之間的關係，而研究語言歷史的

人又往往忽略了人民活動的歷史，因此有些連帶的問題不能得到完滿的解決。」見《漢語發展的歷史》，收在周祖謨《語言文史論集》，五南出版社，1992 年。

[15] 這些定律按發現次序是格林定律（Grimm's law）、羅特納定律（Lottner's law）、維爾納定律（Verner's law）。作爲語音定律的先驅，格林說：「這些語音變化只是大體如此，還有許多地方不照規律變化。」（...the sound shifts succeed in the main but work out completely only in individual words, while others remain unchanged.）後人繼踵增華，終於對他留下的例外找出規律；那些例外原來是特定語音環境下產生的規律現象。參看 Terry Crowley. *An Introduction to Historical Linguistics*. Oxford University Press. 1997. (P. 231)

[16] 參看侯精一主編《現代漢語方言概論》，上海教育出版社，2002 年。

[17] 同 [16]。

[18] 參看錢曾怡《漢語官話方言研究》，齊魯書社，2010 年。頁 115。

[19] 關於這個問題，第五章將做比較詳細的討論。

# 第三章

# 文獻材料

華田說：「由於文獻材料提供給我們關於過去語言習慣的直接信息，所以研究語言演變的首要工作是，如有文獻材料，一定要先研究文獻材料。」（Bloomfield 1933：Since written records give us direct information about the speech-habit of the past, the first step in the study of linguistic change, wherever we have written records, is the study of these records.—p. 282）同時，他也提請注意文獻材料的侷限性，他說：「從這種種跡象看來，顯然文獻材料只能給我們一個不完整的、時或被歪曲的過去語言的畫面，那個畫面有必要加以解密和釋讀，其工序往往曠日廢時。」（Bloomfield 1933：It is evident, from all this, that written records give us only an imperfect and often distorted picture of past speech, which has to be deciphered and interpreted, often at the cost of great labor.—p.293）[1]

所謂語言演變，用歷史語言學家的話來說，就是歷史的連續性（historical continuity）或語言的連續性（linguistic continuity）。漢語史文獻材料豐富，人們難免天真地以爲，只要把文獻材料按時代次序加以排比就可以達成語言的連續性，在這方面，我們不能不傾聽兩位語言學家的經驗結晶。瑞士的索緒爾（Ferdinand de Saussure）說，歷史上的文獻材料常出自「異時異地」，同地所出前後接續的材料是比較少見的；[2] 法國的梅耶（Antoine Meillet）說，同一個語言的兩份文獻，只代表那個語言的兩個歷史階段，而不可能揭露所有階段的內容，展現語言連續性的故事。[3] 所謂直接信息，就漢語史文獻來說，也不免言過其實，因爲以漢字爲載體的關於漢語音韻的文獻材料再怎麼直接也只能是間接的，如果是直接的，爲什麼這門學問如此神秘難測、諱莫如深？以上兩點是我們探索文獻材料必須注意的觀念問題。

講述歷史故事不外兩種方式，一種是由近及遠的回溯式，一種是由古至今的前瞻式。漢語語音發展史的談論方式照理也可以循這兩種方式進行，但是由於文獻材料的關係，學界一般採取的方式是從中間一段開始，然後上推下看。爲什麼呢？因爲只有到了中古時期，漢語音韻學研究才有一些比較具體的、比較成系統的文獻材料可以參考。這些文獻材料就是韻書與韻圖。所謂韻書是按韻編排的發音字典—其注音方式是「反切」，作用如同民國初年發明的注音字母。所謂韻圖，用現在的觀念來說，那就是聲母韻母配合表。我們在上文說過，音節音系學的內容不外聲、韻、調，聲調的問題上一章已經討論過了，底下，我們看古代聲母和韻母的分類情況。

## 第一節　聲母：三十六字母

所謂字母是造字元素的意思。這是佛教東傳以後，中土學者得自西方拼音文字啓發才有的觀念。古代學者懂得雙聲疊韻的道理以後，開始用兩字去拼切第三個字的發音，上字表聲母，下字表韻母與聲調。例如，冬 - 都宗切，冬都雙聲，冬宗疊韻。但是，反切是一個一個造出來的，只要是同聲母的字都可以用來表示那個特定聲母，韻母的情況也是一樣。如此一來，同一個聲母的代表字就不只一個，如果沒有加以系統歸納，就散亂一片；在字母文字系統的啓發下，古代的學者就想到了執簡馭繁的法子，例如把「都、冬、丁、當……」等字用同一個代表字「端」去標示它們的聲母。所謂三十六字母就是古代學者對反切上字所做的系統性歸納的結果，代表中古漢語的聲母類別。

如同現代漢語方言音系的描寫一樣，聲母的分類要依發音方法與發音部位加以界定。在發音方法上，聲母分爲全清、次清、全濁、次濁四類；在發音部位上，首先分爲唇、舌、齒、牙、喉五大類，其下又分重唇、輕唇、舌頭、舌上、齒頭、正齒、半舌、半齒，概括如下：

| | | 全清 | 次清 | 全濁 | 次濁 | 全清 | 全濁 | 次濁 |
|---|---|---|---|---|---|---|---|---|
| 唇音： | 重唇 | 幫 | 滂 | 並 | 明 | | | |
| | 輕唇 | 非 | 敷 | 奉 | 微 | | | |
| 舌音： | 舌頭 | 端 | 透 | 定 | 泥 | | | 來（半舌） |
| | 舌上 | 知 | 徹 | 澄 | 娘 | | | |
| 齒音： | 齒頭 | 精 | 清 | 從 | | 心 | 邪 | |
| | 正齒 | 照 | 穿 | 床 | | 審 | 禪 | 日（半齒） |
| 牙音： | | 見 | 溪 | 群 | 疑 | | | |
| 喉音： | | 影 | 曉 | 匣 | 喻 | （曉） | （匣） | |

就像國語注音符號一樣，這三十六個字母必須熟記在心，才能開展古音聲母的討論，背誦的次序是：幫滂並明，非敷奉微；端透定泥來，知徹澄娘；精清從心邪，照穿床審禪日；見溪群疑，影曉匣喻。

a) 關於發音方法，我們在前兩章已經談過。所謂清濁說的是聲帶振動與否，一般又以「有聲」（濁）、「無聲」（清）稱之；所謂送氣說的是除阻後氣壓持續上升。

全清（completely clear）——指的是清不送氣聲母（voiceless unaspirated initials）；

次清（secondarily clear）——指的是清音送氣聲母（voiceless aspirated initials）；

全濁（completely muddy）——指的是濁的阻塞音（voiced obstruents）- 包括塞音，塞擦音和擦音；

次濁（secondarily muddy）——指的是濁的響音（voiced sonorants）- 包括鼻音，邊音和半元音。

其中，阻塞音和響音的名稱是生成音系學家常用的自然類。

b) 關於發音部位，用現代語音學的名稱來理解，大體如下：

重唇——雙唇音（bilabials）　輕唇——唇齒音（labiodentals）
舌頭——舌尖塞音（apico-alveolars）舌上——舌面塞音（laminals）
齒頭——舌尖前音（lamino-alveolars）正齒——舌尖面音（alveopalatals）
牙音——舌根音（velars）　喉音——喉部發音（gutterals）
半舌——舌尖邊音（dental lateral）半齒——舌面鼻音（palatal nasal）

其中需要補充說明的是「舌頭」，包括「端透定泥」四母，我們用舌尖塞音去翻譯。「泥」不是鼻音嗎？爲什麼可以包括在塞音內？那是因爲，鼻音的特點在氣流經由鼻腔外出，但是就口腔而言，鼻音在口腔是塞音狀態，所以鼻音事實上是口塞而鼻通的發音，傳統習慣只以它的突出特點給予命名。另外就是舌尖面音，它的發音部位含蓋牙齦和上顎（靜器官），由於接觸面廣，發音時動器官涉及舌尖和舌面，因爲這樣，從舌頭的立場命名，舌尖面音也叫舌葉音。關於舌上，我們用舌面塞音去翻譯，其性質後文再說。

這三十六字母不知起於何時，但在唐末以後廣見於韻圖，可能是宋代音韻學者據反切整理出來的結果。隨著研究日益深刻，現代音韻學家覺得這三十六字母應該離析爲四十個，也就是：(1) 把「照穿床審」四母分爲「章昌船書」和「莊初崇生」兩組，原來的「禪」母歸在章組系列；(2)「泥娘」合併爲「泥」一類；(3)「喻」母分爲「云、以」兩類，舊稱「喻三」爲「云」，舊稱「喻四」爲「以」。這樣的分析始於清朝末年的陳澧，而完成於二十世紀末葉的丁聲樹和李榮，[4] 在漢語語音發展史上可供作通古知今的橋樑。爲了清楚起見，我們把這四十個聲母代表字列如下表：

幫滂並明
非敷奉微
端透定泥來

精清從心邪
知徹澄
莊初崇生
章昌船書禪日
見溪群疑
曉匣
影云以

這四十個聲母凡是成系列的，可以用第一個作代表而以「組」稱之，例如幫組代表「幫滂並明」四個，其他可以簡括爲：非組、端組、精組、知組、莊組、章組、見組、曉組、影組。見組與曉組也可以合稱爲見曉組。單舉則以母稱之，例如生母不含莊初崇，端母不含透定泥來……等等。

發音方法分類如舊。「莊初崇生」和「章昌船書」雖從「照穿床審」離析出來，發音方法歸類不變：莊、章是全清，初、昌是次清，崇、船是全濁，生、書是全清。全清、次清可以合稱爲清，全濁、次濁可以合稱爲濁，這是爲了描述語音行爲的共同性時用的，如果行爲有別則仍採分稱以免混淆。

發音部位的分類名稱可以沿用傳統的辦法，莊、章兩組仍可以叫做正齒。但是既然我們已有組、系的概念，用不用舊稱全看需要而定。傳統學者比較習慣的是古代學者的用語，要與古代學者精神相往來自然必須知道舊稱。我們用音系學自然類的概念去看，舊稱裡最有意義的分類是唇、舌、齒、牙、喉五類，在語音行爲上，這五類常可分爲兩組，舌齒音是一組，唇牙喉是一組。關於這種分組態勢的意義與價值，到了我們觀察聲母與韻母配合關係的時候就可以看得很清楚。語音上，其間的差別是：舌齒音發音部位居中，而唇牙喉分居前、後，因爲這樣，它們與元音的互動關係是不一樣的。

莊組和章組劃分開來到底是原來就應有別還是後來語音發生變化之後才分道揚鑣？如從三十六字母看，那好像是後來的發展。其實，兩組的區別應在三十六字母之前。如同三十六字母一樣，莊章兩組的劃分也是根據反切注音來的，因爲它們在聲韻配合上不同，莊組可以出現在二三等的韻母前，章組只出現在三等的韻母前，換言之，它們在同一個環境下（三等）都可以出現，應該是對立的而不是互補的。那麼，爲什麼三十六字母的系統裡把它們合在一起呢？古人沒有留下說明，我們只好替他解釋。那是因爲，章組是舌面音（*tɕ...）系列而莊組是舌葉音（舌尖面音 *tʃ...）系列，這兩種發音在語音學裡都可以用舌面音（palatal）稱呼—所謂顎化（palatalization）包括 k>tʃ，k>tɕ 兩種。梵文輔音系統有 /s、ç、ṣ/ 三種，深受沙門影響的韻圖作者把 /ɕ、ʃ/ 視爲一個與 /ç/ 相當的音毋寧是天經地義的舉措，單音如此，整組亦然。

經過長期的思辨，四十聲類的古音樣貌已大體清楚，底下分三類來說。

| | | | | | | | |
|---|---|---|---|---|---|---|---|
| 一、完全確定的： | 幫滂並明 | *p | *ph | *b | *m | | |
| | 端透定泥來 | *t | *th | *d | *n | *l | |
| | 精清從心邪 | *ts | *tsh | *dz | *s | *z | |
| | 章昌船書禪日 | *tɕ | *tɕh | *dʑ | *ɕ | *ʑ | *ȵ |
| | 見溪群疑曉匣 | *k | *kh | *g | *ŋ | *h | *ɣ |
| | 影云以 | *ʔ | *ɣ/ø | *ø | | | |
| 二、看法不同的： | 莊初崇生 | *tʃ | *tʃh | *dʒ | *ʃ | | |
| | 知徹澄 | *ȶ | *ȶh | *ȡ | | | |
| 三、難以確定的： | 非敷奉微 | *p/f | *ph/f | *b/v | *m/w | | |

莊組是舌葉部位的塞擦音、擦音。知組是舌葉的塞音，由於沒有國際音標符號可以代表，就借用舌面塞音去代表。有人認爲，中古莊

知兩組聲母是捲舌音；這種看法的缺點是沒法有條理地解釋《中原音韻》的相關現象。

非組出現的環境是合口三等，因此，就文獻來說，非組是幫組在合口三等的變化形式。怎麼變並不清楚，因為從現代方言看不出變化的條件，學界有種種推測。上面的寫法代表南北方言對應關係，斜線前是南方讀法，斜線後是北方的讀法，過渡形式這裡不討論。

云、以兩母是次濁聲母，因此古代的讀法可能是半元音（w、j）。如按閩南方言的讀法，云母如同匣母，所以我們寫作 *ɣ/ø。閩南云母的匣母讀法是：遠 [hŋ̍⁼]、雲 [₌hun]。絕大多數漢語方言的云、以兩母都是零聲母 *ø。附此一提，國語的云母字「熊、雄」也來自 *ɣ(>x>ç)。

## 第二節　韻母：二百零六韻

上文說過，韻書是按韻排列的發音字典。如果押韻可以不在乎聲母，因而沒有列出聲母系統，那種舉措合情合理；那麼，按韻排列的「韻」總該依「韻母」排列吧？事實不然。古人在乎的是押韻的韻，只要把同韻（主要元音與韻尾相同）字排在一起編成書，就可以滿足文士們詩文押韻的需要，一個韻含有幾個韻母不是最重要的。自從發現四聲以後，韻書作者就先按四聲分卷，卷內分韻，韻內同音字的首字用反切注音，這樣一來，聲韻調的信息全都齊備，孩童讀書識字，文人作詩押韻就有了依據。實用的目的是達到了，可是距離系統的整理還差一截。這是我們看待韻書首先必須了解的。底下，我們先看韻書的分韻內容。

| | | | |
|---|---|---|---|
| 1 | 東董送屋 | 32 | 山產襉鎋 |
| 2 | 冬湩宋沃 | 33 | 先銑霰屑 |
| 3 | 鍾腫用燭 | 34 | 仙獮線薛 |

4　江講絳覺
5　支紙寘
6　脂旨至
7　之止志
8　微尾未
9　魚語御
10　虞麌遇
11　模姥暮
12　齊薺霽
13　　　祭
14　　　泰
15　佳蟹卦
16　皆駭怪
17　　　夬
18　灰賄隊
19　咍海代
20　　　廢
21　眞軫震質
22　諄準稕術
23　臻　　櫛
24　文吻問物
25　殷隱焮迄
26　元阮願月
27　魂混慁沒
28　痕很恨麧
29　寒旱翰曷
30　桓緩換末
31　刪潸諫黠
35　蕭篠嘯
36　宵小笑
37　肴巧效
38　豪晧號
39　哥哿箇
40　戈果過
41　麻馬禡
42　陽養漾藥
43　唐蕩宕鐸
44　庚梗敬陌
45　耕耿諍麥
46　清靜勁昔
47　青迥徑錫
48　蒸拯證職
49　登等嶝德
50　尤有宥
51　侯厚候
52　幽黝幼
53　侵寑沁緝
54　覃感勘合
55　談敢闞盍
56　鹽琰豔葉
57　添忝掭帖
58　咸豏陷洽
59　銜檻鑑狎
60　嚴儼釅業
61　凡范梵乏

要走進古代聲韻學的世界，讀者應該熟記這些韻目，横的韻目是所謂四聲相承，竪的韻目次序反映的是以類相從（元音相近或韻尾相同）。首先要記的是「東董送屋、……凡范梵乏」，然後依下列次序背誦平聲韻目：東冬鍾、江、支脂之微、魚虞模、齊佳皆灰咍、眞諄臻文殷、元魂痕、寒桓刪山先仙、蕭宵肴豪、歌戈、麻、陽唐、庚耕清青、蒸登、尤侯幽、侵、覃談鹽添咸銜嚴凡。這是所謂以「平賅上去或入」，也就是在掌握了四聲相承關係的基礎上執簡馭繁，用平聲韻目涵蓋上去或入的韻目。其用處很快就會揭曉。

繼續討論以前，讀者應該已經看到了上面所列的韻目總數是208個，爲什麼標題寫的是206韻？那是因爲，早期的韻書已經亡佚不存，我們根據的是宋代所編的《廣韻》，這本字典把「湩」併在「腫」，把「麧」併入「沒」。除此之外，每組韻目都據它們在韻書的次序給予編號，例如「支脂之」三個韻目現在唸起來都一樣，談論起來容易混淆，編號讓人們可以清楚指認，因此習慣上就有五支、六脂、七之的說法。其他容易混淆的地方就用加字去區別，如神仙的仙、先後的先……等等。

a) 十六攝：上文說過，韻圖相當於現代音系學所說的聲、韻配合表，圖和表都是一個意思，用英文來說就是 rhyme table。所謂韻攝，大約是古代學者根據他們所認知的韻類關係加以歸併的大類。韻目次序既然以類相從，背後隱然可見有一個統攝的觀念在支撐，雖然沒有「攝」的名稱。所謂十六攝是：通江止遇，蟹臻山效，果假宕梗，曾流深咸。各攝涵蓋的韻目是：

| | | | |
|---|---|---|---|
| 通：東冬鍾 | 蟹：齊佳皆灰咍 | 果：歌戈 | 曾：蒸登 |
| 江：江 | 臻：眞諄臻文殷魂痕 | 假：麻 | 流：尤侯幽 |
| 止：支脂之微 | 山：寒桓刪山先仙元 | 宕：陽唐 | 深：侵 |
| 遇：魚虞模 | 效：蕭宵肴豪 | 梗：庚耕清青 | 咸：覃談鹽添咸銜嚴凡 |

其中有必要說明的是：一、落單的去聲四韻「祭泰夬廢」歸在蟹攝。二、元韻如照韻目次序應歸在臻攝，實際上歸在山攝。

從韻尾的角度看，這十六攝把 206 韻歸納爲四類：一類是沒有輔音韻尾的所謂陰聲韻，一類是雙唇輔音尾韻，一類是舌尖輔音尾韻，一類是舌根輔音尾韻。如下：

元音尾韻：果、假、止、遇；蟹（-i）、效（-u）、流（-u）
-m/p 尾韻：咸、深
-n/t 尾韻：山、臻
-ŋ/k 尾韻：通、江、宕、梗、曾

我們多次說過，語音規律的描寫必須執簡馭繁，有了自然類的概念以後，談語音變化就不是一個一個分開說，而是把相同的變化用一個簡單的辦法一次說清楚。這十六攝的四分法，在很多地方給我們提供了方便。

b) 等第：韻圖的形制是以聲母爲樞紐，每張圖的聲母是一樣的，只是韻母不同，這樣就方便使用者橫推直看讀出字音來。所謂等第，就是一個韻在韻圖裡所處的位置，列在第一排的是一等，第二排的是二等，第三排的是三等，第四排的是四等。了解了四聲相承的關係以後，等第的次序不會搞亂。根據韻圖的等第安排，韻就又多了一個標籤，如下：（平賅上去或入）

一等韻：冬、模、咍、灰、泰、痕、魂、寒、桓、豪、歌、唐、登、侯、覃、談；
二等韻：江、皆、佳、夬、臻、刪、山、肴、耕、咸、銜；
三等韻：鍾、支、脂、之、微、魚、虞、祭、廢、眞、諄、殷、文、仙、元、宵、陽、清、蒸、尤、幽、侵、鹽、嚴、凡；

四等韻：齊、先、蕭、青、添；

一三等韻：東、戈；

二三等韻：麻、庚。

我們在二等「臻」韻下加橫線，表示身份有爭議，有人把它歸入三等，但從歷史比較法透視，「臻」韻應是與「登」韻平行的一等韻，看下一章討論。一般說來，韻書的一個韻都只歸一個等，但是如上表所示，「東、戈」分歸一三等，而「麻、庚」分歸二三等，可見韻圖根據韻母有別列在不同的等第內，比韻書更加精細。

c) 開合：韻圖的聲韻配合表又依介音的性質分爲開合，開口一圖，合口一圖。例如，韻書的唐韻內含「剛、航；光、黃」等字不加區別，都叫唐韻。韻圖裡，「剛、航」列在一表叫做開，「光、黃」列在另一表叫做合。這樣，除了韻攝、等第之外，一個韻又多了一個標籤。傳統習慣上，把「剛、航」等字稱作宕攝開口一等，而「光、黃」等字是宕攝合口一等。同樣地，麻韻開口二等（馬、牙）與開口三等（寫、謝）同在一圖，麻韻合口二等（瓜、花）放在另一圖。

　　韻圖裡的開口、合口不等於四呼裡的開口呼、合口呼。因爲，有伊介音的「陽」韻也叫開口。如果要用四呼去做譬況，那麼可以說，韻圖的開口指的是開口呼、齊齒呼，韻圖的合口指的是合口呼、撮口呼。清朝的江永就是這麼理解的，後文再說。

　　從韻圖看，韻書裡的韻有許多都像麻、陽、唐那樣是所謂開合同韻的，但是也有許多韻是開合異韻的。所謂開合異韻是說，主要元音相同，但是韻書依介音是否有個合口成分來分。例如，歌／戈、寒／桓、痕／魂、咍／灰，都依開合分立。

d) 古代音韻名目：關於古代音韻名目，李榮有個「警世通言」，值得傾聽。他說：「對傳統的一些音韻名目，我們得明白它是在什麼音韻基礎上提出來的。我們要恰如其分地了解，恰如其分地使用，否則你多讀一本書，你的脖子就多套上一根繩子，繩子多了，就寸步難行。」[5]

韻：韻書的一個「韻」是可以相押韻的單位，有時就是一個韻母，有時多於一個韻母。例如，寒韻只有 *on 一個韻母，麻韻有 *a、*ua、*ia 三個韻母。

等：韻圖裡的等第是按韻類在圖表所擺放的位置說的，它們在古音代表什麼意義並不清楚。江永是第一個指陳等第和元音性質有關的學者。他在《音學辨微．八辨等列》說道：「音韻有四等：一等洪大。二等次大。三四皆細，而四尤細。」一般都把「洪細」理解爲元音開口度的大小，很少人問他的根據。李榮指出，江永（1681-1762）生當十八世紀的中國，他的說法應該是那時候的北京音系的大體情況，因爲照北京話來分析：[6]

一等都是洪音，例外只有「遜」字是細音；
二等大都是洪音，只有在見曉組字裡或洪（楷、矮）或細（皆、鞋）；
三等大都是細音，只有在聲母捲舌的情況下讀洪音（戰、張）；
四等全是細音，例外只出現在合口韻（桂、惠、慧）。

如此說來，江永說的洪細是按四呼來說的：齊齒呼與撮口呼是細，開口呼與合口呼是洪。所謂洪大、次大、細、尤細說的是大體趨勢，也就是分布比率（percentage）。他所處的時代，不要說中國，連西方的歷史語言學也未萌芽，用開口度來替他解釋，那是二十世紀以後的事，現在看來不免過度。總結言之，江永描述的是十八世紀北京那一路音系的大體情況，官話方言一般也都適用。

開合：韻圖的開合是什麼意思？我們在上面說過，是根據四呼去理解的。江永在《音學辨微．七辨開口合口》說：「音呼有開口合口，合口者吻聚，開口者吻不聚也。」什麼是吻聚？吻就是唇，上下脣接觸叫做聚。這一點可以從發音語音學取得理解。在下列幾個圓脣元音中，高元音吻聚，非高元音不吻聚：

| 元音 | y | u | o | ɔ |
|---|---|---|---|---|
| 圓脣 | + | + | + | + |
| 吻聚 | + | + | – | – |

圓脣高元音的發音，在嘴角兩邊是上下脣聚攏、接觸的；圓脣的中元音沒有這麼明顯的吻聚狀態。

韻攝：所謂「攝」，字面上是統攝的意思；內涵上，同攝諸韻不只韻尾相同而且元音相同或相近。十六攝的名稱起於宋元之世（作者未詳的《四聲等子》和元朝劉鑑的《經史正音切韻指南》一簡稱《切韻指南》），但是其內涵來自唐代的語言事實。首先，我們從韻目次序知道，那 61 組韻目段落隱含十六攝，而今傳的韻目次序是唐代李舟（740-787）排定的。其次，盛唐大詩人作品的押韻情況大體與十六攝相符，域外方言如日語漢音（傳自唐代）也大體與十六攝相合。[7] 可見，韻攝名目雖起於晚近，但背後的語言事實早在唐代就已存在。換言之，所謂攝就是押韻的大類（rhyme group）。

## 第三節　聲母與韻母配合表

如同我們研究現代國語音系一樣，在分析完聲母、韻母之後，我們應該把兩者的結合搭配情況悉數列出。我們在國語音系的介紹裡，省略了這一層功夫，因爲聲韻的配合情況早已內化一每個說國語的人都可以不假思索直接正確反應有或沒有某一音節。作爲古音知識的一部分，我們有必要掌握古代漢語聲韻結合的大趨勢。這樣的知識可以從現代語言學家所編《方言調查字表》一窺究竟一這個表乾淨俐落地囊括了韻書與韻圖的種種信息，可以視爲登堂入室的捷徑，如有不足，再去翻閱《廣韻》、《集韻》等韻書。底下，我們看四十聲母與四等諸韻的分布狀況。

A 遍見於一二三四等的聲母：幫滂並明、見溪疑曉影、來
B 只見於一二四的聲母：匣
C 只見於一四等的聲母：端透定泥
D 只見於一三四等的聲母：精清從心
E 只見於二三等的聲母：知徹澄、莊初崇生
F 只見於三等的聲母：非敷奉微、邪、章昌船書禪日、群、云、以

從音系學來看，這樣的聲韻配合很有啓發。爲什麼有些聲母遍見於各等韻母前？有些聲母只出現在特定一類韻母前？底下分四點來說。

1. 雙唇音：這類聲母發音部位只牽涉上下兩唇，而元音的發音只動舌頭，兩者互不干涉；唇音聲母不影響各種元音的發音，因此可以結合的元音也多。用傳統的話來說，雙唇聲母洪細皆宜。
2. 牙喉音：在分類的語音學（taxonomic phonetics）上，牙喉音都是部位偏後的；但是在科學的語音學裡，牙喉音的發音部位隨元音的部位而定。因爲這樣，牙喉音也是洪細皆宜的。
3. 舌邊音：這個音如果發成清音，那麼在聲學圖譜（spectrum）上，它就與舌葉音（ʃ）很像。我們已經說過，舌葉發音是洪細皆宜的，邊音也是如此。關於這一點，我們還可以從現代北京音系裡邊音的出現環境取得理解。
4. 濁舌根音：群母爲什麼不與同組的見溪疑行動一致，而單獨游離出來自成一類。從空氣動力學（aerodynamics）的原理看，那是因爲只有在部位偏前的情況下，人們才便於控制發濁音所需要的壓差。因爲這樣，群母的發音部位實際上是一個舌面塞音：[gʲ] 或 [ɟ]。更

早的時候，群母原來也同見溪一樣是洪細皆宜的，由於受制於上述空氣動力學的物理原理，後來只在細音韻母面前保存濁音狀態，而在洪音韻前變走了—變入匣母。

從音系學自然類的觀念出發，古音的聲韻配合關係也給我們不少啓發。其中有兩點特別引人矚目，一個是四等洪細問題，另一個是知莊兩組出現環境。分說如下：

1. 四等洪細：江永所說「四等尤細」指的是十八世紀初年北京話的狀況，而不是隋唐時期的古音。如果古音也像現代北京那樣讀爲細音，爲什麼群母不出現在四等而只出現在三等？其次，匣母只出現在一二四等，端組只出現在一四等，可見四等在古音的行爲應該與洪音一致—全都讀爲細音是北京那一路（官話）方言後來的發展。第三，從保守的閩客方言看，四等常保留洪音的讀法。
2. 知莊兩組：在舌齒音系列裡，章組只出現在三等（細音）韻，其古音讀法是最容易確定的，就是舌面音。知莊兩組見於二三等，分布上洪細皆宜，什麼樣的聲母會是洪細皆宜的發音狀態？我們從現代漢語方言音韻行爲的歸納知道，在舌齒音系列裡只有舌尖前和舌葉。精組如爲舌尖前音，那麼知莊兩組必然是舌葉音系列。舌葉音又稱舌尖面，接觸面積大，因此可與洪細韻母結合。國際音標沒有爲舌尖面塞音（alveo-palatal stop）設立符號，因此學界用舌面前音的符號 ȶ、ȡ 或 $t^y$、$d^y$ 去代表，這樣的發音在西方見於塞爾維亞 - 克羅埃西亞語（Serbo-Croatian）。[8]

此外，如果我們一個韻一個韻去進行觀察，我們還會看到種種聲韻配合狀況：有的韻只在牙喉音聲母有字，有的韻只在唇牙喉聲母有字，爲什麼這樣？是自古以來如此，還是經過變化以後才如此？這些問題只有在我們掌握漢語語音變化的原則之後才可能透露一些曙光。[9]但是，上面所述聲韻配合狀況是聲韻學者首先必須掌握的。總結言之，研究古音一如研究現代漢語音系學，除了要知道分類與描寫的內容之外，我們要盡可能尋求解釋。

## 第四節　如何根據現代方言認識古音

我們在上一章談聲調發展的時候看過，現代漢語方言很少像江蘇丹陽的文讀那樣完整保存古四聲的類別，同時，除了吳語方言（四聲八調）之外，絕大多數的方言都有交錯的情況，國語如此，閩南話、客家話也是如此。但是，我們也看到，儘管聲母發生了濁音清化，我們仍然能從聲調知道哪些字的聲母原來是古代的濁聲母，不論那個全濁聲母今讀變為全清還是次清，都難不倒我們。底下，我們談幾個經驗結晶，從國語開始。[10]

a) 凡是國語讀 [t、th、n] 的字，洪音一定是一等，細音一定是四等。因為在古代聲韻配合裡，端組只見於一四等。

一等：多大袋刀桃透談奪同／那耐腦南難嫩囊諾能農

四等：底蹄條天聽鐵店頂踢／泥尿念年寧

例外：「爹、地／女、尼」是三等。「爹」是知母，「女尼」是娘母；對端組來說，眞正的例外是「地」字——但從閩南方言看，「地」應歸四等，不是例外。

b) 凡國語有下列情況的都是古三等字；

1. 聲母是 [f] 的字都是三等，如「分飛佛夫福」。這是因為非敷奉三母只見於三等韻。
2. 聲母是 [ʐ] 的字都是三等，如「人如染讓弱」。這一類字大部分是日母字，也有不是日母而讀為 [ʐ] 的三等字，如「榮云、銳以、瑞禪、阮疑」。
3. 韻母是 [y、iou、in、yn] 的字都是三等。例如：

[y]：居、女、驢、魚

[iou]：劉、酒、有

[in]：林、心、印

[yn]：均、雲（例外：「遜」是一等）

4. 聲母為 [p、ph、m] 而韻母為 [iau] 的字一定是三等，如「標飄廟」。
5. 聲母為 [n、l] 而韻母為 [ye、iaŋ] 的字一定是三等，如「虐略／良娘」。
6. 凡讀 [tsɿ、tshɿ、sɿ] 和 [tʂʅ、tʂhʅ、ʂʅ] 的字一定是三等。如「茲雌斯／支持石」。
7. 凡聲母捲舌而韻母為 [u、ei、uei、ou、ən、uən、aŋ、uŋ] 的字都是三等字，如「珠初誰吹周神春上中」。

以上所列是從廣泛的比較濃縮而來，讀者可以根據《古今字音對照手冊》（丁聲樹編錄／李榮參訂）進行深入的了解。如果，我們能擴大視野，把閩客方言納入比較，那麼我們對古音的認識可以更上層樓。

c) 微母：國語今讀零聲母，閩客方言讀雙唇音。例如：

| 微母 | 尾 | 問 | 襪 | 望 |
|---|---|---|---|---|
| 閩南 | ᶜbue | mŋ̍ᵓ | bueʔ꜓ | baŋᵓ |
| 客家 | ꜀mi | munᵓ | mat꜄ | mɔŋᵓ |

這條對應關係是：在國語合口呼字裡，如果國語聲母是零聲母而閩客方言是雙唇音聲母，那麼那個字是古微母。加上這條規律之後，非組就完全掌握了。

d) 知組：如果國語讀捲舌聲母，而閩南話讀 [t、th]，那麼那個字是知組字。

| 知組 | 茶 | 珍 | 桌 | 竹 | 張 | 抽 | 拆 |
|---|---|---|---|---|---|---|---|

| 閩南 | ꜀te | ꜀tin | toʔ꜆ | tik꜆ | ꜀tiũ | ꜀thiu | thiaʔ꜆ |
|---|---|---|---|---|---|---|---|

知莊章三組在國語都讀捲舌，閩南話知組讀舌尖塞音。這樣，只剩莊章兩組無法分辨，國語無法分辨，閩客方言也無法分辨。

e) 尖團：國語不分尖團的地方（舌面音 [tɕ、tɕh、ɕ]），閩南話讀舌尖前音是精組，讀舌根音是見曉組。例如：

| 精組 | 精 | 清 | 心 | 見曉組 | 經 | 輕 | 欣 |
|---|---|---|---|---|---|---|---|
| 閩南 | ꜀tsiŋ | ꜀tshiŋ | ꜀sim | 閩南 | ꜀kiŋ | ꜀khiŋ | ꜀him |

上面的討論顯示，從國語透視可以知道不少古音的訊息，但是有其侷限；同樣地，光從閩客方言去透視也無法充分了解古音。爲什麼呢？因爲作爲古代漢語的子孫，每個方言都有繼承祖先特點的地方，也有丟失的情況。荷蘭的語言學家屠克說：「每個語言多少都是一種災後劫餘。」（Tuuk：Every language is more or less a ruin.）[11] 所謂「災後劫餘」就是歷經演變，有保守，也有創新—保守的方言未必處處保守，它也有創新的地方；創新的方言也未必處處創新，它也有保守的地方。有了這樣的了解，就會明白，漢語語音史的研究工作包括兩方面：一方面是縱的比較（vertical comparison），另一方面是橫的比較（horizontal comparison）—前者是古今的比較，後者是方言之間的比較。

## 第五節　切韻的性質

上面的聲韻分析來自韻書和韻圖，韻書指的是《廣韻》，韻圖則來源不一。《廣韻》的全稱叫《大宋重修廣韻》，是宋眞宗大中祥符元年（1008）修訂的，起初就叫《切韻》，因爲承襲隋陸法言《切韻》的形制而增字加註，後來改稱《廣韻》意思是《廣切韻》，旨在擴大規模；陸法言《切韻》只收一萬二千字，《廣韻》則有二萬六千字。《廣韻》是第一部官修韻書，由陳彭年等人奉命編成。陸書早已亡佚，但是他寫的序文被收在今傳宋本《廣韻》，這是我們深入了解這一系列同類韻書的重要根據。底下是《切韻．序》全文：

昔開皇初，有儀同劉臻等八人，同詣法言門宿。夜永酒闌，論及音韻。以今聲調既自有別，諸家取捨亦復不同—吳楚則時傷輕淺，燕趙則多涉重濁，秦隴則去聲爲入，梁益則平聲似去。又支脂魚虞共爲一韻，先仙尤侯俱論是切。欲廣文路，自可清濁皆通；若賞知音，即須輕重有異。呂靜《韻集》，夏侯該《韻略》，陽休之《韻略》，周思言《音韻》，李季節《音譜》，杜臺卿《韻略》等，各有乖互，江東取韻與河北復殊。因論南北是非，古今通塞。欲更捃選精切，除削疏緩，蕭顏多所決定。魏著作謂法言曰：「向來論難，疑處悉盡。何不隨口記之？我輩數人，定則定矣！」法言即燭下握筆略記綱紀—博問英辯，殆得精華。於是更涉餘學，兼從薄宦，十數年間，不遑修集。今返初服，私訓諸弟子，凡有文藻，即須明聲韻。屏居山野，交游阻絕，疑惑之所，質問無從。亡者則生死路殊，空懷可作之歎；存者則貴賤禮隔，以報絕交之旨。遂取諸家音韻，古今字書，以前所記者，定之爲《切韻》五卷。剖析豪氂，分別黍累。何煩泣玉，未得縣金。藏之名山，昔怪馬遷之言大；持以蓋醬，今歎楊雄之口吃。非是小子專輒，乃述群賢遺意。寧敢施行人世，直欲不出户庭。于時歲次辛酉大隋仁壽元年。

這篇序文表達作者寫書的原委、過程與目的。大約可分以下幾點來理解。一、背景：隋文帝終結南北朝對峙局面以後，一群高級知識分子有感於統一國家「語同音」的需要，於是自發地聚在一起談論古今南北字音的異同。年輕的陸法言在長輩的勸說下，把他們討論的要點記錄下來。二、參考文獻：陸法言編書的主要根據是呂靜、夏侯該、陽休之、周思言、李季節五人所作的地方韻書，這些書的韻類互有參差，他採取從分不從合的原則。其結果是，五書的分類內容都含括在他的新作品裡。三、編書目的：他卸下官職（返初服）是開皇二十年（600 年），序文寫于仁壽元年（601 年），換言之，只經過一年多的時間就完成大作。因爲退休了，沒事做了，就在家開國文補習班，教人們讀書作文，而《切韻》就是自編的補習班講義；讀書識字有反切注音，作詩押韻（凡有文藻）必須懂聲調和韻腳（明聲韻）。所以，他的書是按四聲分卷，卷內分韻的發音字典。平聲字多，分爲兩卷，結果就是四聲五卷。這裡面比較關鍵的地方是韻目來源和反切的語音基礎。

a) 韻目來源：《切韻．序》提到的五家韻書早已散失，它們在多大程度上影響了陸法言的分韻，宋本《廣韻》無跡可尋，但是在王仁昫《勘謬補缺切韻》的韻目小注裡留下了紀錄。底下舉幾個例來看。

皆：呂陽與齊同，夏侯杜別，今依夏侯杜。
灰：夏侯陽杜與咍同，呂別，今依呂。
殷：陽杜與文同，夏侯與臻同，今並別。
臻：呂陽杜與眞同，夏侯別，今依夏侯。
先：夏侯陽杜與仙同，呂別，今依呂。
陽：呂杜與唐同，夏侯別，今依夏侯。

這些韻目下的小注清楚顯示，五家韻書的分合關係有同有異。只要有一家分立爲兩韻，陸法言就依從那一家分立爲兩韻。皆韻與齊韻在呂靜和陽休之的書裡是合爲一韻的，但是因爲夏侯該與杜臺卿的韻書分爲兩韻，陸法言就分爲兩韻。殷韻在諸家之間游移于文韻和臻韻，並沒有一家是獨立一類的，但是陸法言讓它獨立。

b) 反切來源：如果《切韻》的分韻前有所承，那麼書裡的反切也不是獨家釀造的。有一件事情值得特別關注，就是曹憲《博雅音》的反切系統與《切韻》基本一致。曹憲（541-645）所處的年代與陸法言約略相當，其書也是教人如何正確讀出字音的課本。陸法言是河北臨漳人，曹憲是江蘇江都人，一南一北，爲什麼兩人所用反切系統基本一致？答案不言自明，因爲他們所承襲的語音系統出自同一個地方，也就是東漢洛陽的太學。這個最高學府極盛時期有太學生三萬人，他們畢業後散落在南北各地，把所學「洛下書生詠」傳揚給四方學子，等到漢末反切開始流行以後，學士大夫注音用字儘管不同，語音背景實際一樣。

反切是利用雙聲疊韻的原理用兩個字去注音的意思，反切上字與被切字雙聲，反切下字與被切字疊韻（調也相同）。據顏之推說，反切注音法始於漢末，到了魏晉大爲風行。《顏氏家訓·音辭篇》說：「孫叔然創《爾雅音義》，是漢末人獨知反語。至於魏世，此事大行。」東漢學者開始用反切注音，注什麼音？學者所傳承的讀書音。同樣的辦法當然也適用於注「各有土風」的方音。爲什麼呢？因爲只要掌握內循環的道理（也就是清末學者陳澧所說的同用、互用、遞用的邏輯關係），此疆彼界就可以分清楚。[12]

陸法言說，他的工作內容是「剖析豪氂，分別黍累」，現在看來不再神秘。因爲對他而言，比較耗時的工序是要在五家韻書的分合關係裡弄出頭緒。甲家合爲一韻的，乙家分爲兩韻，這樣，他就必須根據乙家把兩韻的反切劃清界線。

最後，什麼是「南北是非，古今通塞」？這句話反映論韻諸人有「正音」的企圖，想用他們心目中的標準爲天下學子「一錘定音」（我輩數人，定則定矣！）。從音系學的角度看，語音變化不外分化（split）、合流（merger）與轉移（shift），而從歷史語言學的角度看，方言之間語音的差別不外保守（conservative）與創新（innovative）。所謂「通塞」，應該指的是分或合，合則通，分則爲塞；所謂是非，南爲「是」則北爲「非」，北爲「是」則南爲「非」一都是同一祖先的子孫，哪有是非？所以那個「是非」指的是保守與創新，只有試圖擇一而從的學者才會訂出是非評判的標準來，那個標準是取今捨古。[13]

c) 切韻的性質：關於《切韻》到底在漢語語音史扮演什麼角色？學界歷年有許多討論。底下，我們集中看三家的說法。

一時一地說：這是瑞典學者高本漢（Bernhard Karlgren）提出來的。其說略謂，《切韻》代表六世紀長安方言，這個方言在七到十世紀的時候以全國標準語的地位推廣到唐帝國全境。所以，現代漢語方言幾可說都是《切韻》的子孫，例外只有保守的閩語。此說也可說是單一音系論。[14]

一時異地說：這是周祖謨提出來的。其說略謂，《切韻》音系不是單純以某一地行用的方言爲準，而是根據南方士大夫如顏（之推）、蕭（該）等人所承用的雅言、書音，折衷南北的異同而定的。既不專主南，亦不專主北。南方的代表是金陵（南京），北方的代表是鄴下（臨漳）。簡單說，就是六世紀文學語言的語音系統。此說是綜合音系論。[15]

異時異地說：這是王力提出來的。如果說，周祖謨否定了高本漢的長安方言，那麼，王力否定了周祖謨的六世紀時代背景說。王力的學說建立在周祖謨的論文上，他看到了陸法言參酌的韻書裡有早至三世紀（西晉時期呂靜）的，怎麼會只是六世紀呢？至於地理背景，王力跟周祖謨的看法是比較接近的，但那不是他的重點；王力看重時代的代表性，於是改用玄應《一切經音義》和陸德明《經典釋文》去代表隋 - 中唐時期的古漢語。[16]

高本漢的觀點代表西方人做學問的方法，那就是從假設出發建立學說體系。他首先否定《切韻 · 序》中「南北是非，古今通塞」

以及「我輩數人，定則定矣！」的話，因為只有這樣，他才能夠為中古漢語重建出一個內部「共時的、同質的」系統（a synchronic, homogeneous system）。六世紀長安的語言就是在這個思維模式下提出的基本假設。今天看來，他的說法是時空錯置的。一、長安方言（秦晉通語）的流行、廣被是兩漢時期的事。二、七到十世紀發生影響的首都語言是洛陽，而不是日漸冷落的長安。[17]

王力的觀點源自他通史透視、承前啓後的系統排比。他發現，從上古歷經兩漢、魏晉南北朝，詩文韻部發展有條不紊、順理成章，為什麼到了隋朝陸法言的《切韻》突然韻部特別龐大，往下看到了晚唐五代，韻部又突然萎縮。這種兩頭尖而中間肥腫的橄欖球形不像是語言自然發展所該有的現象。所以，他就偷天換日把《切韻》移除，而代之以同時代的玄應和陸德明的相關文獻材料。比較言之，高本漢不信陸法言的序文內容，但相信其書代表中古漢語；王力相信陸法言序文所說，但不相信其書內容足以代表中古漢語。針鋒相對，精采絕倫。

## 第六節　古代文獻與現代方言

一時一地和異時異地兩種學說大相徑庭，難免使初學者感到迷茫。其實，不僅初學莫衷一是，專家學者也首鼠兩端。常見的一般傾向是：理念上把韻書視為一個古今南北的綜合材料，操作上把韻書當作一個共時音系。單一音系說的結晶認為：現代漢語方言都從《切韻》脫胎而來，只有閩語例外。我們要知道如何利用文獻材料，首先必須正視這個命題。從現代漢語方言看，這個說法大有可商。底下，我們舉例來看。

一、產、鼠：產字所簡切，鼠字舒呂切。兩字在現代方言的讀法如下：

產：北京 [ ᶜtʂhan]，閩南 [ ᶜsan]，客家 [ ᶜsan]

鼠：北京 [ ᶜʂu]，閩南 [ ᶜtshi/ ᶜtshu]，客家 [ ᶜtshu]

「產」字生母（*ʃ），照理在國語應該讀擦音，實際上讀塞擦音；「鼠」字書母（*ç），照理閩客方言應該讀擦音，實際上讀塞擦音。換言之，國語和閩客方言都有符合韻書注音的地方，同時也都有偏離韻書注音的地方。類似的情況在漢語方言很多，底下是比較常見的例子。

深：式針切。這個字在漢語方言有塞擦和擦音兩派讀法。塞擦音聲母廣見於大江南北，例如：河南鄭州 [ ꜀tʂhən]，山東濟南 [ ꜀tʂhẽ]，安徽合肥 [ ꜀tʂhən]，福建廈門 [ ꜀tshim]，廣東梅縣 [ ꜀tshəm]。

二、鼻：毗至切，並母去聲。漢語方言今讀符合韻書反切的有閩粵客等方言，多數方言都與北京一樣來自全濁入一反切應作毗質切。
去聲派——廈門 [phi꜅ ]，梅縣 [phi꜄ ]，廣州 [pei꜅ ]
入聲派——蘇州 [biɪʔ꜆ ]，太原 [pieʔ꜆ ]，北京 [ ꜁pi]
大體說來，約百分之三四十的方言讀法符合韻書反切，百分之六七十不然。

三、呑：吐根切，臻攝開口一等。現代漢語方言有開合口兩派。
開口派——這一派讀法在北方大量見於河南，例如鄭州 [ ꜀thən]
合口派——北京 [ ꜀thuən]，廈門 [ ꜀thun]，梅縣 [ ꜀thun]

四、踏：他合切，透母，清入。許多方言讀達合切，定母，全濁入。
清入派——這一派讀法在現代漢語方言極為少見，例如南昌文讀 [that꜇ ]
濁入派——蘇州 [daʔ꜆ ]，太原 [thaʔ꜆ ]，廣州 [tap꜆ ]，梅縣 [thap꜆ ]

傳統觀念裡，凡與文獻記載不符的讀法就叫例外，因為文獻根據的是雅言，方言有例外並不意外。在這個觀念指引下，方言例外的原因是因爲方言人民自己語音不正的結果造成的，而不是文獻本身有什麼問題。例如北京「產」字的讀法就說是北京人把古代的擦音轉讀成塞擦音，「呑」字的讀法就說是把古代的開口轉讀成合口。轉讀之說一旦流行，開啓了學界一個方便法門，其結果就像用方言與雅言對立起來排除了一時難解的例外一樣。那樣輕率的解釋並不可取，因爲歷史語言學的工作必須兼顧例內與例外，闡明雅言與方言的關係。

《切韻》與方言的關係：閩語例外是二十世紀漢語語音史研究的基調，但是從上文所舉例證看來，韻書的例外不只見於閩語，大江南北隨處都可以見到，俯拾即是。那些例外又從哪裡來？答案不假外求，就在韻書作者所寫的字裡行間。陸法言《切韻・序》明確告訴讀者，他的書是在整理「古今通塞，南北是非」的，他的長輩交代他的是「我輩數人，定則定矣」的，他自己的努力是要「捃選精切、除削舒緩」的。關於韻類，上文已經說過，陸法言採取從分不從合的態度；至於個別字音，如果諸家之間有新舊之別，陸法言傾向取新捨舊。比較一下韻書與方言的差異：

| 例證 | 產 | 鼠深 | 鼻 | 呑 | 踏 |
|---|---|---|---|---|---|
| 韻書 | 生母 | 書母 | 去聲 | 開口 | 清入 |
| 方言 | 初母 | 昌母 | 入聲 | 合口 | 濁入 |

只要帶一點透視的眼光，了解語音演變的道理，就不難明白什麼是取新捨古。韻書成立以前，「產」字就有生母與初母兩派讀法，「鼠、深」兩字有書母與昌母兩派讀法，「鼻」字有去、入兩派，「呑」字有開、合兩派，「踏」字有清入、濁入兩派，陸法言只取其中較新一派的讀法，而方言仍舊沿襲舊派。現代方言在許多方面反比古代文獻還要保守。爲什麼這樣？這一點有必要了解雅言與方言的關係。

雅言與方言的關係：清末黃紹箕在《中國教育史》說：「古者

惟官有學，而民無學。惟官有書，而民無書也。」從「學在官府」的觀點出發，中央政府的文教機構也就是掌握學術教育、傳揚漢字發音標準（雅言）的地方。雅言的推廣需要時間才能普及各地，上一階段的雅言廣被全國之時，它本身已發生改變而方言還在流傳上一代推廣而來的雅言。換言之，方言往往趕不上雅言的歷史進程而保留了不同階段的雅言的形貌。如果用樹形來比喻，雅言像是一棵樹的主幹，每到一個節點它就會開枝散葉往外覆蓋，一方面是縱的發展，另一方面是橫的發展；縱軸代表時間，橫軸代表空間。東方如此，西方也是這樣。瑞士的語言學家葛沙（Gauchat）說：「方言口語是文學語言在時間長河所經歷過的各個階段的活生生的代表。……方言能夠充當指南引導我們去較好地了解雅言的歷史。」（... les dialectes parlés sont les représentants vivants de phases que les langues littéraires ont parcourues dans le cours des temps. Les patois ... pourront nous server de guides pour arriver à une meilleure comprehension de l'histoire des langues académiques.）[18] 認識到雅言與方言的關係，我們就不應對方言懷有偏見，經驗顯示，方言常常保有古代雅言的信息。

總結言之，現代漢語方言和《切韻》一樣都來自《切韻》以前的古代漢語。如果一個字音與《切韻》相同，那是因爲在「定則定矣」的裁決下受到青睞，如果一個音與《切韻》不相同，那是因爲沒有受到青睞，並非無頭之水。

了解了韻書的成書經過，我們就應該靈活看待《切韻》。怎麼靈活看待？簡單說，就是摺疊和離析《切韻》。關於這個問題，下一章舉例說明。

韻圖與方言的關係：既然，韻圖是從韻書整理而來，只不過形制上把字典改爲圖表，那麼兩者應該視爲一體，這是多年來漢語音韻學界一般的認知。這項認知可以總結爲：韻圖如實地反映了韻書的內容。但是從很早開始，人們也意識到，韻圖製作的時代比韻書還晚，音系地理背景可能也不一樣，[19] 說兩者大體一致是可以的，但說兩者全然一致不免違背事實。在歷史語言學的研究上，我們必須始終保持時空兩軸的思維：同一時代的不同地域可能有所差異，同一地域的不同時代也可能有所差異。

我們在韻目小注裡看到，殷韻游移於眞（臻）、文之間，並沒有獨立的地位，但在陸法言的處理下，使它單獨成爲一韻，既不歸眞（臻）也不歸文，也就是小注所說「並別」。爲什麼這樣？看看現代漢語方言的情況就可以思之過半。例如：

| 殷韻 | 斤 | 筋 | 芹 | 近 |
| --- | --- | --- | --- | --- |
| 北京 | ꜀tɕin | ꜀tɕin | ꜁tɕhin | tɕin꜄ |
| 閩南 | ꜀kun | ꜀kun | ꜁khun | kun꜄ |
| 客家 | ꜀kin | ꜀kin | ꜁khiun | ꜀khiun |

北京殷韻的讀法同眞韻（如：巾 ꜀tɕin），閩南（廈門、泉州）的讀法同文韻（如：羣 ꜁kun）。這種分合的差異如同切韻成書前的南北朝時代，一方爲眞～殷同韻，另一方爲殷～文同韻。如果不加以折疊，而視之爲獨立韻類，一方面不符合文獻材料，另一方面不符合現代漢語方言。

「殷」韻在韻書被獨立出來，並非代表它是一個獨立的韻母，而是游移於眞、文兩韻之間的韻母。在韻圖裡，殷韻被劃歸在開口三等，這樣的定性就把眞～殷視爲一體；可是在閩客方言裡，殷～文應該劃歸在一起屬於合口三等才是。如下：

| 韻書 | 眞 | 殷 | 文 |
| --- | --- | --- | --- |
| 韻圖 | 開三 | 開三 | 合三 |
| 例字 | 津 | 近 | 軍 |
| 北京 | in | in | yn |

| | | | |
|---|---|---|---|
| 閩南 | in | un | un |
| 客家 | in | iun | iun |

這個比較顯示，北京的讀法符合韻圖分類，而閩客的讀法與韻圖不合。問題就在，韻書並沒有說殷韻是開口三等，也沒有說是合口三等，韻圖又根據什麼說它是開口三等？

今天所見韻圖最早可以溯及唐末（也就是沙門守溫三十字母的年代），宋元大為流行。宋代在中國歷史上文教最盛，市場經濟蓬勃開展，人均 GDP 亙古未有，在這個社會背景下讀書識字普及率大為提高。北宋首都開封的語言成為士人學習的時尚，但其根源實際上是洛陽；中唐以後，洛陽再度成為帝國首府，其語言才是知識分子景仰的對象，北宋開封繼承的就是中唐以來洛陽的雅言。換言之，中唐以後，洛陽 - 開封的語言慢慢發展成為明代以後的官話，北京話漢字音的來源多為洛陽和開封。關於這個問題，第五章有較詳細的討論。

其實，不只是殷韻的開口三等來自洛陽，整個韻圖的「定性分析」也都是根據洛陽的雅言而來。官話方言都可以從韻圖得到理解，但是南方方言就不一定。那是因為，南方先民在韻書編成以前就已遷離北方，如果南方方言與韻圖不同往往代表他們比較保守，如與韻圖相同多半是因為後起北方話以文讀身份傳進來的結果，例如上列客家話「斤、筋」兩字。

總結言之，官話方言與韻圖比較貼近，因為兩者的共同源頭是中唐以後的洛陽雅言。北宋開封的角色是繼承古都洛陽而加以發揚光大。了解了韻圖的音系基礎，我們就可以知道，漢語方言未必處處與韻圖的定性分類一致，如果一致固然方便討論，如果不一致也不必一定要依賴韻圖；韻圖只是一個窗口，未必是籠罩全面的透視鏡。

# 第七節　《中原音韻》

唐宋之後，漢語語音史最重要的文獻材料是元代周德清的《中原音韻》。這部韻書完成於泰定元年到元統元年（1324-1333），主要根據北曲用韻分析研究而成，具有劃時代的意義。因爲，在他以前，傳統舊習是「泥古非今，不達時變」，學界普遍犯了「年年依樣畫葫蘆」的毛病。周德清不是正途出身的文人學士，而是戲曲家，因此能夠不爲傳統框架所束縛，敢於從語言實際出發。他所記錄的元代大都話就是現代北京話的前身。

元代的聲母：由於周德清沒有明白標出當時的大都話有多少聲類，後人考訂頗有出入，少的只有二十個聲母，多的達二十五個。其中一個重要的問題是：元代是否已經有了一套捲舌聲母？從漢語語音史看，答案應該是肯定的，只是元代捲舌聲母的轄字範圍不盡同於現代北京。底下是王力考訂的元代聲母內容：[20]

| | | | | | | |
|---|---|---|---|---|---|---|
| p 幫 | ph 滂 | m 明 | f 非 | v 微 | w 吳 | |
| ts 精 | tsh 清 | | s 心 | | | |
| t 端 | th 透 | n 泥 | | | | l 來 |
| tʂ 紙 | tʂh 齒 | | ʂ 史 | | | ɭ 耳 |
| tɕ 照 | tɕh 穿 | | ɕ 審 | | j 喻 | r 日 |
| k 見 | kh 溪 | | x 曉 | | | |

元代的韻部：周德清歸納的元代大都話韻部是如下十九個：東鍾、江陽、支思、齊微、魚模、皆來、眞文、寒山、桓歡、先天、蕭豪、歌戈、家麻、車遮、庚青、尤侯、侵尋、監咸、廉纖。用傳統的話來說，這十九個韻部只有陰聲韻和陽聲韻，沒有入聲韻，它們所代表的押韻類別如下：

| | | | | | | | | | | |
|---|---|---|---|---|---|---|---|---|---|---|
| 陰聲韻： | 支思 | ɿ/ʅ | 齊微 | ei/i | 車遮 | ɛ | 家痲 | a | 歌戈 | ɔ |
| | 魚模 | u | 皆來 | ai | 蕭豪 | au | 尤侯 | əu | | |
| 陽聲韻： | 侵尋 | im | 廉纖 | ɛm | 監咸 | am | 眞文 | ən | 先天 | ɛn |
| | 寒山 | an | 桓歡 | ɔn | 庚青 | əŋ | 江陽 | aŋ | 東鍾 | uŋ |

元代的聲調：元大都話的聲調分爲陰平、陽平、上聲、去聲四類。由於入聲塞音尾已經消失，入聲調也不復存在而歸併到原來的平上去三聲（入派三聲）；從現代的角度看，實際的情況是入派四聲。關於這一點，我們在第二章談聲調的時後已經看過。如有什麼不同，主要是清入字在元大都全歸上聲，例如：「國、哭、竹、則」。清入歸上的規律現代多見於山東東部和東北方言，北京現代的讀法不然，那是後來的發展，主要是明代以後文讀干擾或方言接觸下的結果。

《中原音韻》在漢語語音史研究上的貢獻是重大的，因爲作者打破了傳統抄襲古代韻書的舊習，全然以當代實際語言材料爲根據，給後人留下元代大都漢字發音的種種訊息。從語言連續性的觀點出發，它在承前啟後方面更是意義重大，底下分兩點來說。

一、舌尖元音化：支思韻所代表的韻母就是所謂舌尖元音。就韻書來說，這個舌尖元音出現在止攝開口三等的精組、莊組、章組。思代表精組，支代表章組。這樣的分布狀態給歷史語言學家很大的啓發：什麼元音會在精莊章三組聲母後變成舌尖元音？精莊章三組聲母發音不同，它們與那個元音的互動關係也不一樣，那麼這三組聲母後的舌尖元音化次序應該是怎樣？循著這樣的思維邏輯，答案就慢慢浮現了：舌尖元音來自愛歐塔元音，聲母次序是精組、莊組、然後才是章組。

愛歐塔化：漢語史最早的愛歐塔元音是之韻，所謂愛歐塔化是說，脂韻（*e）與支韻（*ie）先後與之韻（*i）合流。這樣的合流狀態反映在唐代詩文押韻，也反映在日語吳音、漢音，廣州話（唐中期以後的河南移民）。韻圖所謂止攝開口三等，應該就是說的上述愛歐塔化現象。

舌尖元音化：這個變化必須採取聲韻互動的觀點才能說明清楚。精組是舌尖前音，因此在與愛歐塔元音互動中，最先促成舌尖元音化。其次才是莊組，再其次是章組。如下：

資思韻—唐末，止開三的精組字首先發生舌尖元音化：*tsi>tsɿ（資）、*si>sɿ（思）。

資師韻—宋代，止開三的莊組字接著發生舌尖元音化：*ʃi>ʃɿ>ʂʅ（師）。

支思韻—元代，止開三的章組字也加入舌尖元音化：*tɕi>tʃi>tʃɿ>tʂʅ（紙）。

所謂支思韻，一方面延續更早時期已經發生過的資思韻和資師韻，另一方面又把宋代以後（應是金代）出現的舌尖元音化統合在一起。現代北京話止開三的知組字舌尖元音化（知思韻）是明清以後的事，不在元代的支思韻內。知思韻的變化過程：*ȶi>tɕi>tʃi>tʃɿ>tʂʅ（知），由於時代稍晚，每個階段都反映在山東東部方言。

二、聲母捲舌化：支思韻的出現一方面標誌著舌尖元音化，同時也透露聲母捲舌化，如上述莊組、章組變化的末端所示。不過，這只是聲母捲舌化過程的局部樣貌，比較完整的畫面是：

| 二等 | 知$_{二}$ | 莊$_{二}$ | 三等 | 莊 | 章 | 知 |
|---|---|---|---|---|---|---|
| | tʂ | tʂ | 止攝 | tʂ | tʂ | tɕ |
| | | | 一般 | tʂ | tɕ | tɕ |

1. 知組應分為知$_{二}$與知$_{三}$，章組應分為止攝三等與一般三等兩種情況。
2. 元代所見聲母捲舌化包括：莊組與知$_{二}$、章$_{止}$；一般三等的章組和

知$_{三}$還未發生捲舌化。其過程是：知$_{二}$在洪音的條件下首先與莊組合流，也就是 *ʈ>tʃ，然後一起變成捲舌（tʂ）；接著，章$_{止}$循 *tɕi>tʃi>tʃʅ>tʂʅ 的途徑變成捲舌。其結果如下：

| | | | | |
|---|---|---|---|---|
| 知$_{二}$ | 茶 tʂha | 桌 tʂau | 擇 tʂai | |
| 莊$_{二}$ | 爭 tʂəŋ | 巢 tʂhau | 山 ʂan | |
| 莊$_{三}$ | 色 ʂai | 阻 tʂu | 愁 tʂhəu；師 ʂʅ | 史 ʂʅ |
| 章$_{止}$ | 枝 tʂʅ | 齒 tʂhʅ | 是 ʂʅ | |
| 章$_{其他}$ | 章 tɕiaŋ | 昌 tɕhiaŋ | 商 ɕiaŋ | |
| 知$_{三}$ | 張 tɕiaŋ | 長 tɕhiaŋ | 腸 tɕhiaŋ；知 tɕi | 恥 tɕhi |

《中原音韻》去古未遠，它的內涵仍多保留在現代方言，尤其是河北與山東東部。如有什麼差別，大致可以說，河北保存的韻母特色較多，而山東東部對捲舌與不捲舌的分野保存最佳。如上列「擇、色、桌」字所示，那樣突出的韻母仍多反映在大河北方言；而未捲舌的章組、知組讀法常見於山東東部。

《中原音韻》與官話方言：大體言之，這部韻書在官話方言史的地位無與倫比。可是，我們應該知道，北京所在的大河北地理上是中原邊疆，唐末劃歸契丹管轄之後更成爲民族走廊，長期不受中原王室節制。如把這個歷史地理因素納入考慮，元大都話的一些特點就不難理解。從大華北方言看起來，《中原音韻》有兩個突出的地方。一、宕江兩攝入聲（*ɔk）在元大都讀爲蕭豪韻（*au），例如：郝、藥、桌。二、梗攝二等入聲（*ak>ɛk）和職韻莊組（*ɛk）在元大都讀爲皆來韻（*ai），例如：百、冊、色。這兩類字都是現代北京的白讀，也都有文讀。爲什麼引進文讀？不用說，那是因爲白讀發生元音複化（ɔ>au，ɛ>ai）偏離讀書音的標準太遠，不合正宗雅言。前者的文讀見於歌戈韻（*ɔ），後者的文讀（*ɤ）明代以後從南京引進。這兩類字的白讀是大河北方言與大華北官話方言的明顯差異，其他地方差別甚微。排除元大都獨有的特色，《中原音韻》可供現代官話方言比較研究的參考。

最後，值得特別一提的是關於歷史音系學的啓發。《中原音韻》顯示，莊組都已讀爲捲舌，沒有環境限制。可是，章組和知組都按條件分爲兩類。章組捲舌的地方是在原來單韻的愛歐塔元音，其他地方不捲舌；知組捲舌的所在是二等韻，三等不然。語音學上，那是因爲聲韻互動的基礎不一樣。就章組而言，伊元音後面有或沒有其他語音成分是不一樣的，如果沒有，其聲母會率先變成舌葉音然後捲舌（*tɕi>tʃi>tʃʅ>tʂʅ）。就知組而言，洪音前先捲舌，細音前殿後；因爲在洪音前，舌葉塞音的接觸狀態是若即若離的（如同莊組），而在細音前，其接觸狀態是比較緊密的，可以較好保持塞音狀態。這一類條件分化告訴我們，漢語史上的捲舌化運動過程並非整組聲母一起行動的，而是依條件逐步達陣的。

## 結　語

漢語音韻學的學科目的是要研究漢語字音發展的歷史。這方面，我們首要的工作是探討文獻材料，正確地掌握文獻材料的信息。同時，我們也應該知道文獻材料的侷限，因爲文獻材料儘管豐富，但是經常給我們一個不完整的畫面。傳統上，人們的注意力多在書面文獻而忽視甚至漠視方言的價值。如果問，爲什麼漢語語音史研究至今沒有能夠取得語言的連續性，很大一部分原因就在無視方言材料的價值，以爲那是什麼不登大雅之堂的東西。

瑞士的語言學家葛莎（Gauchat 1905）在一百多年前就能夠洞燭機先提出那樣敏銳通達的觀察，了解雅言與方言的關係。其實，就漢字音而言，所有漢語方言的字音原來都出自雅言，不管現代用在口語（白讀），還是只用在書面（文讀），它們是不同時期的雅言的反映。如同雅言歷經時代變化一樣，方言也循自己的途徑歷經變化。

如果，我們把歷史上大規模的移民運動納入考慮，一個生動的畫面就油然升起。在《切韻》成書之前，吳閩客贛方言的先民已經離開北方移到南方；在《切韻》成書之後不久，粵方言先民也從中原幾經跋涉深入嶺南。他們祖先所帶下來的古代漢語幾乎可以說前後接續。如果，我們能有機地、辯證地把這些方言結合起來，我們就有可能描摹韻書成立前後的古代漢語音系。

# 注　釋

[1] Bloomfield, Leonard 1933 *Language*. Henry Holt & Company, Inc.

[2] 參看高名凱譯《普通語言學教程》（索緒爾原著），商務印書館，1985 年。

[3] 參看岑麒祥譯《歷史語言學中的比較法》（梅耶原著），收在《國外語言學論文選譯》，語文出版社，1992 年。

[4] 丁聲樹撰文．李榮製表《漢語音韻講義》，上海教育出版社，1984 年。

[5] 李榮〈關於方言研究的幾點意見〉，《方言》第一期，1983 年。

[6] 參看丁聲樹．李榮，同上揭 [4]

[7] 史存直《漢語音韻學綱要》，安徽教育出版社，1985 年。頁 38。

[8] 參看 Kenstowicz & Kissberth, *Phonology*. Academic Press, 1979.

[9] 關於音變原則，請參看作者《漢語語音發展史》，商務印書館，2019 年。

[10] 參看丁聲樹．李榮，同上揭 [4]

[11] 參看 Crowley & Bowern, *An Introduction to Historical Linguistics*. Oxford University Press. 2010.

[12] 清末．陳澧在《切韻考》說：「切語上字與所切之字爲雙聲，則切語上字同用者、互用者、遞用者，聲必同類也。同用者如冬 -- 都宗切，當 -- 都郎切，同用「都」字也。互用者如當 -- 都郎切，都 -- 當孤切，「都當」二字互用也。遞用者如冬 -- 都宗切，都 -- 當孤切，「冬」字用「都」字，「都」字用「當」字也。……」反切下字也用同樣辦法系聯，例不贅舉。讀者可以參看董同龢《漢語音韻學》，學生書局，1970 年。頁 88-90。

[13] 參看周祖謨〈切韻的性質及其音系基礎〉，收在《問學集》，中華書局，1966 年。

[14] 參看 Karlgren, Bernhard, <Compendium of Phonetics in Ancient and Archaic Chinese>. *Bulletin of the Museum of Far Eastern Antiquities*. 1954

[15] 參看周祖謨，同 [13]。

[16] 參看王力《漢語語音史》，商務印書館，2008 年。

[17] 詳細的討論請看作者《漢語語音發展史》，商務印書館，2019年。

[18] Gauchat, L'unité phonetique dans le patois d'une commune, In *Aus Romanischen Sprachchen und Literuren: Festschrift Heinrich Mort,* pp.175-232. Halle：Max Niemeyer.

[19] 參看 Norman, Jerry L. *Chinese*. Cambridge University Press.（第二章）

[20] 參看王力，同 [16]。

# 第四章

# 重建與演變

4

十八世紀，大英帝國開始介入印度半島事務的時候，在加爾各答成立了東印度公司，派駐到那裏的學者、官員有機會接觸梵文等東方古老的語言。隨著涉獵的逐步深入，他們終於發現，歐洲的古典語言如拉丁文和梵文似乎是有關係的，於是著手進行比較研究。起初，人們只是單純地做比較的工作，建立系統的對應關係，證明語言之間的關係的確存在。後來，學者覺得這種靜態的對應關係的研究似乎有所不足，於是想方設法要找出共同的源頭，認爲只有把共同的源頭重建起來才能有系統地說明那些對應關係的由來。從靜態的比較到動態的重建，推進了這門學科的科學性。經過大約一百年的歲月，到了十九世紀末葉，古印歐語的重建工程已基本完成。

二十世紀初年，歐洲的漢學家把這「科學的」比較法帶到遠東，試圖了解現代漢語方言祖先的面貌。既然名爲科學，其方法應該是條理分明的，人們只要按部就班學習，循序漸進演練，經過一段時間的揣摩就可以充分掌握。事實顯示，歷史比較法在中國長期處於只能意會、不能言傳的狀態。爲什麼呢？原因有二。第一、因爲十九世紀歐洲學者所發現的種種語音規律只有到了 1930s 年代音系學家的手裡才表述清楚。[1] 歐洲學者此前帶進中國的是個人心領神會的方法學。換言之，從一開始，歷史語言學就不是以獨立學科的姿態進入中國，識者把它運用在中國材料自得其樂，不識者霧裡看花，莫測高深。第二、法國歷史語言學家梅耶說：「比較研究是語言學家用來建立語言史唯一有效的工具。」（Meillet 1924: La comparaison est le seul instrument efficace dont dispose le linguiste pour faire l'histoire des langues.）[2] 作爲現代漢語語音史研究的奠基人，瑞典學者高本漢卻說：「近百餘年來，我們能擬測出各種不同的印歐語言的母語，都是由於比較語言學的運用。這種方法久已發展得很成熟，而且已經運用到很多的語言區域上去。然而，我個人對於這種方法並不認爲滿意，因爲它不能達到我的理想。」（Karlgren 1949: After all, this has been a subject with which the science of comparative linguistics has busied itself for more than a century, namely, to reconstruct the mother tongue from which all the widely varying Indo-European languages have derived. The methods were long ago perfected and they have been applied to many linguistic areas. But I was not content with this process alone because it did not give me as much as I desired.）[3] 西歐學者認爲最有效的工具，爲什麼讓北歐學者覺得不滿意？是因爲在印歐語研究上行之有效而在漢語史研究上窒礙難通？這樣的問題追問下去，不免讓人們墜入五里霧中。不是嗎？方法學沒有交代清楚，現在又出了滿意不滿意的問題，那麼癥結到底在哪兒？

除了方法學之外，文獻材料也有一個值得深思的問題。大約在漢語史重建開始之後五十年，美國學者提出質疑。米勒說：「今天，所有西方的、中國的和日本的學者都應該同等地負起曲解漢語語音史文獻材料的責任；……幾乎所有文獻材料都還有待於嚴肅認眞的思辨。」（Miller 1975: Today, Western, Chinese, and Japanese scholarship must all equally share the responsibility for having misrepresented and misinterpreted the bulk of the traditional Chinese linguistic literature in the area of phonology; ... almost all the texts still await serious investigation along rigorous lines of inquiry.）[4] 這項評論反映北美學者對二十世紀漢語語音史研究的反思，主要是對北歐學者的嚴正批判。因爲，作爲奠基人，高本漢在二十世紀初年的定調爲絕大多數的漢語語音史研究者所承襲，後人只不過是亦步亦趨模仿學習。米勒從根本上提請學界審視重建所仰賴的文獻材料，用羅杰瑞的話來說，就是有必要徹頭徹尾重新檢討關於方法學的基本假設。（Norman 1988: A thoroughgoing reevaluation of the basic assumptions about methodology is essential.）[5]

我們不勞辭費引述上列說法，那是因爲對絕大多數的人們來說，重建的結果不是那麼重要，一般人感興趣的反倒是在達成那個重建的假設和過程。正如美國歷史語言學家金恩（King 1969）所云：「In short, the end result of reconstruction is vastly less interesting for most of us than the assumptions and procedures that advance us toward that reconstruction. Linguistically speaking, a reconstructed word is far less valuable than our method of reconstructing it.」[6] 這是就理論的方面說；如就實用的方面說，重建結果怎樣大大決定如何探討其演變過程，不能不多加斟酌。

## 第一節　古音重建：方法和目的

所謂比較法，如果用索緒爾的簡單說法，就是「用一種語言闡明另一種語言，用一種語言的形式解釋另一種語言形式」的方法。[7] 這樣的說法不免粗略，但是頗爲傳神。爲了正確掌握比較法的神髓，我們首先要了解其前提和假設。

a) 前提：比較法運用的前提要件是語言發展的不平衡性。所謂不平衡包括方向（direction）和速度（speed) 兩方面。同出一祖的子孫語言散落到四方以後，可能各自循著自己的途徑發展，也可能在同一個方向上有保守與創新的差異。歷史語言學家的工作就是要在這分歧複雜的紛亂局面下找出他們共同的起點。如果沒有這樣的不平衡性，比較工作就難以施展。我們在上文曾引荷蘭語言學家屠克的說法謂：每一種語言都是一種災後劫餘，歷史語言學家所用的比較法就是要在演變結果的基礎上去重建語言的歷史。

b) 假設：歷史語言學家的假設有兩個，一個是規律性假設，一個是古今同理假設。所謂規律性假設（regularity hypothesis）是說：語音的變化都會循著一定的軌跡進行。這樣的假設好比牛頓的第一物理定律（Newton's first law of physics）：所有物體或者靜止不動或者沿著一條直線行進，除非受到外力干擾。在這個假設基礎上，歷史語言學家如果碰到例外就必須去找出例外的原因；沒有這個假設，歷史語言學就無法達成其學科要求的科學性。

所謂古今同理（uniformitarianism）是說：古代所經歷的變化與今天所見的變化背後的道理都是一樣的。這個假設與地質學家的假設一致；地質學家都知道，要了解古代沙漠上砂岩如何形成，唯一的途徑就是去觀察現在沙漠上正在發生的沙岩形成過程，因爲背後的物理力量是一樣的。用整合音系學家的話來說，古今同理就是：現在是開啓過去的一把鑰匙。

c) 方法：歐洲學者開始設想他們的語言和遠在印度的梵語有關係以後，比較研究就大力進行。經過長期的摸索，他們的工作由零星到系統，從粗糙到精密，終於達成後人所稱頌的科學性。比較法起初只是在做純粹的橫的比較，在這方面只要列舉兩個語言之間具有系統性的對應關係就達成目的；後來，學者覺得這樣的比較工作太過表面，不能回答語言關係遠近和系屬的問題，於是產生重建的企圖，把共同祖先的語言建構出來，把彼此的譜系關係說清楚。在漢語史重建上，「漢語方言之間有關係」這一點並無疑慮，比較工作主要在說明他們關係的遠近。爲什麼呢？因爲同在漢字文化圈底下，漢字發音同出一祖，並無懸念，連遠在朝鮮、日本和越南的漢字發音都可以囊括在內叫做「域外方言」（Sino-xenic dialects）。掃除了這一層疑慮，比較重建仍按歷史語言學的比較法操作守則進行。首先，當然是建立方言之間的對應關係，然後依下列程序開展：[8]

1. 兩兩對比，兩兩對比，直到材料窮盡；
2. 一種對應關係代表一種古音來源；
3. 後代對應關係的不同，假設原來就有區別。

如何執行這樣的操作守則呢？我們舉三個語言爲例。

例一、東加語　太平洋上東加語（Tongan）四個方言（以ABCD 代稱）的比較顯示下列兩組對應關係：[9]

| 東加語四個方言 | A | B | C | D |
|---|---|---|---|---|
| 第一組對應關係 | l | l | r | l |
| 第二組對應關係 | ø | l | r | l |

這兩組對應關係是在所有兩兩對比工作窮盡之後浮現出來的。根據操作守則，我們必須爲這兩組對應關係建立兩個古音來源。這兩組對應關係在 BCD 三個方言都一樣，其實只是一組；但是在 A 方言裡，一組爲舌尖邊音（l），一組爲零（ø）。面對這兩組對應關係，歷史語言學家就設想，如果第一組的共同來源是 *l，那麼第二組就不能是 *l 而可能是 *r 或別的類似的語音。因爲依照規律性假設，語音變化不會忽左忽右；假如兩組對應關係都來自 *l，那麼A 方言的兩種演變結果就無法圓滿解釋。（星號 * 代表重建的共同來源）

例二、吉卜賽語　吉卜賽人浪跡天涯，經過長年的發展，他們的語言在歐洲和中東敘利亞呈現如下的語音分歧：[10]

| 吉卜賽語 | 歐洲 | 敘利亞 | 對應關係 |
|---|---|---|---|
| 六 | ʃos | ʃas | ʃ/ʃ；s/s |
| 百 | ʃel | sai | ʃ/s |
| 蛇 | sap | sap | s/s |

這樣的對應關係顯示，[s] 和 [ʃ] 在歐洲和敘利亞的吉卜賽語構成三種對應關係：ʃ/ʃ，s/s，ʃ/s。依照操作守則，這三組對應關係應該出自三個原來不同的音位。但是，這三個音位要怎麼寫才合適呢？經過擴大比較研究，歷史語言學家輕易解決了難題，因爲梵

語的形式相對保守：「六」是 /ʂat/，「百」是 /çatam/，「蛇」是 /sarps/。比較一下梵語和吉卜賽語上列對應關係：

| 梵語 | 吉卜賽語 |
|---|---|
| ʂ | ʃ/ʃ |
| ç | ʃ/s |
| s | s/s |

這個例子充分說明了對應關係的重要。歷史語言學家所憑藉的重建方法就是對應關係組的建立，有幾組對應關係就必須假設幾個相應的古音。吉卜賽人原來出自印度北部，十世紀以後開始遷徙四方。梵語文獻在這裡幫助說明根據對應關係重建古音是正確的。雖然，現代方言所見只有兩個語音形式，但是三組對應關係表明原來出自三個音位：語音系統裡的三個獨立單位。這三個音位就是：*ʂ、*ç、*s。

例三、漢語　古代漢語有三個塞音韻尾，這一點大家應該都已熟悉。我們視爲天經地義的語音內涵在歷史語言學家手裡必須經過驗證才能確立。底下，我們用三個數字說明比較法的運用。

| 漢語 | 北京 | 太原 | 廣州 | 對應關係 |
|---|---|---|---|---|
| 十 | ꜁ʂʅ | səʔ꜀ | ʃɐp꜀ | ø / ʔ / p |
| 七 | ꜀tɕhi | tɕhieʔ꜀ | tʃhɐt꜀ | ø / ʔ / t |
| 六 | liou꜄ | luəʔ꜀ | lʊk꜀ | ø / ʔ / k |

這三種對應關係顯示古漢語原來有 *-p、*-t、*-k 三種塞音韻尾；漢語方言之間，廣州最保守，其次是太原，北京變化最爲劇烈。上文說過，索緒爾對比較法的簡單說法雖然粗略但很傳神，因爲在語言的不平衡發展裡，有的方言保守，有的方言創新，我們有了重建的概念，就可以用一種語言的形式解釋另一種語言的形式—在這個

例子裡，那無異於用廣州的形式解釋太原的形式，用太原的形式解釋北京的形式。

d) 兩重性（dualism）：漢語音韻學者經常面對的困惑是：後代的不同眞的代表古代也不一樣嗎？這個問題可分兩方面來說。首先，就方法學的執行來說，答案是肯定的。因爲，按照規律性假設，我們在執行比較法的時候必須「盲目地（blindly）、機械地（mechanically）」執行到底，[11] 有幾種對應關係就假設有幾種古代音位。但是，比較法還有另一方面常爲人們所忽略，那就是成果的解釋，這一點常常有必要把超語言的因素（extra-linguistic factors）納入考慮—所謂超語言因素就是影響語言發展的歷史人文因素，包括文教推廣和方言接觸……等等。

歷史語言學家了解到，人類語言的發展有正常傳承（normal transmission）和不正常傳承（abnormal transmission）兩種情況。[12] 就漢語方言的發展來說，所謂演變有方言自主性的演變和非自主性的演變，如果不加以區別，對應關係會變得複雜，影響重建的結果，造成過度重建（over-reconstruction）。過去的語言學家天眞地以爲既然比較法是科學的，比較重建的結果當然就是最後的答案；現在看來，情況未必如此，重建結果常常只是個開始，它迫使人們去尋找背後的原因。這就是兩重性觀念的重要所在。[13]

e) 目的：歷史語言學的學科目的在探討語言的發展，重建工程的核心就在建立語言的連續性（historical continuity）。底下，我們以法語「百」爲例說明什麼是語言的連續性。[14]

<u>法語「百」</u>

*km̩tom>kemtom>kentom>kent>cent>sent>sẽt>sãt>sã

階段一　*km̩tom>kemtom（m̩>em，成音節鼻音拆解 unpacking 爲兩音）

階段二　kemtom>kentom（m>n，逆同化作用：m 在 t 前變爲 n）

階段三 kentom>kent （om>ø，詞尾音節因弱化而消失）

階段四 kent>cent （[k]>[c]，舌根音在前元音前顎化）

階段五 cent>sent （弱化：塞音或塞擦音變擦音）

階段六 sent>sẽt （合音：元音與鼻音合成鼻化）

階段七 sẽt>sãt （元音低化）

階段八 sãt>sã （輔音尾消失）

法語的「百」經歷了八個階段才變成現代所見的語音形式，每個階段都代表一個規律。這就是歷史語言學家所追求的語言的連續性。我們在上文看過梵語的「百」來自 kemtom>çatam，因爲梵語首先經歷了顎化（k>ç)，然後是中元音低化（e、o>a) 和首音節的鼻音消失（m>ø）。

這個例子具體而微說明了語言的發展包括兩個方面，一個是語言內部（法語本身）古今的縱的關係，一個是語言之間（法語和梵語）的橫的關係。所謂語言的連續性就是兼顧縱橫兩方面語言發展的歷史故事。歷史語言學家所繪製的譜系樹就是根據類似的邏輯關係決定的，從中不難看出，梵語和法語（及所屬羅曼語）很早就分了家，各自循自己的規律變化。

回觀漢語史研究，類似的工作還有待大力進行。我們有多年的重建成果可以參考，但是很少語言連續性的嘗試；我們不乏方言關係的討論，但是很少縱橫兼顧的結論。這一切都有賴認眞思考重建工程的最終目的。

## 第二節 文獻串聯法

漢語史重建伊始，奧基人就表達他對比較法感到不滿意，認爲這項工具無法達成他的理想。於是決定別出蹊徑逐步走進他的理想，其途徑就是文獻串聯法。什麼是文獻串聯法？底下分基本假設和操作準則兩點來說。

基本假設：《切韻》代表的是中古漢語（共時且同質）的單一語音系統，這個系統格局如實地反映在宋元時期的韻圖。時代涵蓋晉唐，音系代表是長安。

操作準則：以攝爲綱，韻分四等；開合洪細，囊括其中。也就是說，首先把《切韻》的韻類分爲十六攝，每攝之內再按等第、開合區分，然後取方言材料爲例，說明文獻材料的種種區分。

從上一節的比較法操作程序看，人們自然會問：對應關係組在哪兒？讀者如果發此一問就表示你已掌握了比較法的要領，這樣你就會更加明白文獻串聯法。是的，在文獻串聯法的工作假設裡，對應關係組早在韻圖就已確立，所差只是沒有音標符號而已。換言之，所謂文獻串聯法就是表格填空法，只要按表操課，重建工作短時間內就可以完成。底下，我們舉例來看文獻串聯法的執行情況。

a) *以攝爲綱*

舌根尾韻在十六攝裡見於宕、江、梗、曾、通五攝，這五攝的重建結果如下：[15]

| 攝別 | 開合 | 一等 | 二等 | 三等 | 四等 |
|---|---|---|---|---|---|
| 宕攝 | 開口 | 唐 âng | — | 陽 jang | — |
| | 合口 | 唐 wâng | — | 陽 jwang | — |
| 江攝 | | — | 江 ång | — | — |
| 梗攝 | 開口 | — | 庚 ɐng | 庚 jɐng | 青 ieng |
| | 合口 | — | 庚 wɐng | 庚 jwɐng | 青 iweng |
| | 開口 | — | 耕 ɛng | 清 jäng | — |
| | 合口 | — | 耕 wɛng | 清 jwäng | — |
| 曾攝 | 開口 | 登 əng | — | 蒸 jəng | — |
| | 合口 | 登 wəng | — | 職 jwək | — |

| 通攝 | 東 ung | — | 東 jung | — |
| --- | --- | --- | --- | --- |
| | 冬 uong | — | 鍾 jwong | — |

這個表顯示：每個攝的元音都不同於其他攝，同攝之內三等的元音或者與相配的一、二等相同或相近。每個音韻名目都用不同的音標符號顯示。

b) 一二等對立

《切韻》的一、二等是「重韻」出現的所在，要了解一二等的對立狀態，我們首先應該對「重韻」的重建結果加以掌握。底下以開口爲例：

一等：泰 âi／咍 ại，談 âm／覃 ậm

二等：夬 ai／皆 ăi／佳 aï，銜 am／咸 ăm，刪 an／山 ăn

斜線前後的差異是元音長短，發音部位一樣。實際上，這些「重韻」在漢語方言早已合流，語言學家沒有什麼別的辦法加以區別，只好暫時用元音長短去區別文獻。如果暫時把寫法的細微區別放在一邊，那麼其間的主要差異在元音的前後：一等的主要元音是後阿 â（也就是國際音標的 [ɑ]），二等是前阿 a（也就是國際音標的 [a]）。這兩個主要元音在中古漢語的分布是：

| 韻攝 | 果／假 | 蟹 | 效 | 咸 | 山 | 宕／梗 |
| --- | --- | --- | --- | --- | --- | --- |
| 一等 | â | âi | âu | âm | ân | âng |
| 二等 | a | ai | au | am | an | (ɛng/ɐng) |

從左往右看，前阿與後阿兩兩對立，相當整齊，但是到了舌根尾韻格局不同。括弧裡的 ɛ 代表國際音標的 [æ]，爲什麼不寫作 [a] 使系統更爲整齊劃一？換言之，從語音系統的觀點看，特殊形式是有必要認眞討論的，這個問題（連同 ɐng）留到下一節再說。

c) 三等的特殊形式

日耳曼語系在歷史上最重要的一條語音規律是伊音變（i-umlaut）：只要後面一個音節有伊音（i 或 j），那麼前一音節的後元音就會前化，前低元音會高化。這種變化既然在日耳曼語如此起作用，在漢語似乎也起同樣的作用；凡是帶有伊介音的，主要元音多少都會受到影響而發生變化。這條規律的運用見於：

| | | | | |
|---|---|---|---|---|
| 前元音系列 | 祭 jäi | 宵 jäu | 鹽 jäm | 仙 jän（清 jäng） |
| 後元音系列 | 廢 jɐi | — | 嚴 jɐm | 元 jɐn（庚 jɐng） |

也就是說，系統上的前元音 a[a] 在伊介音後寫成 ä[ɛ]—高化，系統上的後元音 â[ɑ] 在伊介音後寫成 ɐ[ɐ]—前化。

但是在下列地方，雖然有伊介音但是元音寫法不同於上面所列：

| | | | |
|---|---|---|---|
| 一等 | 歌 â | 三等 | 戈 jâ |
| 一等 | 唐 âng | 三等 | 陽 jang |
| 二等 | 麻 a | 三等 | 麻 ja |
| 二等 | 耕 ɛng | 三等 | 清 jäng |
| 二等 | 庚 ɐng | 三等 | 庚 jɐng |

爲什麼同樣在前、後阿的基礎上，三等的主元音會有不一致的寫法呢？細心的讀者應該已經看出端倪，那是因爲韻尾因素。換言之，韻尾爲 -i、-m、-n、-u 的韻母不同於韻尾爲 -ø、-ng 的韻母—理論上，伊介音在所有上列三等韻裡都起作用，但是作用大小還得看韻尾性質，如爲零韻尾則根本不起作用。

d) 如何看待文獻串聯法

我們在上一章談文獻材料的時候看過，韻書的反切用了四百多個反切上字代表聲母，經過韻圖的歸納成爲三十六字母；發音方法上有全清、次清、全濁、次濁的區別，發音部位上有重唇、輕唇、舌頭、舌上、齒頭、正齒、牙音、喉音的分類，所以聲母的重建工作相對容易。試想，如果沒有韻圖的歸納，要在四百多個反切上字的基礎上去重建古代聲母，那項工程將是多麼艱困。韻圖既然已經把聲母用三十六個漢字整理出一個系統，只要改用音標去顯示，重建工程也就大功告成。這種工作的性質，彷彿一個外國人把注音符號改寫爲國際音標或拉丁字母。大約是在這個成功經驗的基礎上，奠基人在韻母重建上也如法炮製。所以，文獻串聯法可以簡單概括爲表格填空法。

文獻串聯法實際上做了兩個假設。一個假設是把韻書視爲中古時期的單一音系，另一個假設是把韻書與韻圖視爲一體。關於前者，我們在文獻材料的探討裡已檢討一過；關於後者，同樣也有必要加以審視。韻書成立的年代較早，韻圖的時代較晚；而就地理背景來說，韻書涵蓋古今南北，韻圖反映宋元時期的「今北」—用現代的觀念來說，韻圖代表的是宋元時代的讀書音。時代不同，語音可能有變化；地域不同，音系內容也可能有差異。高本漢早年就正確地指出兩者有所不同—認爲韻書（晉唐時期）是比較複雜的，而韻圖（宋元時期）是大量合流的—只不過在執行上他還是仰賴韻圖，把韻圖的框架套在韻書上，既要照顧韻書又要同時兼顧韻圖。了解了這種情況，我們要如何解讀他所重建的內容呢？正確的辦法是把所謂中古漢語音系視爲一個「音類關係表」，即將進入合流前的語音樣貌。

文獻串聯法是比較法嗎？答案是肯定的，只不過不是一般正常程序下的比較法，而是用韻圖格局指導比較法的執行。這就解釋了，爲什麼高本漢不滿意一般的比較法。在表格填空的作業裡，他用了二三十種域內和域外方言的材料去決定「對應關係組」的共同形式，這需要比較法的功夫；但是，我們知道這個所謂對應關係組是韻圖作者提供給他的，而不是從幾十種方言逐步建立的。這樣，他的分歧複雜的材料就變成次要的，他只能選取與韻圖信息一致的材料去填空，不一致的只好棄而不顧。

方言材料上，高本漢顯示了「域外爲重」的傾向，認爲日語的吳音、漢音，朝鮮和越南的漢字音的論證價値大於中國本土的方言。在域內方言方面，高本漢所用的材料也顯示南北失衡，北方多而南方少。域外爲重的假設是：那些方音都從古代漢語借來，因此理論上應比現代漢語方音更加古樸。其實，不管域內還是域外，北方還是南方，只有仰賴比較法才能夠判斷一個音的保守或創新，同時，也只有把那些保守與創新形式放在語言連續性去衡量才能揭示其價値。爲了避免一刀切的簡單概括，我們應該知道，所有漢語方言（包括域外）多少都有保守與創新的質素，如何善加利用以便爲語言的連續性服務，這是漢語音韻學的新使命。我們即將看到：在語言連續性的大纛下，漢語語音史有許多未爲人知的歷史故事——一個由域內與域外、北方與南方方言材料共同交織的歷史故事。

高本漢所用的音標符號是瑞典語言學界用來描寫瑞典方言所創制的，有些與國際音標一致，有些不一致，初學者不免感到眼花撩亂。凡不一致的地方我們在上文已隨文說明，這裡補充兩點：他所用的 å 在國際音標是 [ɔ]，而他所用的 e 不管有沒有附加符號都代表 [e]。

### e) 未竟之業

如同他的西方前輩學者一樣，高本漢著手研究中國音韻學時，他給自己所設定的目標是找出現代漢語方言（字音）的共同來源。不過，在他完成中古漢語的重建工程之後，他就開始嘗試重建上古漢語。晚年，他回顧一生的心路歷程，總結指出：他所做的主要努力是重建上古漢語和中古漢語，至於上古漢語如何過渡到中古漢語，中古漢語又如何演變成現代漢語方言，他只是略微觸及並沒有詳盡的說明。換言之，歷史語言學的天職—語言的連續性—在他有生之年並未完成，他念茲在茲坦然陳述，寄望後人繼續努力。[16]

重建與演變係一體之兩面。翻閱西方的歷史語言學教程，讀者一定對下列語音規律印象深刻：格林定律（Grimm's law）、格拉斯曼定律（Grassmann's law）、維爾納定律（Verner's law）、顎音定律（The law of palatals）、元音大轉移（Great Vowel Shift）。圍繞這些語音定律，專家不厭其詳、津津樂道，初學也感逸趣橫生、興味盎然。這個事實說明：歷史語言學家在交代了比較重建的方法，得出重建結果以後，他們有必要用語音定律來闡明古今對應關係或演變過程。

重建完成而沒有討論語音定律，那就像是高樓建好了而樓層之間沒有樓梯；上樓必搭直升機，下樓必掛降落傘。這樣的高樓只能當作建築美學或藝術雕刻。為什麼中古漢語重建完成之後，從中古漢語到現代方言只有對應關係而沒有演變過程？那是表格填空的方法學決定的。在那個方法學的操作模式裡，方言之間的對應關係是次要的，因此被大量忽略了。底下，我們舉例說明語音定律如何開展。

嘗試把你所知道的國語、閩南話、客家話或任何其他漢語方言字音填在《方言調查字表》上。現在，請翻開字表頁 62-63，也就是宕開三陽韻，看看你的注音是否如下所列。（古音形式暫用高本漢的寫法，略加改動）

| | | | |
|---|---|---|---|
| 北京話 | 陽　韻 | 舒聲 *jaŋ | 入聲 *jak |
| | 莊　組 | -uaŋ（莊床霜） | —— |
| | 知章組 | -aŋ（張長丈／章廠尙） | -uo/-au（白）（著／勺） |
| | 其他組 | -iaŋ（兩蔣羊） | -ye/-iau（白）（約／藥） |
| 客家話 | 陽　韻 | 舒聲 *jaŋ | 入聲 *jak |
| | 莊知章 | -ɔŋ（莊／張／章） | -ɔk（著／勺） |
| | 其他組 | -iɔŋ（兩想香） | -iɔk（略約藥） |

| | | | |
|---|---|---|---|
| 閩南話（白） | 陽　韻 | 舒聲 *jaŋ | 入聲 *jak |
| | 莊　組 | -ŋ̍（莊床霜） | —— |
| | 知　組 | -ŋ̍~iũ（長張） | -oʔ~ioʔ（著） |
| | 其他組 | -iũ（章蔣香央） | -ioʔ（略藥） |

這個簡單概括顯示，古代的一個韻母在三個方言之間讀法不同，在同一個方言之內也隨聲母而異，此外，舒入之間有平行發展（如客家）也有不平行發展（如北京、閩南）。作爲初學，你只要掌握單一方言的古今對應關係就可以了，這樣的練習可以從國語開始，然後擴及閩客方言。其中比較突出的問題是：爲什麼北京話莊組韻母讀得像是合口一等？閩南方言白讀的成音節鼻音如何而來？這類問題就是奠基人留下的未竟之業。

## 第三節　比較重建：三合一的結晶

漢語語音發展史是文獻、方言與歷史人文活動三合一的結晶。在文獻串聯法裡，文獻居主導地位，方言扮演陪襯角色；在這樣的演練裡，人們很少去問文獻又根據什麼語言實際編成，只是簡單地假設：既然文獻出自古代，它所代表的語言樣貌一定比現代方言還要古老。關於文獻與方言關係，我們在上一章已談過了，下面我們看看中國歷史人文活動有什麼啓發。

語言的歷史就是人民的生活史。所謂語言的連續性其實包含兩個面向，一個是時間軸上的縱的發展，另一個是空間軸上的橫的發展。比較法的功用在幫助我們探討語言內部的邏輯次序，至於空間的擴散得從歷史人文活動去提取。

一、移民運動　兩千年來，中國境內的移民活動無時或已，其中規模最大、影響後世至深的是西晉衰亡時，北方百姓南遷的所謂永嘉移民。這次移民運動發生在四世紀初，把魏晉時期或更早的北方話帶到長江以南。隨著南北對峙長達兩三百年，漢語的南北分歧也開始出現。

二、文教推廣　中國教育史上，學校體系到了唐代才算完備。但是，文教推廣的成效與社會經濟的發達是分不開的。宋代是中國歷史上經濟最爲蓬勃的時代，百姓生活富庶，文教推廣也最爲普及。南宋偏安江左，很自然地也把北宋的雅言、通語帶到南方加以推廣。

我們一旦把這兩個歷史人文因素放在一起衡量，自然得出南北方言的關係，簡單概括如下：

古代的北方　>　南方的白讀
近代的北方　>　南方的文讀

這裡的古代最晚可以溯及西晉末年（公元 316 年），比《切韻》成書還早三百年。這裡的近代可以溯及唐代，但主要是宋代。古代的北方包括大華北，含中原東西；近代的北方指的是河南（包括洛陽、開封）。有一件事情值得特別一提，文白異讀在現代漢語方言相當常見，比較罕見的地方是河南，爲什麼呢？因爲洛陽、開封的雅言早已融入口語成爲通語，簡單說，河南方言從宋代以來就是標準語中心，是四方學習的對象。

重建是一種從演變結果去投射古音狀態的透視工程，方言材料的性質大大影響視線。上列南北方言關係顯示：現代北方是近代北方的延續或連續，從現代北方去投射至多只能達到近代北方。要了解古代的北方只有仰賴現代南方的白讀。

我們在上一章談文獻材料的時候見過，韻圖所分十六攝裡，如從韻尾的角度看，雙唇尾只有兩攝，舌尖尾也只有兩攝，而舌根尾有五攝。在介紹這些韻攝的時候，我們略帶含糊地說，所謂「攝」是指韻尾相同而元音相同或近似的大韻類。我們沒有比較明確的定義，因爲還沒有進入重建的討論之前，暫時借用傳統的說法。底下，我們不避重複把這三種韻尾所在的韻攝悉數再列如次：

| | |
|---|---|
| 雙唇尾（-m/p） | 咸、深 |
| 舌尖尾（-n/t） | 山、臻 |
| 舌根尾（-ŋ/k） | 宕、江、梗、曾、通 |

韻圖是近代北方的產物，這些韻攝代表的是製圖時期押韻的大類。爲什麼雙唇尾和舌尖尾只有兩攝，而舌根尾有五攝？爲什麼雙唇尾和舌尖尾韻在韻書分屬那麼多不同的韻類而在韻圖同歸一攝（咸、山）？從音系學的角度看，那是牙喉音原則決定的。換言之，現代北方話的前身在舌根尾韻上保存較多原來元音的區別。這些區別在南方呈現何種模樣成爲我們關注的焦點。

a) 五元音系統

在文獻串聯法的操作下，人們很少問中古漢語有幾個元音，當然也就不大關心元音之間構成何種對立狀態。在比較法的嚴格要求下，我們首先必須把元音音位建立起來，利用現在可以目驗耳聞的實證材料投射最早的元音系統，然後據以討論古代韻類的種種關係。首先引起我們注意的是上述舌根尾韻攝，它們在南方的客贛方言顯示具有五個元音。

| 攝等 | 曾$_{\text{三}}$ | 曾$_{\text{一}}$ | 梗$_{\text{二}}$ | 宕$_{\text{一}}$ | 東$_{\text{一}}$ |
|---|---|---|---|---|---|
| 例字 | 蠅 | 等 | 耕 | 缸 | 公 |
| 南昌 | in꜄ | ꜂tɛn | ꜀kaŋ | ꜀kɔŋ | ꜀kuŋ |
| 梅縣 | ꜁in | ꜂tɛn | ꜀kaŋ | ꜀kɔŋ | ꜀kuŋ |
| 重建 | *iŋ | *eŋ | *aŋ | *oŋ | *uŋ |

理論上，例字最好選用最小對比的音節，但是實際上在曾$_{三}$和曾$_{一}$兩類韻母裡，見母碰巧無字（這是所謂偶然的空檔），我們只好選擇常用的「蠅、等」兩字做代表。重建形式裡的中元音也可用 /ɛ、ɔ/ 爲代表，我們用常見的 /e、o/。

語音系統常有對稱、平行的傾向，在這個理論引導下，我們設想這五個元音原來極有可能出現在所有韻尾之前；如果不對稱、不平行，我們再來尋找其背後的原因。底下是古漢語五元音系統的分布狀況：（塞音尾韻不另列）

| 五元音韻母系統 | | | | | 相應的古代韻類 | | | | |
|---|---|---|---|---|---|---|---|---|---|
| i | e | a | o | u | 之 | 脂 | 假$_{二}$ | 果$_{一}$ | 模 |
| im | em | am | om | um | 侵 | 森 | 咸$_{二}$ | 談 | 覃 |
| in | en | an | on | un | 真 | 臻 | 山$_{二}$ | 寒 | 魂 |
| iŋ | eŋ | aŋ | oŋ | uŋ | 蒸 | 登 | 梗$_{二}$ | 唐 | 通$_{一}$ |

上文說過，南方話反映的是古代的北方話，上列韻母是在《切韻》成書以前就已流行於大華北的字音讀法，大多數也爲韻書所承襲，只有少數沒有反映在韻書的分類系統。分說如下：

一　阿（a）歐（o）兩韻系的對立狀態　南方比北方保守。南方則以贛語最爲保守，客家次之，粵語又次之。所有漢語方言中，江西東部的黎川方言保存最佳。這種對立狀態包括蟹、效兩攝一等（oi、ou）和二等（ai、au）。

二　覃談的對立　覃（um）與談（om）是根據江蘇通泰方言（尤其是南通）的兩組對應關係建立起來的。南通覃韻：貪 ꜀thø̃ / 感 ꜂kũ（ø̃ 或讀 ỹ），談韻：擔 ꜀tã / 敢 ꜂kũ。

三　之脂的區別　這兩韻在漢語方言很難區分。簡單說，之韻爲 *i 根據的是客家話，脂韻爲 *e 根據的是閩南話。如何推論事涉複雜，且不細說。[17]

四　森韻的問題　客家話「森、澀」兩字讀 [ ꜀sɛm、sɛp꜆ ]，顯然不同於韻書歸在侵緝韻（im、ip）的讀法。這個問題下文即將討論，暫且不說。

五　宕一和梗二　這兩韻的對立狀態（*oŋ:*aŋ）在五元音系統裡平行於果一和假二，也平行於蟹、效、咸、山四攝的一二等。

b) 三等的問題

我們可以把上列五個元音分爲前（i、e）後（a、o、u）兩類，前元音較細，後元音較洪。爲了稱述方便，我們逕稱爲細類與洪類。洪類的三等比較簡單，只要在元音前加個伊介音，如下：

| 洪類的三等 | | | 相應的古代韻類 | | |
|---|---|---|---|---|---|
| ia | io | y | 假三 | 果三 | 遇三 |
| iam | iom | ium | 鹽 | 嚴 | 尋 |
| ian | ion | iun | 仙 | 元 | 文 |
| iaŋ | ioŋ | iuŋ | 梗三 | 陽 | 通三 |

一　遇三的問題　爲什麼遇攝合口一等是 *u，遇攝合口三等非得是 *y？寫作 *iu 不也順理成章嗎？這個問題看看下文就知道了。

二　尋的問題　北京話「尋、入」兩字讀爲 [ ꜁çyn、ʐu꜄ ]，對韻書來說是例外，應該來自 *ium/p，如依韻書開口三等侵韻（*im/p）的規律演變，北京應讀爲 [ ꜁çin、ʐʅ꜄ ]。客家話：「尋」[ ꜁tshim]、「入」[ȵip꜇ ]，讀法與韻書一致。

三　文的問題　如就客家話與閩南話（廈門、泉州）來說，*iun 應該包括殷韻字。殷韻的「芹、近」，客家讀爲 [ ꜁khiun、꜀khiun]，閩南 [ ꜁khun、kun꜅ ]。

如上所示，洪類的三等只要在主要元音前加一個伊介音就形成一三等、二三等配對，例外只有遇攝一三等。在這個音系格局下，人們難免設想細類也可能如此。但是，從五元音韻母系統看，細類的三等只是一個以伊元音爲主要元音的韻母。底下，我們看細類三等的等第關係。

| 細類的一三等韻母 | | | | | | 相應的古代韻類 | | | | |
|---|---|---|---|---|---|---|---|---|---|---|
| 三等 | i | im | in | iŋ | iu | 之 | 侵 | 眞 | 蒸 | 尤 |
| 一等 | e | em | en | eŋ | eu | 脂 | 森 | 臻 | 登 | 侯 |

這樣的音系格局在文獻串聯、表格塡空的框架下難以想像。例如，臻櫛韻在韻圖裡列在二等，但是許多學者都認爲是三等，我們認爲原先應該是一等後來變爲三等。前人的出發點是從聲母著眼，因爲臻櫛韻只有莊組字，而莊組在韻書裡只出現在二、三等韻裡，因此指認它爲二等或三等都有道理。我們的出發點是韻母，從韻母系統上看，臻櫛韻是與登德韻平行的一等韻。細說如下：

一　登德韻的元音　我們在上文用客贛方言說明登德韻的韻母爲 *eŋ/k。這個元音其實也反映在北京話的白讀入聲 -ei：北得賊黑，其來由是：*ek>eʔ>e>ei。最後一個階段發生元音複化，那是因爲北京話裡前中元音不單獨出現的規律決定的。北京話文讀入聲來自元音央化 e>ɤ：德特則刻。舒聲的讀法來自元音弱化 *eŋ>əŋ：朋等曾恆。根據入聲原則，北京話的登德韻原來也是 *eŋ/k。閩南話的白讀如曾 [ ꜀tsan]、層 [ ꜁tsan] 來自 *eŋ>en>an，賊 [tshat꜇ ] 來自 *ek>et>at。

二　侯韻的讀法　平行於登德韻，侯韻的讀法在漢語史較早的韻母形式是 *eu，例見客贛閩方言。以客贛方言爲例：頭 [ ꜁thɛu]、樓 [ ꜁lɛu]。閩南話白讀形式元降低：頭 [ ꜁thau]、樓 [ ꜁lau]。北京話則發生元音弱化 e>ə：頭 [ ꜁thəu]、樓 [ ꜁ləu]，音系寫法上韻母或作 ou。

三　臻櫛韻的讀法　這個韻例字很少，常見的只有「臻榛瑟蝨」。以「蝨」爲例，南昌、梅縣讀 [sɛt꜆]，閩南讀 [sat꜆]；這種對應關係（e>a) 平行於上述侯韻、德韻──客家話的前中元音在閩南話爲前低元音。北京、濟南「蝨」字讀 [꜀ʂʅ] 來自：*it>iʔ>i>ʅ，這個讀法與侵緝韻的「執」平行，屬於開口三等的規律變化。

四　森澀韻的讀法　這個韻上文已舉過例，客家「森、澀」讀 [꜀sɛm、sɛp꜆]。閩南話的「澀」[siap꜆] 來自：ʃɛp>ʃiɛp>siap。「澀」字在大華北也有讀舌尖元音的，如：河南淮陽 [꜀ʂʅ]，河北高陽 [꜀ʂʅ]，來自：*ip>iʔ>i>ʅ。這一類舌尖元音的讀法在大華北地區以河北分布較廣，其他各省都呈零星分布。

總起來說，森澀、臻櫛都各有兩個身份，一個是與登德平行的一等，一個是與蒸職平行的三等；如果三等形式代表晚期的發展，那麼一等形式應該是早期的狀態。如下：

| 韻類 | 森澀 | 臻櫛 | 相對年代（風格） | 地理分布 |
|---|---|---|---|---|
| 一等 | *em/p | *en/t | 魏晉以前（通語） | 大江南北 |
| 三等 | *im/p | *in/t | 魏晉以後（雅言） | 官話方言 |

從入聲韻的發展看，*ep、*et>eʔ>e>ɤ 四個階段遍布大江南北，*ip、*it>iʔ>i>ʅ 主要見於大華北地區──其中較早的 *ip、*it 見於閩南文讀，那是北宋的雅言形式，南宋時期推廣到福建的。相對年代根據南方移民史評估。最後，爲什麼森澀、臻櫛由一等變成三等而登德、侯韻不變？答案是：韻尾部位偏前的先變，韻尾部位偏後的傾向保守，換言之，這也是牙喉音原則的體現。

五　相配的三等　細類的三等就是以前高元音爲主要元音的韻母，仍以客贛方言爲例。（南昌方言的 *-p 變 -t、*-k 在前高元音後變爲 -t 尾；梅縣 *ik>it）

| 三等 | 侵－緝 | | 眞－質 | | 蒸－職 | | 尤 |
|---|---|---|---|---|---|---|---|
| 例字 | 心 | 立 | 人 | 膝 | 蠅 | 力 | 劉 |
| 南昌 | ꜀çim | lit꜆ | ȵin꜄ | tshit꜆ | in꜄ | lit꜆ | liu꜄ |
| 梅縣 | ꜀sim | lip꜇ | ꜁ȵin | tshit꜆ | ꜁in | lit꜇ | ꜁liu |

上文說，遇三爲 *y 而不是 *iu，因爲後者是流攝一三等對立狀態的三等形式。

## 第四節　透視與解釋

古印歐語重建伊始，元音系統沒有前後兩個中元音，只有「伊、烏、阿」（*i、*u、*a）三個元音（各分長短）。若干年後，學者們覺得許多現象解釋不通，才給中元音找回應有的位置，解釋了日耳曼語的歐音阿化（o>a），希臘語的愛歐塔化（e>i），梵語的元音低化（e、o>a）。其原因是，中元音比較游移不定，變化多端，容易造成比較複雜的對應關係，給歷史語言學家帶來較多的困擾。類似的情況也發生在漢語史重建。透過韻圖分攝的事實，以及音變上常見的舌根尾原則，我們見到了五元音對立的韻母系統。我們在重建過程裡，看到了不只方言有許多現象沒有解釋，我們同時也注意到文獻本身需要進一步解釋。底下，我們就從上文提過的宕開三開始。

a) 陽韻莊組

北京話讀合口呼：莊 [꜀tʂuaŋ]、瘡 [꜀tʂhuaŋ]、床 [꜁tʂhuaŋ]、霜 [꜀ʂuaŋ]。這個問題長期困擾漢語音韻學家，可說是世紀之謎。[18]

我們在五元音韻母系統裏知道，宕開一的韻母是 *oŋ，相配的宕開三是 *ioŋ。底下，我們以「霜」字爲例來說明這一類字在北京所經歷的變化。

霜　　ʃioŋ > ʃyoŋ > ʂuoŋ > ʂuaŋ

階段一　ʃioŋ 是現代漢語方言所能推測的最早階段，較佳地保存在吳閩方言。閩南話「狀～元」讀 [tsioŋ⁼ ]，浙江遂昌「霜」字讀 [꜀ɕiɔŋ] 在韻母上最爲保守。

階段二　這個階段的韻母形式較佳地反映在浙江：富陽「狀」字讀 [dʑyõ⁼ ]，永嘉「霜」字讀 [꜀ɕyɔ]。其變體 *yaŋ 見於江蘇東台、浙江武義、湖南通道（江口）。

階段三　這個階段的韻母形式較佳地反映在中原外圍，例如「霜」字：青海西寧、甘肅敦煌讀 [꜀ʂuɔ̃]，陝西府谷、山西鄉寧讀 [꜀ʂuo]。

階段四　這個階段是中原核心地區的共同特色，例如「霜」字在河南開封、山東濟南、北京都讀爲 [꜀ʂuaŋ]。

爲什麼這樣的變化只發生在莊組而不發生在知章組（如張、章）？這個問題得從聲、韻結合看。莊組是個舌葉音，語音上略帶圓唇作用，因爲這樣，我們就不難理解從 ʃioŋ 到 ʃyoŋ 的介音變化是在兩個圓唇成分之間發生的：圓 - 展 - 圓 > 圓 - 圓 - 圓。這個變化只發生在舌葉的塞擦音與擦音，而不發生在舌葉塞音（知組）也不發生在舌面音（章組）。莊組完成了上述韻母變化以後，整個宕開三的主要元音同時發生歐音阿化（ioŋ>iaŋ）；北京話「張章」同音的來由是聲母首先合流（*ȶ、*ȶɕ>tɕ）然後循下列途徑變化：tɕiaŋ>tʃiaŋ>tʃaŋ>tʂaŋ，這四個階段的邏輯過程反映在山東東部牟平、榮成、蓬萊、萊州。

時代層次上，上列舒聲的演變大體代表唐、宋、元、明清雅言發展的四個階段；唐代指的是隋唐及更早的歷史時代。宋代階段的形式承前啓後特別值得一說。北宋時期，ʃyoŋ 的聲母還沒有捲舌化，靖康之難後，宋室南遷就把這個讀法帶到南方，聲母或變爲舌面音，韻母或變為鼻化或甚至鼻化消失。宋室帶到南方來的應是北宋的雅言，全濁聲母還在，如富陽、杭州所見。在北方，從 ʃyoŋ 到 ʂuoŋ 也許經過 ʃuoŋ 的階段，但是這個過渡階段很快就續往前行變為 ʂuoŋ，所以元代階段實際可能應該包括 ʃuoŋ~ʂuoŋ 這兩個形式，我們在上文省略過渡形式而直書 ʂuoŋ。

北京宕開三入聲字有文白之別。白讀元音較低，在元代以前（遼金時期）發生複化：*iɔ>iau，知章組字則因聲母捲舌化的關係造成介音消失，其過程是：tʃiau>tʃau>tʂau（如：著）。文讀元音較高，其變化是：*io>yo>uo（知章組：著、酌），*io>yo>ye（其他聲母：略、爵、約）。

宕開三在客家話呈舒入平行發展，唯一需要解釋的是介音如何消失並導致「莊張章」三字同音 [ ꜀tsoŋ]。我們從語音行為知道，舌葉音在漢語方言是洪細皆宜的，而在歷史音變上洪細常在舌葉聲母後交手。換言之，這三字都曾經歷過 tʃioŋ>tʃoŋ 的變化：「莊」原來就是舌葉音聲母，因此最可能率先由細變洪。「張章」則先經歷聲母合流，然後變成舌葉，然後介音消失：tɕioŋ>tʃioŋ>tʃoŋ。最後，舌葉發音平舌化成為今日所見。

宕開三在閩南話有舒入平行的（如漳州），有不平行的（如泉州、廈門）。其中比較棘手的問題是成音節鼻音的由來，例如廈門莊組：莊 [ ꜀tsŋ̍]、床 [ ꜁tshŋ̍]、霜 [ ꜀sŋ̍]，知組：長 [ ꜁tŋ̍]、丈 [tŋ̍꜆ ]。其實，問題不難解決。

首先，為什麼介音消失？上文說過，那是因為舌葉發音使韻母由細轉洪，結果讀同宕攝一等：糖 [ ꜁thŋ̍]、桑 [ ꜀sŋ̍]、缸 [ ꜀kŋ̍]。其次，為什麼知組字裡成音節鼻音（ŋ̍）與鼻化韻（iũ）互見，如長班~[ ꜂tiũ]、丈~人 [tiũ꜇ ] 所示？從閩南方言的比較看，這兩個韻母原來呈平行發展，如下：

長～短　　*ȡioŋ >toŋ > tõ > tũ~tŋ̍
長班～　　*ȶioŋ >tioŋ > tiõ > tiũ

語音上，成音節的舌根鼻音與鼻化的後高元音相近，實驗語音學家用圖顯示過；[19] 第三階段的讀法見證於漳州系（如台南的 tiõ）、潮州系（如海康的 õ>o）方言。最後，爲什麼莊組只有成音節鼻音一讀，而知組有如上兩讀？那是因爲：知組爲舌葉＋塞音，發音部位與莊組一致，發音方法有別於莊組，哪個語音內涵起作用決定其演變方向。

b) 歐阿韻系及其演變

我們根據舌根尾原則建立了古漢語的五元音系統，並由此投射相關的韻母對立狀態。底下，我們集中探討歐阿兩韻系。

如果，我們在江西全境做一次方言巡禮，我們會驚訝地發現歐阿韻系在韻母系統扮演重要的角色。江西全省大約半數縣市都有十組上下的歐阿韻系，比較突出的地方在黎川、臨川、東鄉、資溪、南豐、廣昌，這些方言都有十五組以上的歐阿對立系統。黎川縣（日峰鎮）具有下列十八組，堪稱全省之冠：

黎川歐阿韻系

| | | | | | | |
|---|---|---|---|---|---|---|
| 陰 | a:o | ia:io | ua:uo | ai:oi | uai:uoi | au:ou |
| 陽 | am:om | an:on | aŋ:ɔŋ | uan:uon | iaŋ:iɔŋ | uaŋ:uɔŋ |
| 入 | ap:op | aiʔ:oiʔ | uaiʔ:uoiʔ | aʔ:ɔʔ | iaʔ:iɔʔ | uaʔ:uɔʔ |

黎川方言的語音系統共有五十九個韻母，上列十八組歐阿對立的韻母佔總數的三分之二。除了帶伊介音的三組之外，其餘十五組反映一二等的區別樣貌：一等爲歐，二等爲阿。舉例如下：

一等　　哥 ꜀ko / 果 ꜂kuo；改 ꜂koi / 猥 ꜂uoi；高 ꜀kou；感 ꜂kom / 鴿 kop꜇；肝 ꜀kon / 官 ꜀kuon、割 koiʔ꜇ / 括 kuoiʔ꜇；鋼 ꜀kɔŋ / 廣 ꜂kuɔŋ、各 kɔʔ꜇ / 郭 kuɔʔ꜇

二等 家 ꜀ka／瓜 ꜀kua；解 ꜂kai／拐 ꜂kuai；交 ꜀kau；減 ꜂kam／甲 kap꜄；簡 ꜂kan／關 ꜀kuan、瞎 haiʔ꜄／挖 uaiʔ꜄；硬 ŋaŋ꜅／横 ꜁uaŋ、格 kaʔ꜄／劃 uaʔ꜆

| 三等 | 歐類 | 例字 | 阿類 | 例字 |
| --- | --- | --- | --- | --- |
| | 果攝 | 茄 ꜁khio | 假攝 | 夜 ia꜆ |
| | 宕攝 | 羊 ꜁iɔŋ | 梗攝 | 影 ꜂iaŋ |
| | | 藥 iɔʔ꜆ | | 屐 khiaʔ꜆ |

系統上，這個對比系統有兩個值得注意的地方。首先，一等的歐元音在原來的舌根尾前念得較開（open [ɔ]），其他地方念得較關（closed [o]）；類似的語音現象在漢語方言很常出現。系統上可以合併寫爲一個 *o，在語音細節描寫上最好分開。其次，山攝一二等入聲的塞音尾來自：ot、at>oit、ait>oiʔ、aiʔ，舌根塞音尾只是單純弱化。換言之，古代的三種塞音尾仍舊保持某種區別：*-p、*-t、*-k>-p、-iʔ、-ʔ。

爲什麼三等韻歐阿對立只見於果假、宕梗四攝？因爲，這四攝的韻尾屬於牙喉音，這是牙喉音原則決定的；在其他韻尾前，歐阿都已合流爲阿。這種分布情況的啓發是：歐阿兩個元音如果合流，會先發生在有伊介音的韻母（三等），在三等字裡首先會發生在非牙喉韻尾前：嚴（*iom/p）與鹽（*iam/p）合流爲 -iam/p，元（*ion/t）與仙（*ian/t）合流爲 -iɛn/ʔ。

歐音阿化的進程既跟韻尾有關，也跟聲母有關。這一點從客家話一等韻的讀法就可以看得很清楚。比較一下梅縣方言內部咸、山、宕三攝一等的今讀：

| 一等 | 咸攝 *om | 山攝 *on | 宕攝 *oŋ |
| --- | --- | --- | --- |
| 舌齒 | 擔 ꜀tam | 單 ꜀tan | 當 ꜀toŋ |
| 牙喉 | 甘 ꜀kam | 肝 ꜀kon | 缸 ꜀koŋ |

從韻尾看，歐音阿化首先發生在雙唇尾韻前（咸攝）；從聲母看，歐音阿化首先發生在舌齒音聲母後。就客家方言看，韻尾的作用大於聲母。但是方言之間未必盡如客家演變模式。細心的讀者應該已經發現，我們在上文所列黎川方言的一二等例子都是牙喉音聲母，爲什麼呢？因爲黎川方言一等的舌齒音聲母字已大量經過歐音阿化，只有牙喉音聲母較佳地保存了一二等原有的差別。這個事實提醒我們，語音變化如受兩個因素制約，哪個因素起較大的作用隨方言而異。但是，牙喉音作爲韻類的保守壁壘清楚地反映在上面的比較：宕攝一等不管是舌齒聲母還是牙喉聲母都保存了原來的歐元音。

有了上述音變原則的了解，我們就可以把北京話的一些現象說清楚。首先，我們看果開一的如下分歧：

果開一　舌齒：　他 ꜀tha、大 ta꜄、那 na꜄、哪 ꜂na（白讀）
　　　　　　　　他（它）꜀thuo、駝 ꜁thuo、挪 ꜁nuo
　　　　　　　　左 ꜂tsuo、搓 ꜀tshuo
　　　　牙喉：　歌 ꜀kɤ、可 ꜂khɤ、鵝 ꜁ɤ、河 ꜁xɤ

這三種韻母形式來自三條語音規律。白讀的歐音阿化來自：*o>ɔ>a，這是歐音阿化首先發生在舌齒音聲母的規律造成的。時代上，白讀較早，由此可知，*o 在較早的時代實際發音稍低，是一個開口 [ɔ]，遍見於各種聲母之後。這個較早的時代是唐代，如何知道？這一點從廣州移民史（唐代中葉來自河南）可以推斷，粵語果開一讀 [ɔ]，如：歌 [ ꜀kɔ]；域外方言的讀法也由此而來：ɔ>a。

宋代以後 *o 是一個較關的 [o]。其他兩種韻母形式即由此而來，其規律爲：*to>tuo（舌齒音聲母），*ko>kɤ（牙喉音聲母）。其中烏介音的產生來自舌齒（[ 前 + 高 ]）和後中元音（[ 後 + 圓唇 ]）的元素結合，成爲 [ 高 + 圓唇 ] 的中介成分。

其次，我們看北京話舒入的平行與不平行發展。比較下列北京形式：

| 北京 | 曾三 *iŋ | 曾一 *eŋ | 梗二 *aŋ | 宕一 *oŋ | 通一 *uŋ |
|---|---|---|---|---|---|
| 舒聲 | iŋ | əŋ | əŋ | aŋ | uŋ |
| 入聲文 | i | ɤ | ɤ | uo~ɤ | u |
| 入聲白 | i | ei | ai | au | u |

這個表顯示，舒聲與入聲文讀只分四類，因爲曾一和梗二合流；同時，除了宕一舒入之間不平行之外，其他四類舒入相當平行。入聲白讀仍然保持對立，除了高元音沒有文白之分，其它三類都發生了中元音複化，如下：

曾一　*ek>ek>eʔ>e>ei（北、得、黑）
梗二　*ak>ɛk>ɛʔ>ɛ>ai（白、宅、窄）
宕一　*ok>ɔk>ɔʔ>ɔ>au（薄、烙、郝）

末端形式見於元代《中原音韻》齊微、皆來、蕭豪三韻，所以就北京而言，這樣的元音複化應發生在遼金時期。

這三韻的文讀形式有兩個不同的來源。宕開一來自北宋的開封，曾一、梗二來自明代的南京。其變化如下：

宕一　*ok>oʔ>o>uo~o>uo~ɤ（託、洛、索；各、惡）

末端形式是現代北京，前一個階段是元代大都。大都的讀法反映在《中原音韻》歌戈韻。怎麼知道來自北宋開封？比較這類文讀與河南方言的異同不難確定。開封：託 [ ꜀thuo]、洛 [ ꜀luo]、索 [ ᶜsuo]、各 [ ꜀kɤ]、惡 [ ꜀ɤ]。

曾一、梗二入聲的文讀不見於《中原音韻》，因此很可能是明初才從當時的首都南京傳過去的。當時的南京話也許和現代的南京一樣讀喉塞尾。其變化以合流後的形式出發是：

曾一、梗二　　*ek>eʔ>e>ɤ（則、得；擇、格）

南京今讀的寫法是 ɛʔ，但是系統上可以視爲 eʔ 類。怎麼知道來自南京而不是別的地方？因爲明成祖在 1421 年定都北京時，把大量官員、軍士及其家屬從南京遷來北京。

爲什麼果開一和宕開一入聲文讀如此相似而白讀明顯不同？如下所示：

| | 果開一 | 宕開一（入） |
|---|---|---|
| 白讀 | a（他、那） | au（烙、郝） |
| 文讀 | uo（拖、羅、左） | uo（託、落、作） |
| | ɤ（歌、可、河） | ɤ（胳、鶴、惡） |

其間白讀的差異是因爲：當果開一發生歐音阿化（ɔ>a）的時候（唐代），宕開一還有塞音尾讀 *ɔk，如果塞音尾消失也可能發生同樣的變化，如：落 [la꜃]。文讀的起點元音較關，入聲尾消失後單純地與舒聲韻的果開一合流，然後據舌齒音與否發生後續變化。怎麼知道上列歐音阿化發生在唐代？因爲北宋時期洛陽開封的詩文顯示歌麻一起押韻，因此可以確定宋代以前應該已經成爲事實，那個事實可能是汴洛地區的通語，雅言未必跟進變化。[20]

職韻莊組沒有列在上文討論，因爲情況特殊。從北京今讀看起來，這一組字平行於梗攝二等入聲，白讀爲 [ai]，文讀爲 [ɤ]，如下：

| 曾三 | 側 | 色 | 梗二 | 擇 |
|---|---|---|---|---|
| 文讀 | tshɤ꜃ | sɤ꜃ | 文讀 | ꜁tsɤ |
| 白讀 | ꜀tʂai | ꜂ʂai | 白讀 | ꜁tʂai |

這個問題可分三方面來說。第一，就莊組三等來說，側色韻平行於森澀、臻櫛；據此，其韻母來源在五元音系統裡應該是 *ek，如果這樣，它原來應該與德韻同類。第二，從白讀形式看，它與梗攝二等入

聲的白讀一致，應該來自 *ɛk；德韻早期（唐代）可能也有一派讀法讀得較低（*ɛk），因此「塞」讀作 [ ꜀sai]，而「色」讀作 [ ꜂ʂai]。第三，文讀形式的來源是一個較高的元音（*ek>eʔ>e>ɤ），其後續發展見於閩南文讀：側 tshik꜆、色 sik꜆。據此傳統（*ik）演變，「側、色」兩字在北京應作 [tʂʅ、ʂʅ]，但是北京話沒有這類讀法，其他漢語方言也少見，如果不是不曾一見的話。換言之，除了閩南文讀，漢語方言今天所見都不是根據韻書來的，那麼接下來的問題是：它們的讀法（*ek）又從何而來？答案是「前切韻」，下文繼續分析。

## 第五節　文獻的解讀：重韻與重紐

我們在上一章談文獻材料的時候看過，關於韻書學界有異時異地和一時一地兩種針鋒相對的看法，根據韻書作者自己的說法，異時異地說才是正確的解讀；把異時異地的材料當做一時一地的語音系統來處理是一種理論建構所做的假設。文獻串聯法把韻書與韻圖視爲一體進行表格填空只是權宜之計，並非嚴格執行比較法。有了這樣的認識，我們提出離析、折疊、還原的概念，試圖重建一個既可以解釋方言又能化解文獻糾葛的共同來源。此外，一個重要的立論基礎是歷史人文因素，那就是古今南北方言關係。

我們根據舌根尾原則把韻攝保存的五個攝分爲五個對立的元音，重建材料多賴客贛方言。爲什麼不根據其他東南方言？這有兩方面的考慮。首先是移民路線，永嘉移民從北方南下，大體循東、中、西三線，客贛先民屬於中線移民，出自中原核心地帶，所帶下來的語言形式較佳地保存了切韻前（魏晉時期）的中原通語。粵語先民是中唐以後出自河南（洛中脊）的移民，換言之，客贛方言和粵語的關係可以聯繫起來。其次，閩方言兼具保守與創新，加上文白異讀情況複雜，爬梳費時。吳湘方言也都各有保守成分，但是在元音變化上常有自主性的演變，需要繞圈子才能解釋清楚。

底下，我們就從五元音韻母系統去看文獻材料呈現的相關問題。

a) 重韻與游移音類

江韻：這個韻在文獻上（押韻行爲）從無獨立地位，但是在韻圖獨爲一攝。[21] 江韻在漢語方言裡介於唐、陽之間，或洪或細。客家話顯示，江韻莊組讀同東韻：雙 [ ꜀suŋ]、窗 [ ꜀tshuŋ]，其他字則讀同唐韻（ɔŋ/k）。換言之，江韻有兩種游移性質，或在唐陽之間，或在通宕之間。北京江韻舒聲的讀法反映在《中原音韻》的江陽韻，入聲分歸蕭豪（白讀）、歌戈（文讀），悉如宕攝字。從客家話出發，北京的「雙」來自：*ʃuŋ>ʃioŋ>ʃyoŋ>ʂuoŋ>ʂuaŋ，這個變化解釋了爲什麼不同韻的「雙霜」兩字在北京同音。閩南的「雙」來自：*ʃuŋ>ʃiuŋ>ʃioŋ>siaŋ。就漢語史來說，這些形式代表烏音歐化（u>o），歐音阿化（o>a)。

覃韻：這個韻原來是合口一等（*um），有別於談（*om），後來發生烏音歐化（*um>om）才與談合流。原來並無所謂重韻問題，發生合流現象之後才有重韻的說法。在傳統的表格塡空法作業裡，*um 是一個空檔，也就是沒有與 *un、*uŋ 相配的 *um，這個空檔是在五元音系統建立後透視出來的。覃韻經歷的烏音歐化可能時代很早，可與江韻合而並觀。在現代漢語方言中，大約只有江蘇南通附近的方言還多少可以看出覃談的區別—反映在兩種對應關係上，而不是舌齒聲母後那個元音，因爲舌齒聲母後的元音已發生過前化，例見第三節，不贅。

庚二：這個韻原來的讀法（*oŋ/k）與唐韻相同，反映在客家話的入聲：拍 [phok꜇ ]、擇 [thok꜈ ]。現代漢語方言所見都與耕韻（*aŋ/k）合流。從移民史看，這種歐音阿化現象在永嘉移民南下以前的北方世界已很普遍，因此歐音的讀法在南方也不多見。江西黎川歐阿韻系算是保持較佳的，但是也已阿化：拍[phaʔ꜆ ]、擇[thaʔ꜇ ]。北京的「陌」來自文讀：mɤ>mo~muo，不應與客家話上列情況混同，雖然表面看起來似乎是一個樣；探討這個問題需要了解北京話內部的音系規則。

庚三：這個韻原來的讀法（*ioŋ/k）反映在兩個地方。一個是浙江南部的「驚光」同音，因爲「驚」字循 *ioŋ>yoŋ>uoŋ>uaŋ 的途徑演變，例如遂昌：[ ꜀kuaŋ]。另一個地方是北京的「劇」字：*iok>iuk>iuʔ>iu>y。這兩種特殊演變共同指向一個歐元音，也就是陽藥韻的讀法。反映歐音阿化（*ioŋ/k>iaŋ/k）的是客贛方言，以客家爲例：驚 [ ꜀kiaŋ]、劇 [khiak꜆ ]。

清韻：這個韻（*iaŋ/k）的入聲有一部分來自 *iok，反映在閩南話：石 [tsioʔ꜇ ]、尺 [tshioʔ꜆ ]、惜 [sioʔ꜆ ]、席（蓆）[tshioʔ꜇ ]。這類字在客贛方言都讀阿類，如客家：石 [sak꜇ ]、尺 [tshak꜆ ]、惜 [siak꜆ ]、蓆 [tshiak꜇ ]。閩南話的歐元音反映的是西漢時期押韻的特色，現代漢語方言已極爲少見。客贛方言反映的至少是魏晉時期中原地區的共同變化，也是韻書收錄的內涵。

刪韻：這個韻的特殊讀法就在韻目字本身，大體可分成都 -uan、長沙 -yan 兩派。成都派的讀法幾乎遍布四川全省、湖北（武漢等地）、江蘇（通泰地區），長沙派的讀法除了湖南也見於江蘇（通泰地區）。例如：

刪 成都派：四川新繁 ꜀ʂuan、四川成都 ꜀suan、湖北武漢 ꜀suan
長沙派：湖南長沙 ꜀ɕyan、江蘇海安 ꜀ɕyɛ̃、江蘇泰興 ꜀ɕyɛ̃

其來由可能出自一個歐元音：*ʃon>ʃuon>ʂuon>ʂuan~suan，suan>syan>ɕyan~ɕyɛ̃。北京的來由是：*ʃon>ʃan>ʂan。換言之，刪韻原來可能是一個歐元音韻，[22] 與寒韻同類，經過阿化之後才與山韻（*an/t）合流。這是長江沿岸（從上游到出海口）方言特殊讀法給我們的啓示。

咸攝二等：從平行的觀點看，咸銜原來的差異可能平行於山刪、耕庚，也是阿（咸）歐（銜）的不同。但是，現代漢語方言全然顯示不出其間有什麼差異。爲什麼這樣？經驗表明，同一方向的演變（歐音阿化）裡，雙唇尾韻是率先進行的，現代如此，古代亦復如此。推測言之，銜韻早期的韻母形式可能是 *om（與談同類），由於歐音阿化進行較早，銜韻很早就變入咸韻（*am）一類。

就元音的變化來說，上面的討論可以概括爲兩類：一類是烏音歐化，一類是歐音阿化，經過這種變化以後才有後世所謂重韻。據此推論，蟹攝裡的咍泰、皆佳夬可能也有平行的發展，其中一個是原類的讀法，另一個或兩個是從烏音類或歐音類變化後加入的，由於現代漢語方言沒有蛛絲馬跡可以參考，這裡暫且不論，或許更早時期的音韻行爲可以提供線索。底下，我們來看重紐是怎麼形成的，焦點仍然放在有跡可循的韻類。

b) 重紐問題

首先，我們必須尊重文獻材料，依韻圖的標籤把韻書的一個韻視爲一個內部一致的韻母。這樣，我們就可以清楚看到重紐所在的韻類集中在三個元音：

前高元音：侵緝（*im/p）、眞質（*in/t）、蒸職（*iŋ/k）
前中元音：支（*ie）、脂（*e）
前低元音：鹽（*iam/p）、仙（*ian/t）、清（*iaŋ/k）

其次，根據韻圖的界劃，前高元音系列只有舌根尾韻具有相配的一等，其他兩個沒有相配的一等。關於這一點，我們在上文已討論過，原來一三等相配是遍見於各種韻尾的。爲了清晰起見，比較如下：

| 韻圖 | -m/p | -n/t | -ŋ/k | 重建 | -m/p | -n/t | -ŋ/k |
|---|---|---|---|---|---|---|---|

| 三等 | 侵緝 | 眞質 | 蒸職 | 三等 | *im/p | *in/t | *iŋ/k |
|---|---|---|---|---|---|---|---|
| 一等 | ----- | ----- | 登德 | 一等 | *em/p | *en/t | *eŋ/k |

那兩個不見於文獻紀錄的一等韻跑到哪兒去呢？如前所說，大量反映在南北方言。

第三，從鄰韻看，前低元音類的鄰韻在聲、韻配合上都很有限制。這一點，只要比較一下鹽嚴、仙元、清庚可以看得很清楚：

| 韻類 | 重建 | 脣音 | 舌齒 | 牙喉 | 韻類 | 重建 | 脣 | 舌齒 | 牙喉 |
|---|---|---|---|---|---|---|---|---|---|
| 鹽 | *iam/p | + | + | + | 嚴 | *iom/p | – | – | + |
| 仙 | *ian/t | + | + | + | 元 | *ion/t | – | – | + |
| 清 | *iaŋ/k | + | + | + | 庚 | *ioŋ/k | + | – | + |

表右的歐類有兩個共同點：一個是都有牙喉音聲母字，一個是都沒有舌齒音聲母字；如果前者是牙喉音原則（保守陣營）的體現，那麼後者就是舌齒音原則作用（歐音阿化率先發生）下的結果。除此之外，脣音只在庚三出現，嚴、元兩韻都沒有。這樣的音系格局似乎意味著：韻書成立以前漢語史發生過重大變化，韻書收錄的只是災後劫餘。換言之，如果歐類原來也是五音俱全的話，那麼原來一大票族群落在何方？表左阿類韻母不但五音俱全，而且轄字大大超過表右。這樣的音系格局給我們很大的啓發：很可能原來的歐類大量流入阿類。下面，我們就從阿類尋找原來歐類的蹤跡。

## 一、阿類的歐元音印記

鹽、仙、清三韻在現代漢語方言都有跡象顯示，有一部分字是來自歐類的。例如鹽、仙兩韻在現代河南方言普遍都有下列特殊表現：

| 河南 | 鹽 *iam/p | 仙 *ian/t | 仙 *ian/t | 仙 *ian/t |
|---|---|---|---|---|
| 例字 | 斂 | 聯 | 鮮 | 癬 |

開封　lyɛn꜄　꜁lyɛn　꜀ɕyɛn　꜂ɕyɛn

鄭州　lyɛn꜄　꜁lyɛn　꜀syɛn　꜂syɛn

這些開口三等字的魚介音來自圓唇的主要元音的影響：*ion>yon>yan~yɛn。山東東明的「線」[suan꜄ ] 來自：*sion>syon>suon>suan。閩南「線、熱」的演變途徑是：

閩南　線　*sion>syon>suon>suan>suã

　　　熱　*ȵiot>ʑyot>zuot>zuat>luaʔ

換言之，這些方言形式說明，阿類的介音變化是因爲原來的歐元音促成的。這類字在北京話循單純歐音阿化而來，如同韻書所見：*iom>iam，*ion>ian。

這類字最完整的古代來源保存在客家話口語「聯～衫：用針線縫衣服」[ ꜁lion]。上列河南方言的形式由此出發，許許多多山西、陝西方言口語的「縫」其實也是從「聯」字的早期形式 *lion 歷經變化而來。粵語「聯」來自：*lion>lyon>luon>lun>lyn，第三階段與山合一合流，最終導致「聯、酸」同韻，比較「酸」字在粵語的演變：*suon>sun>syn——末端形式見證舌齒音原則的作用：前化（fronting）。另一個可能的途徑是：*lion>lyon>lyen>lyn。

比較明顯的歐元音印記就在閩南清韻的入聲：石 [tsioʔ꜇ ]、尺 [tshio꜆ ]、惜 [sioʔ꜆ ]。依照韻書反切，「石、碩」兩字同爲「常隻切」，北京話今讀應該同音 [ ꜁ʂʅ]，實際上，碩字讀 [ʂuo꜄ ]。北京「石、碩」兩字的分歧很早就開始了，比較如下：

北京　碩　*dʑiok>ɕiok>ʃiok>ʃyok>ʂuok>ʂuoʔ>ʂuo（方言）

　　　石　*dʑiok>ʑiak>ʑiɛk>ɕik>ɕiʔ>ɕi>ʃi>ʂʅ（雅言）

最早的重建形式是西漢雅言（這個時期「石、碩」等字與藥韻 *iok 一類），「石」字第二階段（*ʑiak）是東漢至魏晉時期的雅言（韻書反切的根據），客家話「石碩」同音 [sak꜆ ] 即由此而來。換言之，北京「石、碩」兩字在東漢魏晉時期就分道揚鑣。廣州「石」字讀 [ʃɛk꜆ ] 來自隋唐的雅言 *ʑiɛk。

總起來說，韻書裡的阿類韻母鹽仙昔（清入）各有兩個來源，一個來源是繼承原來的阿類，另一個來源是由鄰韻歐類經過阿化而來的。爲了區別起見，前者稱爲 A 類，後者稱爲 B 類。這是了解重紐的關鍵，也就是說，韻書裡的重紐韻原來都是兩類韻母合流而成的。雅言進行單純的歐音阿化，方言則多循伊介音魚化；韻書所據是東漢以來的雅言。

## 二、伊類韻是愛歐塔化的結晶

侵緝（*im/p）、眞質（*in/t）、蒸職（*iŋ/k）都以前高元音爲主要元音。從比較重建看起來，這三個伊類韻都各有三個來源，除了繼承更早時期的一類（A 類）之外，還有 *em/p、*en/t、*eŋ/k 和 *ium/p、*iun/t、*iuŋ/k 兩種（B 類）。我們在上文已看過侵緝、眞質 B 類在現代漢語方言的例子，底下補充蒸職 B 類在方言的反映：

蒸職 B 類　*eŋ/k：客家話　冰 [ ꜀pen]、應 [en꜄ ]、逼 [pet꜇ ]、色 [set꜇ ]

*iuŋ/k：「孕」北京 [yn꜄ ]、武漢 [yn꜄ ]、濟南 [yẽ꜄ ]

韻書的一個韻在方言讀爲三個韻。面對這種一對三的局面，只有兩個邏輯可能：一個是條件分化的結果（一韻分化爲三韻），一個是合流的結果（三韻合爲一韻）。事實上，我們是理不出分化條件的；B 類既可以出現在唇牙喉聲母後，也可以出現在舌齒聲母後。這樣，我們別無選擇地必須把 B 類視爲韻書成立前的考古文物。換言之，侵緝、眞質、蒸職都各有三個來源，如下所示：

前切韻　*im/p、*in/t、*iŋ/k> 切韻 *im/p、*in/t、*iŋ/k（A 類）

*em/p、*en/t、*eŋ/k> 切韻 *im/p、*in/t、*iŋ/k（B 類）
*ium/p、*iun/t、*iuŋ/k> 切韻 *im/p、*in/t、*iŋ/k（B 類）

了解了這種合流狀況，我們就慢慢可以認識到重紐問題的核心。音系學者都希望能夠從最小對比來呈現對立狀況，在這種追求下，底下的分野值得特別重視：

| 質韻 | A 類（*it） | B 類（*et） |
|---|---|---|
| 例字 | 蜜（彌畢切） | 密（美筆切） |
| 福州 | miʔ꜇ | miʔ꜇ /meiʔ꜇（白） |
| 廈門 | bit꜇ | bit꜇ /bat꜇（白） |

B 類文讀與 A 類無別，這是韻書的讀法；B 類白讀反映 *et，當是更早一個時期通語的反映。這個例子清楚顯示什麼是重紐：原來不「重」各在一方，韻母合流以後才「重」。

閩南話所見 *et>at 的白讀現象還見於：蝨 [sat꜆ ]、漆 [tshat꜆ ]。舒聲字的平行變化就是 *en>an：鱗 [ ꜁lan]、趁 [than꜄ ]、陳 [ ꜁tan]。真質韻 B 類的另一個來源 *iun 也反映在閩南話：忍 [ ꜂lun]、韌 [lun꜅ ]、銀 [ ꜁gun]。這些字音在韻書成立以前就隨移民帶到南方；換個角度看，在韻書成立以前的北方（雅言）這兩種 B 類讀法應該都已發生愛歐塔化：*en/t>in/t，*iun/t>in/t。日語漢字音「陳」讀ちん [tʃin]，北京「銀」讀 [ ꜁in] 都是愛歐塔化的說明。

希臘字母原來各有名稱，A 叫 alpha，B 叫 beta……，第九個字母 I(i) 叫 iota。希臘語言史上，各種各樣的元音逐步變成前高元音，其規模波瀾壯闊，前後賡續不絕，歷史語言學家稱之爲愛歐塔化（iotacism）。類似的情況在漢語史也很可觀。

## 三、前中元音的重紐韻

支（*ie）、脂（*e）兩韻同具前中元音，它們的 B 類很不一樣：

支韻 B 類來自歐元音（o~ɔ），脂韻 B 類來自複元音哀韻（ai）。這方面的探討主要仰賴保守的閩方言。

支韻 B 類在閩南方言有如下的反映：皮 [ ꜁phue]、被 [phue꜅ ]；徛 [khia꜅ ]、蟻 [hia꜅ ]、寄 [kia꜄ ]、倚 [ ꜂ua]。其共同來源是一個歐元音，但有較高較低之別：*uo>ue，*iɔ>ia，*iɔ>yɔ>uɔ>ua。從這些形式看韻書，支韻 B 類的來由是：ue>e~ie，ia>ie（含倚）。附此一提，語音系統裡的中元音都有較高較低兩個形式，前中如此，後中也是這樣；閩南菠~稜（菜）[ ꜀pue] 來自 *puo，破 [phua꜄ ] 來自 *phuɔ。前中元音的兩種形式已多次見過，不多說。

脂韻 B 類在閩南方言口語多呈哀韻：梨 [ ꜁lai]、利 [lai꜅ ]、私 [ ꜀sai]、師 [ ꜀sai]、屎 [ ꜂sai]。從這些形式看韻書，脂韻 B 類可能來自複元音單化：*ai>e。

總起來說，切韻的重紐韻都有兩個或三個來源，A 類是原有的，B 類是經過變化後來加入的。結論可以歸納爲如下幾點：

第一、從韻母合流的角度看，重紐韻不只在唇牙喉聲母後發生元音合流，舌齒聲母後也大量發生；換言之，重紐實際上在唇舌齒牙喉五音都普遍存在。從系統平行的眼光看，蒸職韻也是三類韻母匯聚而成，雖然不在一般所謂重紐韻的討論範圍。

第二、爲什麼文獻上只見到唇牙喉聲母重出而舌齒聲母沒有？這一點可以從音系行爲理解：因爲在同一方向的元音變化上，舌齒聲母往往扮演領先的腳色，而唇牙喉聲母代表殿後的保守陣營。韻書作者所參考的韻書屬於這一類情況。

第三、爲什麼陸法言在編韻書的時候不統一處理，只用其中一個反切而非要兩個反切一起保留造成體例的例外？這一點得從開皇初論韻的場景進行推測。那天晚上，論韻諸人雄辯滔滔，可能在重紐韻的分合上意見分歧。主導者主張合爲一韻（根據洛陽雅言），但是陸法言所傳習的字音（河北臨漳）仍有區別。怎麼辦呢？只好依主導者（顏之推）的意見把兩類或三類不同的韻母合在一起，但是用不同的反切標示其差異。他在序中說「乃述群賢遺意」，又說「非是小子專輒」，其實他是兩者兼顧的，一方面尊重前輩學者，一方面也保留自己意見的。

最後，我們看一個相關的問題。爲什麼漢越語裡重紐 A 類的唇音發生舌齒化而 B 類沒有？例如：[23]

| 漢越語 | A 類（來源） | B 類（來源） |
|---|---|---|
| 支韻 | 脾 ti（*ie） | 皮 pi（*uo） |
| 眞韻 | 民 zɐn（*in） | 閩 mɐn（*en） |
| 質韻 | 畢 tɐt（*it） | 筆 put（*et） |
| 仙韻 | 鞭 tien（*ian） | 變 pien（*ion） |
| 清／庚 | 名 zaɲ（*iaŋ） | 明 maɲ（*ioŋ） |

從來源形式看，漢越語唇音聲母舌齒化的規律很清楚：它發生在伊元音之前，如果其後有個元音，那個元音必須是個前元音。B 類來源不符合這兩項要求，所以其唇音不發生舌齒化。實驗語音學研究顯示，顎化的唇音（bʲɑ）在聲學圖譜上與舌尖塞音（dɑ）極其相似，[24] 因此標準捷克語的 pʲɛt（五）在東波西米亞語變爲 tɛt。漢越語的唇音舌齒化也是顎化現象，但是，伊介音後如果出現圓唇元音會阻止它發生。

c) 四等韻的洪細

最後一個文獻問題是四等韻的洪細。四等韻在現代漢語方言有洪細兩派，洪音一派時代較早，細音一派的時代較晚。洪音一派較佳地反映在閩南的白讀：

齊：犀 ꜀sai、西 ꜀sai　先：前 ꜁tsaĩ、結 kat꜆

添：店 taĩ꜄　　　　　青：零 ꜁lan、星 ꜀san、笛 tat꜇ 、踢 that꜆

這些現象可分幾方面來看。首先是齊韻，閩南「西」字，白讀 [꜀sai]，文讀 [꜀se]，與日語吳音 sai，漢音 sei 相當；域內與域外方言都指向洪音來源，其中 *ai 時代較早。其次，添先兩韻的舒聲讀法來自：*am>aim>aĩ，*an>ain>aĩ；入聲的讀法來自：*at一其中舒聲字的演變類型在江西南部方言相當常見。第三，青韻在閩南方言白讀還有：聽 [꜀thiã]、錫 [siaʔ꜆]。比較閩南與客贛方言的異同：

| 青韻 | 零 | 星 | 踢 | 聽 | 錫 |
|---|---|---|---|---|---|
| 廈門 | ꜁lan | ꜀san | that꜆ | ꜀thiã | siaʔ꜆ |
| 梅縣 | ꜁laŋ | ꜀sɛn/ ꜀saŋ | thɛt꜆ | ꜀thaŋ | siak꜆ |
| 南昌 | liaŋ꜄ | ꜀ɕiaŋ | thit꜆ | ꜀thiaŋ | ɕiak꜆ |

這些形式說明，閩南四等青韻與三等清韻（*iaŋ/k）無別。第四，閩南內部的比較顯示，二四等有如下平行發展：

| 廈門 | 二等 | 四等 |
|---|---|---|
| | 街 ꜀kue | 雞 ꜀kue |
| | 關 ꜀kuaĩ | 縣 kuaĩ꜅ |
| | 間 ꜀kiŋ | 肩 ꜀kiŋ |

這樣的平行現象顯示齊韻與蟹攝二等無別，先韻與山攝二等無別，共同指向一個阿元音：*ai（>oi>ue）、*uan（>uaĩ）、*an>aĩ>oĩ>uĩ>uiŋ>iŋ。

爲什麼群母（*g）只出現在三等韻而不出現在一二四等韻？從比較重建看起來，群母原來在一二三四等韻母前都可以出現，只是後來這個舌根濁塞音在洪音前變成了濁喉擦音（匣母），只保存在細音前；這個條件變化說明四等原來是洪音。爲什麼三等有保存舌根濁塞音的條件？那是因爲在細音前（*gi-），人們比較容易控制發濁塞音所需的壓差。簡單說，那是空氣動力學決定的。這個音系格局在中古時代以前已經完成，韻書反映的就是其結果，未變之前的狀態見於吳閩方言。閩南常見的例子是：一等「猴」[ ꜁kau]、二等「環」[ ꜁khuan]、四等「縣」[kuaĩ꜇ ]—舌根濁音清化，聲調（陽平、陽去）顯示原來出自濁音。

總起來說，閩南四等白讀來源多元，或者像二等或者像三等。這個事實反映：四等韻在東漢至魏晉時期已成游移狀態，閩南先民在永嘉末年南下時四等讀法已是五彩繽紛，南下後又續有變化，但是沒有一個顯示「尤細」；添、先的愛歐塔元音讀法（如：添天 thĩ、鐵 thiʔ）是閩南先民南下「路過」江東時（約停留兩百五十年）從吳語習染而來，這裡不細說。[25]

## 第六節　連續性：石頭的故事

語言重建目的是要說明語言的連續性，這一點我們在前面曾舉法語的「百」爲例顯示過西方歷史語言學家的努力。在漢語史上，這樣的嘗試還呈大量的空白。底下，我們用「石」爲例細說如下：

| 石 | 西漢 | 東漢 | 隋唐 | 宋 | 金 | 元 | 明清 |
|---|---|---|---|---|---|---|---|
| 雅言 | *dʑiok > | ʑiak > | ʑiɛk > | ɕik > | ɕiʔ > | ɕi > | ʂʅ |
| 階段 | 1 | 2 | 3 | 4 | 5 | 6 | 7 |

階段一　西漢雅言 *dʑiok。這個形式無論在聲母上還是在韻母上都比韻書揭示的內容還要古老：聲母是塞擦音，而韻母具歐元音。文獻上，「石」字在西漢時期與藥（*iok）同歸一類。西漢雅言的這個讀法較好地保存在閩南方言：*dʑiok>tsioʔ꜊。閩東方言今讀來自：*dʑiok>ʑiok>syok>suok，例如：福清 syoʔ、福州 suɔʔ，塞音尾何時弱化不能確知。北京「碩」字也循同樣途徑而來：ʑiok>ɕiok>ʃyok>ʂuok，韻尾在哪個階段弱化、消失無法確知。不能

確知的原因是，這些變化是方言自主性的變化，沒有相關的文獻可以查考。

階段二　東漢雅言 *ʑiak。這個形式正是反切「常隻切」的根據，源於東漢太學傳習的讀書音，流行的時代跨度應該涵蓋魏晉，所以能爲韻書作者所收錄。浙江常山的讀法 [dʑiaʔ꜇ ] 是這個雅言形式的最佳代表，江浙一帶多讀爲 [zaʔ꜇ ]，日語吳音的「石」字讀じゃく [ʑiaku] 源於這個階段的漢字音。聲母上，dʑ~ʑ 在吳語世界常互爲變體，不細說。客贛方言的今讀出自這個東漢以來流行的雅言形式：*ʑiak>ɕiak>ʃiak>ʃak>sak（南昌、梅縣）；聲母在舌葉音階段時，伊介音消失（ʃi>ʃʅ~ʃ），韻母由細轉洪。

階段三　隋唐雅言 *ʑiɛk。這個形式較佳地反映在廣州話的 [ʃɛk꜇ ]，來自：*ʑiɛk>ɕiɛk>ʃiɛk>ʃɛk。無論是從語音變化的階段看還是從移民史的過程看，這樣的發展都很合理。唯一需要解釋的是濁音清化的時間。從日語漢音「石」字讀セキ [seki] 推斷，濁音清化在唐代已經發生了，因爲漢音傳自唐代的長安。不過也不無可能在保守的雅言傳統圈內，濁音仍有保存，而且繼續保存到宋室南渡之後。粵語從唐中葉以後開始移入嶺南，其先民在河南說的是中州通語，很可能通語的濁音清化比雅言早。

階段四　宋代雅言 *ɕik。這個形式較佳地反映在閩南文讀的 [sik꜇ ]。這是一個簡化的說法。從隋唐到宋可能還有 *ʑiek 的過渡形式，反映在杭州 [zəʔ꜇ ] 和蘇州文讀 [zɤʔ꜇ ]、揚州 [səʔ꜆ ]，其後續發展才成爲 ʑik>ɕik，前者爲雅言，後者爲通語。閩南文讀應該來自雅言（*ʑik），聲母清化後調歸陽入。

階段五　金代的雅言 *ɕiʔ。經過北宋大力推廣文教，讀書人口快速增加，雅言形式也逐步普及到庶民大衆的口語成爲通語。此後的歷史故事應分南北兩面來看。南宋政府把首都從開封遷到杭州，同時也把傾向保守的雅言（*ʑiek~*ʑik）帶到南方推廣。金人入主中原，起初也可能盡力維護北宋的雅言，但是敵不過通語的強大社會基礎，而把通語形式（*ɕik）當作標準加以推廣，在北京發生了塞尾弱化變成 *ɕiʔ，下一階段的變化就是喉塞尾消失。

階段六　元代的雅言 *ɕi。這個形式反映在元代文獻《中原音韻》的齊微韻（*ei~*i），漢語方言裡的最佳代表是河北南部的新河 [꜁ɕi]。元代的大都（北京）音較佳地保存在四鄉鄉下，除了這個齊微韻的例子，新河還保存有車遮韻 *iɛ（哲攝舌）、皆來韻 *ai（責策擇）、蕭豪韻 *au（摸若略）等特色。平行於「石」字，新河還有「執、濕、十、失」仍舊讀的是元代的伊元音（*i）。都市的語言代表時髦中心，它的早期現象常常保存在四鄉鄉下。

階段七　現代的北京音 *ʂʅ。這個形式在清朝初年已經完成，文獻上見證於清康熙年間所出李汝珍《李氏音鑒》，例如「濕、時」在元代是 *ɕi，到了清代已讀爲 *ʂʅ。從元代到現代的演變共可分爲四個發展階段，較佳地反映在山東東部：

石　　烟台　ɕi꜄ >（꜁ʃi）> 諸城 ꜁ʃʅ > 萊州 ꜁ʂʅ

這四個發展階段就是歷史語言學家所說的邏輯過程，從元代的大都到現在北京的必經之路，文獻所載只是頭尾兩端。中間兩個階段是過渡，也許爲時甚短而沒有在文獻留下紀錄。

這個石頭的故事具體而微地闡明了漢語發展史的兩個面相，一個是雅言與方言的關係，一個是古今與南北的關係。

雅言與方言：所有漢語方言的漢字音原來都出自雅言。這是歷史上學在官府的制度造成的，政府掌控學術教育，同時也負有語言統一的使命。雅言代有變化，方言也如響斯應；各階段的雅言形式多少都可以從現代方言找到印記。漢字音原來都是文讀，起初無所謂文白異讀；文白異讀的出現，既反映了雅言代有變化的事實，也說明了歷代政府文教推廣的努力；方言白讀反映早期雅言，方言文讀來自晚期雅言。文教如何推廣？不言可喻，一定得透過教育體系的層級組織，通語中心在其中扮演重要的角色。

古今與南北：現代漢語方言的南北大體以長江爲界。時代上，如以唐宋之際爲斷限—唐代以上爲古，宋代以下爲今—那麼古今南北方言的關係可以看得很清楚。現代的東南方言反映的是古代的北方話，長江以北的方言反映的是宋代以來北方話的發展。現代東南方言的方言地圖大體可用「人」字形分爲三塊：東邊是吳閩方言，西邊是客贛湘方言，南邊是粵語。從移民史看，吳閩客贛湘的源頭是西晉以前的北方話，粵語是隋至中唐的北方話。

宋代的北方話在東南留下深刻印記，爲什麼明清時代的官話在南方沒有紮根？不是全然沒有，只在近江地區偶爾一見。南昌城裡有所謂「撇官腔」，長沙有所謂「塑料普通話」，江浙一帶有所謂「藍青官話」，這些跡象說明：明清以來北方話勢力曾侵入這些南方大都市，但是整體說來並未大規模擴散。爲什麼呢？原因不言可喻，明清兩代經濟不發達，教育不普及；據一項調查統計，1949 年全中國識字率不到 10 百分比，百分之九十的人口屬於文盲。

爲什麼粵語沒什麼文白異讀？因爲，粵語是唐代中期以後從河南分支出去的，它本來就來自雅言傳播中心的附近，同時在時代上距離北宋甚近，語音差別不大—南宋時期朱熹曾評論過粵語，說廣中人的語音尙好，大約指的是這個事實。這一點不像其他來源較早的南方話。粵語不是沒有文白異讀，而是因爲其白讀源於南下以前就普及於北方的漢代通語特色；例見第二章，下一章仍將繼續討論。

比起其他漢語方言，閩南方言「石頭的故事」更加豐富多彩，除了反映西漢和宋代的雅言之外，還有東漢的雅言（如石~硯的 [siaʔ꜊ ]）。換言之，在七個階段的語音發展裡，前四個階段都見於閩南話；唐代的階段雖然沒有反映在「石」字上，但是反映在其他地方（如止攝字的愛歐塔元音：絲 [꜀si]）。閩南話擁有如此豐富的漢語史信息，幾可喻爲一座音聲博物館，典藏文物比日語吳音、漢音更加多樣。

# 結　語

歷史語言學家的天職是語言的連續性，其內容是文獻、方言與歷史人文活動三合一的結晶。如果我們了解到每一種語言都是災後劫餘，那麼歷史語言學家的努力猶如災後重建，他們使用的工具—比較法相當於土木工程師所用的三角測量法（triangulation），工作是把散落地面的材料有機地、辯證地組織起來。重建結果像是一棵樹，樹的節點之間代表一種曾經發生過的演變規律。如果問：爲什麼西方有語言連續性而東方沒有？那是因爲，西方的歷史語言學家把重建與演變視爲一體之兩面；而在東方只顧重建不顧演變，甚至可以說，重建與演變身首異處。

關於重建，如梅耶所說，比較法是唯一有效的工具。但是，從二十世紀漢語語音史重建開始，比較法就不是以原汁原味的姿態引進中國，而是把它當作表格填空法的輔助工具。因爲這樣，文獻材料本身沒有得到眞正的解釋，方言的種種樣貌沒有得到規律性的解釋。什麼是原汁原味的比較法？初學者宜在對應關係組上多加體會，一個相當具有啓發意義的對應關係就是吉卜賽語在歐洲與敘利亞的例子：兩個音構成三組對應關係，古音來源應該是三個音位。換言之，我們追求的是三組對應關係背後的語音形態，那個形態未必跟現在所見的表面形式相同。

爲什麼要把歷史人文活動納入考量呢？因爲歷史人文活動會造成對應關係組複雜化，從而引發過度重建。換句話說，重建依然要按照關係組進行，有多少對應關係就重建多少古音，但是也要注意背後是否有歷史人文因素（方言接觸與文教推廣）造成對應關係組複雜化。

這就是歷史語言學家提請注意的所謂兩重性（dualism）：重建結果與結果的解釋。

關於演變，語音定律是我們這門學問的主軸。但是，經過一百年的發展，漢語語音史研究很少把語音定律的追求當作核心課題，奠基人很少談及，其後繼者也少有著墨。這方面的探討需要音系學和科學的語音學的知識。關於語音演變，我們應該具備時空觀與詞彙擴散的概念。時空觀是說：語音變化發生在特定的時空環境，異時異地則未必如此。詞彙擴散觀是說：語音變化初起，首先發生在少數的詞語，然後慢慢擴及其他詞語。西方如此，東方也是這樣。

漢語語音史的古代文獻材料都以漢字爲載體，如何從中探討其中隱藏的語音規律？漢語史語音規律的發掘主要還是來自漢語方言的對應關係的研究。爲什麼呢？因爲漢語是單音節語言。如果說，西方語言語音演變的單位是詞（word），那麼漢語語音變化的單位是音節（syllable）。單音節語言的特色是俗稱的一字一音（one morpheme represented by one syllable），一出口就是一體成型的音節，聲母、介音、主要元音、韻尾在口中早就協調完畢。換言之，音節成分之間恆常處於互動、牽制、協調、影響的狀態，這樣的特性決定了漢語語音演變的特色。如何表述其演變過程是漢語音韻學者關注的焦點。

# 注　釋

[1] 參看 Fox, Anthony. *Linguistic Reconstruction-An Introduction to Theory and Method.* Oxford University Press. 1995.

[2] 參看原著Meillet, Antoine. *La Méthode Comparative en Linguistique Historique.* Oslo.1925.（岑麒祥譯〈歷史語言學中的比較方法〉，收在《國外語言學論文選譯》，語文出版社，1992 年。）

[3] 參看原著 Karlgren, Bernhard. *The Chinese Language—An Essay on its Nature and History*. New York. 1949.（杜其容譯《中國語之性質及其歷史》，國立編譯館。1978 年。）

[4] Miller, Roy Andrew. <The Far East>. In T.A. Sebeok (ed.), *Current Trends in Linguistics, Vol. 13*: *Historiography of Linguistics*. The Hague: Mouton. 1975.

[5] Norman, Jerry L.. *Chinese.* Cambridge University Press. 1988.

[6] King, Robert D. *Historical Linguistics and Generative Grammar.* Prentice Hall. 1969.

[7] 參看高名凱譯《普通語言學教程》（索緒爾原著）。商務印書館。1985 年。

[8] 參看 Fox 1995，同 [1]。

[9] 參看 Crowley, Terry. *An Introduction to Historical Linguistics.* Oxford University Press. 1997.

[10] 吉卜賽語的例子參看 Fox 1995，同 [1]。

[11] 參看 Crowley 1997，同 [9]。初學讀者對「機械地、盲目地」這種英文字眼可能不習慣，其意思可以理解爲「系統地、貫徹到底」。

[12] 歷史語言學家很少用到這樣的概念，因爲涉及語言接觸的複雜問題。詳細的討論請看 Thomason & Kaufman(1988). *Language*

*Contact, Creolization, and Genetic Linguistics.* University of California Press.

[13] 兩重性的概念參看 Fox（1995），同 [1]。我們在第二章談濁音清化的類型，就是兩重性思考下的結果，而不是單純的比較重建。換言之，已把歷史人文因素納入考慮。

[14] 參看 Crowley & Bowern. *An Introduction to Historical Linguistics.* Oxford University Press. 2010.

[15] 關於高本漢的中古韻母系統，讀者可以參看李方桂《上古音研究》。商務印書館，1982 年。

[16] 參看 Karlgren, Bernhard. <Compendium of Phonetics in Ancient and Archaic Chinese>. *Bulletin of the Museum of Far Eastern Antiquities* 26, p. 211-367. 1954.

[17] 參看作者《漢語語音發展史》（附錄一）。商務印書館，2019年。

[18] 陽韻莊組世紀之謎的討論，參看作者上揭書。

[19] 這項語音近似的討論，原作者是 Ohala 教授。中文介紹可以看作者《漢語語音發展史》第三章，頁 62。

[20] 參看周祖謨〈宋代汴洛語音考〉，收在《問學集》。中華書局，1966 年。

[21] 江韻獨立問題，參看周祖謨《語言文史論集》（五南出版社，1992 年），頁 169。

[22] 刪韻的韻母，其變化平行於庚二。長江沿岸方言顯示，「刪」字本身來自 *ʃuan。

[23] 參看潘悟雲 · 朱曉農〈漢越語和《切韻》唇音字〉，《語言文字研究專輯》( 上 )，上海古籍出版社。其中「皮」字的來源形式 *-uo 是根據形聲字 ( 如婆 ) 推測出來的，後來循 -uo>ue>e~ie 的變化成爲《切韻》的支韻字，而在《中原音韻》齊微韻所見的變化是 *-uo>uei。

[24] 這個聲學研究是 Ohala 教授做的，圖譜可以看作者《漢語語音發展史》（頁 56）的介紹。

[25] 參看作者〈論閩方言的形成〉，收在《閩客方言史稿》，五南出版社，2016 年。

# 第五章

# 古代通語與現代方言

提要　中國歷朝歷代的首都語言多少都曾以通語地位起過作用。兩漢時期，長安代表的秦晉方言風行帝國轄境，其特色後來隨永嘉移民散布南方；中唐以後，洛陽代表的中州通語開始崛起，成爲日後官話的源頭。太原型在先秦分布於兩河之間至東齊故地，由於長安型與洛陽型先後擴張之故，其轄地被蠶食鯨吞。漢字音原來都出自中央王朝規範推廣的雅言，但是雅言離開中央文教機構到了地方自然隨各地語言習慣發展出類型特點；在幅員遼闊的中國，絕大多數百姓傳習的漢字音主要是透過幾個通語中心，而不是直接到中央文教機構學習雅言。

## 第一節　統一與分化

漢語發展史是統一（centripetal）與分化（centrifugal）兩股力量交相運作的結果。大體言之，文教推廣代表統一的力量，而移民運動和底層影響代表分化的力量。

兩千年來，移民常隨政治、社會動盪而起，大規模運動在漢語發展史上留下深刻烙印的分爲前後兩次。較早的一次是西晉末年（公元317）永嘉亂後的移民，其場景如用唐代詩人張籍的話來概括就是：北人避胡皆在南，南人至今能晉語。[1] 較晚的一次是北宋末年（公元1127）靖康之難的移民，其境況在詩人韓淲和韋莊筆下栩栩如生：莫道吳中非樂土，南人多是北人來／楚地不知秦地亂，南人空怪北人多。[2] 就語言的空間擴散（spatial diffusion）而言，移民把故鄉的語言帶到他鄉起初也是一種統一運動，永嘉移民在南方經過幾百年的生活之後還能晉語就是表徵。問題就在南人繼續使用晉語的時候，北人已改口說唐語。所謂分化，那是因爲這兩次歷史事件之後，南北長期分治，終於漸行漸遠。其差異可以總括爲：移民的語言保守而北方故土的語言持續創新。

底層影響用顏之推的話來說就是：南染吳越，北雜夷虜。這樣的過程在漢語史上從來不曾停歇。因爲漢語史的發展模式一如中國歷史政治、文化的擴張運動，也就是中心征服、同化周邊的模式。歷史語言學的經驗顯示，語言接觸會加速語言變化—北方在少數民族大量加入漢語社團的情況下加速了漢語的變化；南方的移民如果像孤臣孽子那樣謹守祖宗世代傳承而下的語言自然傾向保守，但是另一方面，出於日常生活的需要或經由通婚，語言接觸在南方也同樣勢不可免，南染吳越說的就是這種狀況。從中心看周邊，少數民族漢化可以視爲語言統一運動的成就，但是如同世界各地的語言習得過程一樣，底層影響很難避免。因此，一個角度下的統一運動實際上也種下或寓含分化的因素。語言地理類型學家著重底層因素，就難免把漢語現代所見差異都歸因於少數民族語言底層起的作用。[3]

文教推廣代表統一的力量，這一點從現代教育普及的情況看起來，天經地義，幾乎不言自明，無須爭辯。然而，如果拉長歷史鏡頭、擴大視野，文教推廣實際上也隱含分化的因素。底下，我們分從三個方面來說。

一、首都的語言　西方語言發展史顯示，拉丁話原來出自羅馬，希臘話原來出自雅典，由於政治、文化的優勢地位，兩個原來分布狹隘的地區方言逐漸對外擴散其影響力，覆蓋、取代了四周的語言或方言，最終躍昇成爲共同語的標準代表。這樣的發展模式後來再度見於英語和法語，倫敦和巴黎在其中都扮演關鍵的角色。[4] 用法國語言學家房德里耶斯（J. Vendryes）的話來做比喻，帝國首都的語言叫城裡話（sermo urbanus），四鄰鄉下的語言或方言叫鄉下話（sermo rusticus），上述幾個語言共同語（koine）的形成就是城裡話擴張、同化鄉下話的過程。[5]

二、學在官府　中國語言的發展不能不看一下學在官府的角色。關於這一點，清末黃紹箕在有段話說：「古者惟官有學，而民無學。惟官有書，而民無書也。士子欲學者，不知本朝之家法，及歷代之典制，則就典書之官而讀之。祕府之書，既不刊布，則非身入清祕，不能窺見，此學術之所以多在官府也。」[6] 這裡所說的古者也許不只限於紙張發明以前的中國，可能在紙張發明以後的很長時間內也是這樣，也就是說，學術教育掌控在政府手裡。這個歷史背景說明，漢字音原來都是學校教出來的，普及於民間之後才慢慢分化。秦朝的「語同音」政策就是為因應春秋戰國以來私學發達，各地方言趨於分歧所提出的對策，此後歷朝歷代的中央政府莫不盡力執行，試圖讓臣民溝通無礙。

三、官學的層級　唐代官學分為中央與地方，中央官學設在京畿，地方官學依行政單位大小分為京都學、都督府學、州學、縣學、市鎮學、里學。[7] 這樣完備的學校教育體系就是語同音的傳播機構，好比中央電台之外，帝國境內還有層級組織完備的地方電台。唐代京都學三大中心的所在是：北京太原、西京長安、東京洛陽。為什麼地方官學的最高單位會設在這三個地方？不用說，那是因為它們長期在中國歷史舞台的重要地位決定的，具有深厚的政治、文化底蘊，也就是符合傳統知識分子的人文心理和語言文化的畛域觀念—長安代表關西，洛陽代表關東，太原代表唐室龍興之地。從語言發展史透視的眼光看，這三個京都學所在是三大演變類型的輻射中心，因此也就成為統一運動中的分化起點。

唐代三大京都學中心的選定實際上照顧了上文所說首都語言的角色。長安與洛陽在中國歷史上各曾充當千年帝都，而太原的歷史可以追溯到春秋的晉定公十五年（公元前 497 年）。長期作為四鄰方言景仰、學習的對象，這三大首都語言的演變類型必定從很早的時候就開始擴散開來。它們彼此之間的一個明顯差異就是全濁聲母的演變：

| 濁音清化 | 平聲 | 仄聲 |
| --- | --- | --- |
| 太原型 | 不送氣 | 不送氣 |
| 長安型 | 送氣 | 送氣 |
| 洛陽型 | 送氣 | 不送氣 |

這三大類型在北方的分布很廣，太原型在晉中盆地方言，長安型在秦晉方言（含陝西關中平原和山西汾河流域），洛陽型在一般官話方言－後兩個也可以分稱爲關西語和關東語。如此說來，它們在唐代充當文教傳播中心並非出於偶然，更早以前的年代應該也是如此。多早？至少在公元前後的四百年大漢帝國時期已有跡象，雖然洛陽型在較晚的時期才充分展現其威力－這一點後文再說。

從秦始皇制定書同文、語同音的統一政策開始，歷朝歷代的中央文教機構都負有與現代推普工作意義相當的使命。秦朝以前，其教學工作內容大約就是孔子所提到過的雅言。中央文教機構應該就是培護雅言的專責單位，也是地方各級學校馬首是瞻、共同推尊的對象。如果是按中央 - 地方這樣徹底執行下去，漢字發音教學經過兩千年努力早就應該成效顯著，四海歸一，實現語同音的理想。然而直到今天，南腔北調，猶如往昔，可見分化的力量無處不在，無時或已。其中最大的一種力量就是上面提到的代表地方原有勢力的三大通語。換言之，雅言對外傳播到了這三大通語中心難免要通過原有語言文化的洗禮或過濾，經過這樣的調節過程，原來輸進的同一個語音內容會變化出三種形貌。關於這一點，我們不能不從古老與保守的閩語出發進行思辨。

## 第二節　閩語的啓示

閩語在現代漢語方言的突出色彩是：古代全濁聲母清化，既有平仄皆送氣的也有平仄皆不送氣的，其中又以不送氣爲多。這是漢語方言學家都知道的分區特點，底下是廈門方言的例證：

| 濁音清化 | 平聲 | | 仄聲 | | |
|---|---|---|---|---|---|
| 送　　氣 | 頭 ꜁thau | 皮 ꜁phe | 簿 phɔ꜅ | 臼 khu꜅ | 席 tshioʔ꜇ |
| 不 送 氣 | 投 ꜁tau | 爬 ꜁pe | 部 pɔ꜅ | 舅 ku꜅ | 石 tsioʔ꜇ |

這些形式都是所謂白讀，所以就平面分析說，正確的概括應該說是：那是現代閩方言的白讀特色，有別於其他漢語方言。換言之，當漢語方言學者用統計數字指證歷歷去界定閩語的時候，那種工作性質是靜態的描寫與分類。歷史語言學家面對這樣沒有規律的現象感到好奇，他們在規律性假設的前提下，嘗試提出動態的演變與解釋。歷史語言學家的工作分爲兩種：

比較重建論：根據比較法操作守則，兩音之間只要看不出分化條件的就應視爲原來就是對立的，有幾種對應關係就必須建立幾種重建形式。「頭」和「投」既然都讀陽平調，其差別原來就應該是送氣和不送氣之別，例如「頭」來自 *dh 而「投」來自 *d。這樣機械的重建工作，其實也只是描寫與分類，也就是用一個高級抽象形式去概括同類事實。

歷史人文論：但是，歷史語言學家也早就了解到，在重建過程中必須把借詞區隔開來。借詞的來源多種多樣，有不同語系來源的也有同語系其他語言或方言來源的。如果是後者，那就有必要區分來自文教推廣的表層（superstratum）影響和來自鄰近方言的鄰層（adstratum）影響。因爲，這兩類影響都會使對應關係趨於複雜，從而導致複雜的重建結果。這方面的認識多半仰賴歷史人文背景的追探，也就是歷史語言學家所說的超語言因素（extra-linguistic factor）。帶著這樣的了解，我們來看閩語的層次應該如何分析。

層次分析可以分爲「點、線、面」三重工序，「點」是單字，

「線」是單一音類，「面」是相關音類的整體觀察。底下所舉廈門方言的層次分析就是點、線、面兼顧的具體而微的例子，來自昔韻B類：

| 昔韻 | 席 | 石 | 詞　例 |
|---|---|---|---|
| 西漢 | tshioʔ⊇ | tsioʔ⊇ | 蓆子；石頭 |
| 東漢 | siaʔ⊇ | siaʔ⊇ | 宴席；石硯 |
| 宋代 | sik⊇ | sik⊇ | 主席；石刻 |

雅言：這三種韻母形式原來都出自雅言，是雅言不同階段的反映。關於這一點，只要看下列連續性發展就可以看得很清楚：

「石」

| 連續發展 | *iok > | *iak > | *iek > | *ik > | *iʔ > | *i > | *ʅ~ʅ |
|---|---|---|---|---|---|---|---|
| 歷史年代 | 西漢 | 東漢 | 隋唐 | 宋 | 金 | 元 | 明清 |
| 階段代表 | 閩語 | 客贛 | 粵語 | 閩南（文） | （仙遊） | 煙台 | 北京 |

關於時代問題，漢代詩文押韻顯示，石字歸在鐸藥韻部可與略、惜、藥相押，[8] 其共同韻母形式 *iok 在閩南的反映是：略 lioʔ／惜 sioʔ／藥 ioʔ。魏晉時期，石字歸在錫部可與益、跡、壁相押，[9] 其共同的韻母形式 *iak 在閩南的反映是：益 iaʔ／跡 tsiaʔ／壁 piaʔ。由於雅言的推廣、普及需要時間，而文獻反映必然落後於事發時間，因此，我們把語音事件的年代略往前推，漢代所見也許反映的是從西漢雅言推廣出來的，魏晉所見的變化也可能早在東漢已經發生。這項推論的根據是庚三，換言之，如果入聲的昔 B 與舒聲的庚三平行發展，那麼其時代可以推到兩漢。[10] 隋唐時期的推論是根據廣東移民的歷史，也就是唐代張九齡（678-740）開通大庾嶺之後，大批河南（洛中脊）人口移入五嶺之南。宋代的推論根據是閩南文教推廣過程，也就是南宋政府所推行的北宋音。元代是據《中原音韻》的齊微韻，明清則有李汝珍的《李氏音鑑》可供參考。其中只有金代沒有文

獻可稽，但從連續發展過程上看，合情合理；至於仙遊的讀法 ɬiʔ 其實來自廈門 sik，這是有必要說明的。

通語：上述七個階段是從單字音的連續發展分析所得，代表七個時代層次。從中不難看見，閩語的白讀來自兩漢的雅言，而文讀源自宋代雅言。都是雅言，爲什麼早期的雅言叫白讀，晚期的雅言叫文讀？那是因爲，早期的雅言普及於庶民大衆成爲日常口語之時，晚期的雅言還只在學堂傳習並未成爲全民語言—就是直到今天，閩南方言人民未必全都能用文讀讀出正確的漢字音。以上說的是文白異讀的成因。

如果擴大比較範圍，把相關音類合併在一起觀察，那麼很顯然，上述層次分析似有所不足。我們看第一個階段裡的「席、石」兩字，爲什麼前者送氣而後者不送氣？韻母相同算做一個層次，聲母不相同到底該算一個層次還是兩個層次？

首先，我們從邏輯過程看。席，祥易切，邪母；石，常隻切，禪母。這兩個反切上字反映的聲母讀法都指向濁擦音：*z 和 *ʑ。反切下字反映的是東漢 - 魏晉時期的 *iak，閩南方言讀爲：易 iaʔ、隻 tsiaʔ。換言之，祥易切和常隻切反映的是東漢以來的雅言傳統，不能代表閩南最早的西漢層次。西漢雅言的讀法無論在聲母上還是韻母上都更爲古老，席字的反切上字應是從母，石字的反切上字應作船母，韻母與藥相同。兩字的重建形式是：席 *ʥiok，石 *dʑiok。雅言從西漢到東漢的變化是：

席　　西漢雅言 *ʥiok> 東漢雅言 *ʥiak~*ziak

石　　西漢雅言 *dʑiok> 東漢雅言 *dʑiak~*ʑiak

聲母相近發生合流，這一點容易理解。但是爲什麼清化之後，一個送氣，另一個不送氣，令人百思不得其解。如果，我們把傳播過程的通語角色納入考慮，問題就變得明朗起來。底下，我們從西漢雅言形式出發：

席　　西漢雅言 *ʣiok> 長安型 ʦhiok> 閩南 ʦhioʔ

石　　西漢雅言 *ʥiok> 太原型 ʨiok> 閩南 ʦioʔ

如果說，反切反映的是東漢以來的雅言音讀傳統，那麼早於反切的發音極有可能來自西漢的雅言。底下兩個例字強化了這樣的認識：

環　　胡關切，匣母。閩南讀同群母：*guan > khuan

柿　　鉏里切，崇母。閩南讀同群母：*gi > khi

這兩字原來都是舌根濁塞音，清化後不管原來是平是仄都變爲送氣。換言之，古全濁聲母只要經過長安型調節，輸出端都是規律的送氣。反切反映的變化是：*g > ɣ（匣母），*g > ʥ > ʤ（崇母）。

總起來說，閩人南下以前，口中的漢字發音既有太原型的特色又有長安型的特色，兩者都經由通語中心傳入，其中太原型是中原偏東固有的，而長安型是從帝國當代通語擴散而來，源自關中平原。

## 第三節　長安的角色

作爲帝國首都，長安在西漢時代不只在中央文教機構繼續培護和傳授雅言，同時也大力推展秦晉方言作爲全國通語。東漢時期，帝都遷到洛陽，中央文教機構雖然也隨之東遷，但是秦晉通語的擴散並未稍減，其影響遍及帝國轄境。底下，仍以「石、席」爲例看東漢雅言與通語的擴散運動。

石　　東漢雅言 *ʥiak > 浙江常山 ʥiaʔ

席　　東漢雅言 *ʣiak > 長安型 ʦhiak > 南昌、梅縣 ʦhiak

爲什麼起點形式同爲濁塞擦音，輸出端卻一個保留濁音，一個變爲送氣清音？合理的解釋應該從傳播中心著眼：常山的讀法出自濁音保留較佳的地區如蘇州，南昌與梅縣的讀法出自清化送氣的傳播中心一在北方，其總源頭就是長安。西漢時期，長安型會擴散到山東海邊（閩人南下前的故鄉之一），這個事實說明夾在陝西和山東中間的河南也同樣不能倖免。因爲這樣，永嘉之後，南人所說的晉語其實都是受過兩漢長安型洗禮的北方方言。繼續舉例說明以前，我們先看文獻上的蛛絲馬跡。

踏　他合切，透母。現代官話方言的讀法分作兩派，中原核心的河南、山東、河北是一派，中原外圍的陝西、山西、甘肅、青海是一派，如下：

踏　꜀t‘a：洛陽、開封、濟南、北京
꜁t‘a：西安、運城、蘭州、西寧

兩派都作送氣，但聲調顯示，一派是從清入來的，一派是從濁入來的。如果是後者，其反切應作達合切。東南方言吳、閩、客、粵的讀法都是全濁入一派：

| 東南方言 | 蘇州 | 廈門 | 梅縣 | 廣州 |
|---|---|---|---|---|
| 踏 | daʔ꜊ | taʔ꜊ | t‘ap꜊ | tap꜊ |

山西太原和江西南昌兩派並見。南昌白讀陽入，文讀陰入；太原不分文白，但兩派與南昌文白若合符契。比較如下：

| 踏 | 南昌 | 太原[11] |
|---|---|---|
| 他合切 | t‘at꜆ | t‘aʔ꜆ |
| 達合切 | t‘at꜊ | t‘aʔ꜊ |

如依傳統語文學的思維，上列兩派讀法叫做各有來歷。從比較法的觀點看，我們有必要進行重建並提出演變的解釋。底下是一個嘗

試。「踏」原來是一個全濁入聲，反切「達合切」反映的就是 *dap（<*dop<*dup），清化變爲 t'ap 時照理它應該讀爲陽調，爲什麼中原核心方言讀爲陰調？那是因爲濁音清化在秦晉通語發生之時，雅言的入聲還沒有發生分化。長安型方言口語，「踏」字從定母變爲透母，聲調上也隨之變爲陽調，並沒有與原來的透母字（榻，吐盍切）合流。韻書作者依所聞見把清化送氣的讀法（他合切）定爲正音加以收錄，後人據韻書「他合切」的注音讀之，以爲這就是雅言傳統而有清入一派的讀法，哪裡知道它原來是個濁入字。換言之，「踏」字從「達合切」變「他合切」，變項其實有兩個（聲母和聲調），但在詩文押韻只要知道平上去入或平仄的傳統下，入聲無須分陰陽，久而久之，後人（可能是唐代中央文教機構）「忠實地」把「他合切」視爲正音推廣出去，他們絕難想像，中國大地上直到今天還有三分之二以上的方言仍舊依「達合切」的讀法呈現「踏」字。「他合切」被收錄在切韻具體而微地說明了：在長安型的長期影響下，通語形式被後人誤作雅言正宗納入韻書—後出的《集韻》用「達合切」標音才把錯誤更正了。

桶　他孔切，透母。吳方言讀爲定母，例如：蘇州 doŋ꜅，吳江 doŋ꜅，常熟 ꜃doŋ，無錫 ꜃doŋ，海門 ꜃doŋ。如同上文的「踏」字一樣，這是不合反切注音的例外，但是，從語音演變的規律來看，卻是例內，只不過必須倒過來解釋。也就是說，吳語的濁音讀法是比較古老的，反切的注音是經過變化的，其規律是：濁音清化，上聲歸上。這條規律曾經廣泛見於漢語方言，秦晉方言的「稻討同音」，湖北方言的「皖款同音」，及涵蓋面跨越幾省的「跪傀同音」等都是同一條規律運作下的結果。

稻討同音　稻，徒皓切，定母上聲。討，他浩切，透母上聲。兩字讀爲同音的現象在陝西和山西方言分布很廣。底下分別舉例：

| 陝西 | 西安 | 戶縣 | 銅川 | 合陽 | 岐山 |
|---|---|---|---|---|---|
| 稻 | ᶜtʻɑu | ᶜtʻau | ᶜtʻao | ᶜtʻɔo | ᶜtʻɔ |
| 討 | ᶜtʻɑu | ᶜtʻau | ᶜtʻao | ᶜtʻɔo | ᶜtʻɔ |

| 山西 | 平遙 | 臨縣 | 吉縣 | 新絳 | 洪洞 | 萬榮 | 永濟 | 介休 | 清徐 | 晉源 | 古交 |
|---|---|---|---|---|---|---|---|---|---|---|---|
| 稻 | ᶜtʻɔ | ᶜtʻou | ᶜtʻau | ᶜtʻao | ᶜtʻɑo | ᶜtʻɑu | ᶜtʻɑu | ᶜtʻɔu | ᶜtʻɔu | ᶜtʻɑu | ᶜtʻɐu |
| 討 | ᶜtʻɔ | ᶜtʻou | ᶜtʻau | ᶜtʻao | ᶜtʻɑo | ᶜtʻɑu | ᶜtʻɑu | ᶜtʻɔu | ᶜtʻɔu | ᶜtʻɑu | ᶜtʻɐu |

這項語音事實的較早紀錄見於唐．李肇《國史補》：「關中人呼稻爲討，……皆訛謬所習，亦曰坊中語也。」此書成於唐憲宗元和年間（806-820），據此可知，早在 1200 百年前，關中一帶的百姓已把「稻」字讀成討音。但是，我們有理由相信，語音事件出現的時間一定更早，不會是一發生就獲得紀錄，多早？應該是在秦晉方言作爲通語席捲中國的時候—兩漢。這一點可以從湖北的同類現象推知。

皖款同音　皖，胡管切，匣母上聲。款，苦管切，溪母上聲。湖北方言「皖」讀同「款」的現象分布很廣，底下是所見兩字同音的縣市：[12]

湖北：皖 ᶜkʻuan

| | | | | | | | | | |
|---|---|---|---|---|---|---|---|---|---|
| 武昌 | 漢口 | 漢川 | 天門 | 荊門 | 當陽 | 枝江 | 宜都 | 黃岡 | 鄂城 |
| 麻城 | 宜昌 | 長陽 | 興山 | 秭歸 | 恩施 | 宣恩 | 來鳳 | 利川 | 竹谿 |
| 竹山 | 房縣 | 保康 | 南漳 | 襄陽 | 棗陽 | 隨縣 | 應山 | 安陸 | 應城 |
| 雲夢 | 孝感 | 禮山 | 黃陂 | 黃安 | 羅田 | 浠水 | 大冶 | 嘉魚 | 咸寧 |
| 通山 | 石首 | 公安 | 松滋 | 鶴峯 | | | | | |

這樣的音讀模式在湖南也不乏其例，長沙、吉首也都顯示「皖」讀同「款」。

上文說過，魏晉韻書反切所記錄的字音應是東漢以來雅言的傳統。皖字的匣母讀法較早也應來自東漢，那麼更早的雅言應該出自西漢的群母，經由長安型推廣出去，原來的濁舌根音就變爲清音送氣（*g>kh），上聲歸上。換言之，「稻討同音」和「皖款同音」都來自同一條語音演變規律：濁上變清送氣上聲。因爲這樣，我們可以知道，「稻討同音」雖然在唐代才受到學士大夫的注意，但是從「皖、款」聲母合流的邏輯過程推論，其出現年代一定更早。底下，我們用規律來概括：

| 皖 | 西漢雅言 *g > 長安型 | *kh > 現代湖北 kh |
|---|---|---|
| | 西漢雅言 *g > 東漢雅言 *ɣ | > 現代北京 ø |

跪傀同音　跪字，宋本《廣韻》的注音有「去委切」和「渠委切」兩個反切注音，前者是正切，後者是又切。這兩個反切在現代漢語方言都有廣大分布，例如：

| 跪 | 渠委切 | | 去委切 | |
|---|---|---|---|---|
| | 北京 | kueiᵓ | 長沙 | ᶜk'uei |
| | 西安 | kueiᵓ | 南昌 | ᶜk'ui |
| | 廈門 | kuiᵓ | 梅縣 | ᶜk'ui |
| | 雙峰（文） | guiᵓ | 雙峰（白） | ᶜk'ui |
| | 福州（文） | kueiᵓ | 福州（白） | ᶜk'uei |

其中「去委切」一讀就和「苦猥切」的「傀」字同音。這個字的注音和上文說過的「踏」字一樣，原來是個濁母字，只因透過長安型的演變才變爲送氣清音。再次見證：通語普及之後，影響後代學者的審音判斷而把通語視爲雅言錄進韻書。

如上所示，去委切一讀多見於東南方言，包括湘語、贛語、客家、閩語都在其內。徽語不在其內，其實也如出一轍：績溪 ᶜk'uei，屯溪、休寧、祁門等都讀 ᶜtɕ'y。吳語不管是白讀或文讀都顯示「跪」字原爲群母，例如蘇州：白讀 ᶜdʑy/ 文讀 ᶜguɛ—這方面，吳語是所有漢語方言最保守的。東南方言裡，粵語的讀法如同北京一派，相對突出，爲什麼這樣，後文再做說明。雙峰文白異讀代表的意義，也等後文再說。

族、特　族，昨木切，從母入聲。特，徒得切，定母入聲。北京話今讀，前者不送氣，後者送氣，但是在大華北地區常見相反的情況。底下，我們先看送氣一派的分布：

| | | | | |
|---|---|---|---|---|
| 族 | 陝西 | 合陽 ꜁tsʻou | 岐山 ꜁tsʻu | 韓城 ꜁tsʻɤu |
| | 山西 | 和順 tsʻuəʔ꜆ | 文水 tɕʻyəʔ꜆ | 陽曲 tsʻuɔʔ꜆ |
| | 河南 | 固始 ꜁tsʻu | 淮濱 ꜁tsʻu | 信陽 tsʻou꜄ |
| | 山東 | 榮成 ꜂tsʻu | 牟平 ꜂tsʻu | 蓬萊 ꜂tsʻu |
| | 安徽 | 六安 tsʻuəʔ꜆ | 滁州 tsʻuʔ꜆ | 含山 tsʻəʔ꜆ |
| | 江蘇 | 南京 tsʻuʔ꜆ | 揚州 tsʻɔʔ꜆ | 贛榆 ꜀tsʻu |
| 特 | 陝西 | 平利 ꜀tʻɛ | 岐山 ꜁tʻei | 韓城 ꜁tʻei |
| | 山西 | 文水 tʻəʔ꜆ | 陽曲 tʻəʔ꜆ | 中陽 tʻəʔ꜆ |
| | 河南 | 洛陽 ꜀tʻai | 開封 ꜀tʻɛ | 商丘 ꜁tʻei |

每省各舉三地讀法爲例，代表大華北無以數計的同類型的方言。就濁音清化的三大類型來說，這兩個字有三分之二的機會讀爲不送氣，爲什麼偏偏不然？如果，我們把這兩個「例外」送氣拿來與前文說過的「席」和「踏」一起看，答案昭然若揭。山西文水等三個方言語音系統都有陰入、陽入之分，「特」字都讀陰入不讀陽入。爲什麼這樣？不用說，那是因爲在入聲分化以前，特字就已發生濁音清化，後來就以清入的音韻地位規律地轉讀爲陰入，入聲尾消失後又隨大趨勢變入陰平—陝西平利，河南洛陽、開封的陰平就是這樣來的。韓城與商丘的陽平讀法表明，儘管聲母變成清送氣，原來伴隨濁母一起出現的聲調讀法沒有受到影響，仍然留在陽調。入聲調的分化在不同方言之間

有早有晚，這一點從現代官話方言的幾種分區可以取得理解，早期官話（如江淮和西南）沒有陰陽入之分；晚期的官話（如中原官話等）都有陰陽之分，後來入聲尾消失就依此派入三聲。如同「踏」字一樣，「特」字的聲母清化發生得很早，很可能在西漢秦晉通語廣布時期已然如此，與閩南「席」字送氣現象一樣久遠，所以後人早已把它視爲一個清聲母，讀爲陰入或陰平。

山東和江蘇境內，「特」字常有兩讀或甚至三讀現象。底下每省各舉五例：

| 山東 | 青島 | 榮成 | 德州 | 博山 | 曲阜 |
|---|---|---|---|---|---|
| 特～務 | tʻə꜄ | ꜁tʻɛ | tʻə꜄ | ꜂tʻə | ꜁tʻei |
| 特～爲 | te꜄ | ꜂tɛ | ꜁tei | ꜀tei | ꜁tei |

| 江蘇 | 徐州 | 贛榆 | 東海 | 泗洪 | 鎮江 |
|---|---|---|---|---|---|
| 文讀 | ꜁tʻe | ꜁tʻei | ꜁tʻei | tʻəʔ꜆ | tʻəʔ꜆ |
| 白讀 | ꜁te | ꜁te | ꜁te | ꜁te | təʔ꜆ |

山東的兩讀不分文白，但是從詞例看，送氣一讀應是文讀，而不送氣的一讀應是白讀。這樣說來，山東和江蘇的情況應該是一致的。從濁音清化三大類型看，白讀不送氣是太原型和洛陽型的規律，很可能是雅言經過洛陽型通語推廣之後的產物，這一點可以從閩方言文讀和粵語的讀法得到映照：

| 特 | 閩語 | 廈門 tɪk꜇ | 潮州 tek꜇ | 福州 teiʔ꜇ |
|---|---|---|---|---|
| | 粵語 | 廣州 tɐk꜇ | 陽江 tɐk꜇ | 新會 tak꜇ |

除此之外，漢語方言之間還有另一種文白異讀，聲母都是送氣一派，南北各舉一例：

| 特 | 山西太原 | 湖南雙峰 |
|---|---|---|
| 文讀 | t‘əʔ꜊ | ꜁t‘e |
| 白讀 | t‘aʔ꜊ | ꜁t‘ia |

作爲濁音清化三大類型之一的代表，山西太原「特」字如照本身的演變規律，文白都有機會讀爲不送氣，但是事實上，不管文讀還是白讀都讀送氣。爲什麼這樣？其原因可能是因爲自從西漢秦晉方言推廣以來，「特」字早就以清化送氣的音讀模式深入知識分子的發音習慣，由於積習難改，雖然明知其爲定母，仍然沿襲前人傳下的發音標準不加更改。這一點，只要看看前後四個帝國首都的發音自然心領神會：

帝國首都　「特」：西安 ꜁t‘ei　洛陽 ꜀t‘ai　開封 ꜀t‘ɛ　北京 t‘ɤ꜄

總結言之，漢代的通語是秦晉方言，其特色有兩個，一個是濁音清化平仄皆送氣，另一個是濁上變清送氣上聲。這兩個特色曾隨文教推廣普及於帝國轄境，後來隨永嘉移民被帶到南方。陝西、山西所見「稻討同音」與湖北所見「皖款同音」、東南方言所見「跪傀同音」都循同一條語音演變規律而來。在北方，這些特色被後起的演變類型所大量取代，已成殘跡。

## 第四節　洛陽的角色

作爲帝王都邑，西京長安與東京洛陽各有千年歷史位居中樞，雄視寰宇。但是在漢語發展史上的地位，長安所代表的秦音屢遭鄙薄，洛陽話則備受尊崇。例如上文提到過的「稻討同音」，唐代的李肇語帶輕蔑地指爲坊中語（street talk/town square speech），而宋代的《集韻》指爲具有地方色彩（localism）的關西語。可是，一談到洛陽話，學士大夫無不表現推崇和景仰，這樣的傳統起源很早，從南朝一直到南宋相繼不絕。底下，我們看幾則相關的言談。

1.《南齊書．張融傳》：張融，吳郡吳人也。出爲封溪令。廣越嶂嶮，獠賊執融，將殺食之，融神色不動，方作洛生詠，賊異之而不害也。

2.《顏氏家訓．音辭篇》：自茲厥後，音韻鋒出，各有土風，遞相非笑，指馬之諭，未知孰是。共以帝王都邑，參校方俗，考覈古今，爲之折衷，搉而量之，獨金陵與洛下耳。

3. 唐．李涪《切韻刊誤》：凡中華音切，莫過東都，蓋居天地之中，秉氣特正。

4. 宋．陸游《老學庵筆記》：四方之音有訛者，則一韻皆訛……中原，唯洛陽得天地之中，語音最正。

南宋的陸游不說開封語音最正，唐代的李涪不說長安秉氣特正，反映了文人雅士心目中洛陽話的崇高地位。顏之推在南北朝結束之後指認南方的南京話與北方的洛陽話最具標準語的資格，其他地方不是「南染吳越」，就是「北雜夷虜」，他所指的標準語內容是什麼呢？不用說，就是東漢太學傳承而下的洛下書生詠一這是西晉陷落之時洛陽官員帶到金陵的讀書音系統，推廣到南方之後，南方士人也都熱衷學習。顏之推所說唯有金陵與洛下才算南北正宗，其實追源復始也就是洛陽話爲正宗。那時的洛陽有沒有雅言與通語之分？很可能是有但差別不大。怎麼知道呢？因爲，如顏之推所觀察，那時僑居南方的北方人說起話來，人們聽不出文人雅士與平民百姓有什麼區別，也就是「隔垣而聽其語，北方朝野，終日難分。」洛陽在漢語史的角色可以分爲兩方面來說，其一是雅言的聖地，其二是官話的源頭。

### a) 雅言的聖地

別人推崇洛陽也許只是隨口說說，人云亦云。出自顏之推的筆下，意義非凡。因爲，顏之推點評揚雄《方言》時說：「然皆考名物之異同，不顯聲讀之是非。」他是以一個「知音人」的身份，海選四方，經過斟酌，才終於標舉南京與洛陽的。這兩個地方如有什麼共同之處，那就是較好地保存了古全濁聲母一這一點，我們可以從閩語的啓示獲得理解。換言之，當長安型、太原型已發生濁音清化讀爲送氣或不送氣的時候，洛陽仍然保存濁音系統；當中原偏東仍舊讀西漢韻母的時候，他認爲趕不上東漢以來早已普及的新標準而加以非議一他對呂靜「爲奇益石分作四章」表示不滿，就是這個意思。所謂「天地之中，語音最正」，如果有什麼語言學上的意義，指的應該是在保守與創新方面「允執厥中」，既不迂腐守舊也不太過於演變劇烈，因爲這樣，洛陽音才能以最大公約數的地位獲得四方學子服膺。

反切的注音　反切的起源，依顏之推的說法，當在東漢末年反語流行以後。所謂反語是利用雙聲疊韻的概念去組合音節的語言遊戲，[13] 人們從中體悟，這樣的辦法可以用來標音一用兩個字來切第三個字的字音，於是反語遊戲演變成爲後世的反切注音。魏晉時期，反切大爲流行，各地學者編出許多韻書。集其大成者，就是隋初陸法言的《切韻》。魏晉去東漢不遠，地方韻書的作者應該就是東漢太學生直接或間接的傳人，只不過爲了因應各地方言人民讀書識字或作詩押韻的需要，不能不照顧方言特色而顯得各有土風。那些地方色彩成何模樣，已難一一考究，但是《切韻》成書的時代背景是在隋朝統一南北之後，高瞻遠矚的學士大夫感到語言統一的必要，這時他們面對的就是正音的問題，也就是如何選取精切去反映他們心目中切合新時代的標準。東漢太學極盛時期有太學生三萬人，而洛生詠歷經世亂可能在讀書人中間仍代代相傳，不絕如縷。現在所見最早反切的注音根據，應當就是東漢的雅言。這一點，可以從下列兩字的例外看得很清楚。

石碩同音　《切韻》用「常隻切」作爲「石、碩」兩字的注音，依照這個反切拼讀，「石、碩」兩字應該同音一北京應該都念 [ʂʅ]，

梅縣應該都念 [sak]，因爲，北京「隻」字讀 [tʂʅ] 而梅縣讀 [tsak]。我們已從「石」字的連續性發展知道，*iak 是東漢雅言的韻母形式，梅縣反映的「石、碩」兩字發音應該出自東漢雅言的 *ʑiak。但是漢語方言之間，常有例外，北京的「碩」字音 [ʂuo] 就像無頭之水一其實，它的來歷更早，其變化與福州「石」字經歷了相同的邏輯過程：

石　　西漢雅言 *iok> 廈門 ioʔ> 福清 yoʔ> 福州 uoʔ

如果韻書據西漢的雅言注音，其反切應作「常惜切」或「常尺切」，因爲在那個時期「惜、尺」都是藥韻（*iok）一類，現代廈門的反映是：惜 [sioʔ]、尺 [tsʻioʔ]。

劇，《切韻》奇逆切。如依這個反切的規律變化，北京今讀應讀 [tɕi] 而不應讀 [tɕy]。梅縣方言讀 [kʻiak]，韻母上符合反切注音，因爲梅縣「逆」字讀 -iak 韻。如同「碩」字一樣，北京這個例外也是因爲出自西漢，後循元音高化而來，比較：

劇　　西漢雅言　*iok>iuk>iuʔ>iu>y（北京）
　　　西漢雅言　*iok> 東漢雅言 iak（梅縣）

其實，梅縣的讀法還有一個秘密一陰入調。如同「踏」字從「達合切」變「他合切」一樣，梅縣讀的是從「奇逆切」來的「苦逆切」。這在漢字音發展史上代表什麼意義呢？不管是西漢還是東漢，雅言的傳播除了中央文教機構之外，各地都有轉播中心。大約從西漢以來，熟習秦晉通語的博士教授分布各地，他們的濁音清化早已相沿成習，不知不覺就把舊習帶進雅言推廣出去，濁音清化送氣使群母（奇）變成溪母（苦），原來應該讀陽入的也因而讀成陰入。如同石字一樣，「劇」字原來也與「藥」字一類讀 *iok，這個韻母形式較佳地保存在廈門文讀（kiok꜁）和福州（kʻyɔʔ꜁），福州的送氣說明秦晉通語的威力，已如上述。

總結言之，《切韻》的反切應從魏晉時期的韻書抄錄整理而來，最早的音讀模式可以溯及東漢雅言；秦晉通語的影子在文獻上也許只有星星點點，但是從南北方言看可是汪洋一片，遍及四面八方。現代漢語方言有不少例外無法從反切索解，那是因為其音讀來源比反切注音還早，主要是西漢時期雅言和通語留下的遺物，見證大一統帝國語同音運動的努力。

b) 官話的源頭

現代漢語方言分區的一條標準是入聲有無，所謂官話是沒有入聲的方言。根據這一條標準，佔地遼闊的江淮官話應該剔除在外，可是如果從另外兩個標準看，江淮官話仍然應該算做官話方言，這兩個標準是濁上變去與濁音清化類型—它們出現的時代都比入聲消失還早，因此涵蓋面積更大。

一、濁上變去　這個事實屢見於唐代大詩人的押韻行為，底下我們只看李白、杜甫和白居易三人的詩作，各舉一例：[14]

李　白：智～義～氣～視～易　（《比干碑》）
杜　甫：歲～弟～勢　（《狂歌行贈四兄》）
白居易：樹～墅～處～去　（《自詠五首之五》）

其中，「視、弟、墅」都是濁聲母上聲字，都與去聲字相押。可見當時全濁上聲已變為去聲。從生卒年看，李白（701-762），杜甫（712-770），和白居易（772-846）成長於武則天當政（684-704）之後，也就是唐都東遷洛陽之後。唐昭宗時期（889-904）李涪在《切韻刊誤》表示，濁上字如「很、皓、辯、舅」韻書雖然歸在上聲，但是根據他所知的當時洛陽音應該讀為去聲，並認為只有東都洛陽的發音才是正確的；李涪據此認為韻書根據的吳音讀法是乖舛的，實際上，那是因為洛陽音發生了濁上變去的變化。

我們在上文見過，李肇在九世紀初葉（806-820）評論長安市井流行的是濁上歸上，現在我們可以很清楚指出，他並非無的放矢，因爲他所熟習的雅言讀法應是濁上歸去的—這是問題的一方面；另外一個差異指向聲母讀法，長安市井把全濁聲母讀爲清音送氣，李肇讀的是濁聲母—當時雅言仍舊保存的發音方法。詩作文獻雖然都在中唐以後，但是現象出現應在中唐以前，產地就在洛陽。換言之，現代官話方言所見的濁上歸去規律最晚在中唐時期就已出現。

二、濁音清化　平聲送氣，仄聲不送氣。這條規律的較早文獻紀錄是北宋邵雍（1011-1077）的《皇極經世書．聲音倡和圖》。周祖謨（1966）說：「史稱雍之先世本籍范陽，幼從父徙共城，晚遷河南，高蹈不仕，居伊洛間垂三十年，是其音即洛邑之方音矣。」[15] 所謂洛陽方音，依我們的了解，就是有別於雅言的通語—那個時代的雅言應該仍舊保存濁音系統，這一點後文再說。北宋定都於開封，學術教育傳統承自洛陽，兩地的方音都是中州一派。北宋大約是中國歷史上文教最發達的一個朝代，一方面是因爲宋室大力倡導，另一方面是因爲經濟空前繁榮，在這兩個有利因素下，源於洛陽的濁音清化開始對外散播，影響所及，蠶食鯨吞了太原型與長安型的地理分布及轄字範圍。在關中平原與太原盆地，我們就可以看到如下的文白異讀狀態：

| 濁音清化 | 平聲 | 仄聲 | 濁音清化 | 平聲 | 仄聲 |
|---|---|---|---|---|---|
| 關中平原白 | 送氣 | 送氣 | 太原盆地白 | 不送氣 | 不送氣 |
| 關中平原文 | 送氣 | 不送氣 | 太原盆地文 | 送氣 | 不送氣 |

文白的差異在關中平原反映在仄聲字，在太原盆地反映在平聲字。關中平原的濁上白讀歸上聲，文讀歸去聲—這去聲一讀就是

上述洛陽濁上變去類型作爲通語擴散後留下的烙印，這樣的烙印在漢語方言無所不在。

三、舌尖元音化　官話發展史上的一個重要里程碑是元代的支思韻，這是舌尖元音化最早的正式文獻紀錄。其實，就漢語語音發展史來說，支思韻的出現已近發展末端，其較早的源頭應從隋唐時期的愛歐塔化說起。底下，我們分五個階段看它的來龍去脈。

階段一　脂部。這是隋唐時期出現的愛歐塔化，也就是止攝開口三等支、脂、之三韻已無區別讀爲前高元音 */i/，精莊章知四組聲母後都如此。

階段二　資思。這是晚唐時期出現的新興韻部，也就是在上述愛歐塔元音的基礎上，精組字出現了舌尖元音，其餘莊章知三組字仍讀爲愛歐塔。

階段三　資師。宋代的時候，止開三的舌尖元音化從精組擴展到莊組。南宋政府把這個音讀模式透過文教大力推廣到轄區範圍，至今在南方仍處處可見：閩南的文讀就有資師韻的影子，而廣東南海、新會、台山等地的同類現象是北宋末年隨靖康之難的移民從北方帶下來的。南宋南方詩詞押韻所見的支魚通押就是支（資師韻）舌尖元音變讀爲圓唇元音（/u/ 或 /y/）造成的，只見於精莊兩組。

階段四　支思。這是元代文獻所見的獨立韻部，舌尖元音進一步擴展到章組。這個韻部較佳地保存在山東東半，其同層異讀也廣泛見於大華北中原外圍地區，在華南偶或見於湖南境內，但其他東南方言非常罕見。

階段五　知思。這是清初《李氏音鑑》的第七部，舌尖元音再擴及到知組，轄字範圍不只限於原來的止開三，還包括《中原音韻》裡的齊微韻（含新生的愛歐塔元音），細節不多說。這個韻見於冀、魯、豫中原核心地帶—包括河北大部、山東西半、河南東半。上面所說中原外圍指的就是圍繞這個中原核心的地方，因爲文教中心在元代以後轉移到北京。

這五個階段代表語音變化的五個邏輯過程，同時也與歷史年代若合符契；前三個階段的文獻根據是詩文押韻，後兩個階段有韻書加以記錄。從地理分佈看，這五個階段幾乎涵蓋了中國全境，對漢語語音發展史的了解富於啓發。

總起來說，洛陽在漢語語音發展史上所扮演的角色可分早晚兩期。早期的角色是雅言的培護和傳習中心，全國各地知識分子共同推尊的語音標準聖地一這樣的地位有如回教世界的麥加（Mecca），其起源也許最早可以推溯到周平王東遷，也就是公元前 770 年宜臼定都洛陽的時期。此後的中國進入春秋戰國長達約 550 年的紛亂局面。孔子出生於春秋末年（-551），他所說的「郁郁乎文哉！吾從周」，以及他所做的「子所雅言，詩、書、執禮皆雅言也」，應該都與雅言的聖地洛陽有關，因爲春秋以後，雖然諸侯崛起，周王室仍扮演名義上的共主。秦與西漢定都關中，秦晉方言被當作通語推廣到帝國轄境，但是雅言的傳習並沒有中斷，到了東漢首都又遷回洛陽，雅言的傳習中心也跟著從關西回到關東，此時的雅言除了時代的變化之外，多少也受到關西通語的影響。晚期洛陽的角色一官話的源頭一是因爲科舉制度下雅言普及，原來只用於學校讀書的語音逐漸進入口語，最後成爲通語；雅言與通語的界線到了宋代幾乎名存實亡，尤其是中州地方，但是不能排除在一些保守的地方（文教機構或偏遠地區）仍然繼續傳習雅言一南宋輸進閩南的雅言仍保留濁音系統，因此廈門文讀在濁音清化的表現上就不同於北宋通語的模式，湖南雙峰文讀（如「跪」）也說明了這一點。

## 第五節　開封與杭州

北宋的開封上承唐代的洛陽，下啓元代的北京，在官話發展史上居樞紐地位。我們在上文所談主要是從帝國首都兼雅言中心爲著眼點，因此把唐中葉以來的一些語音發展特色歸在洛陽，包括愛歐塔化運動（脂部）及其後續發展資思韻和濁上歸去；文獻所見濁音清化（平送仄不送氣）的類型時代稍晚，但也出自洛陽近旁。宋代的開封與洛陽在語言上可以視爲一體，但是作爲新時代的首都，開封在漢語史上承上啓下的角色相當耀眼。

一、四聲五調　當唐代發生濁上變去之時，雅言仍然保持濁音聲母，聲調系統仍然只有平上去入四聲。但是，等到濁音清化運動開始之後，原來的平聲字聲母清濁之分變爲聲調上陰平和陽平之別，上去入仍然各自讀爲一調。這樣的四聲五調（陰平、陽平、上聲、去聲、入聲）在現代漢語方言裡大量集中見於江淮官話和山西省的北區，例如：

| | | | | | |
|---|---|---|---|---|---|
| 山西省： | 大同 | 天鎭 | 懷仁 | 右玉 | 應縣 |
| 江蘇省： | 江寧 | 六合 | 句容 | 鎭江 | 高郵 |
| 安徽省： | 合肥 | 安慶 | 桐城 | 巢湖 | 淮南 |

幾無例外，在這些五調系統裡都包含濁上歸去的演變規律。底下是山西大同的五調系統：（下加線的兩字是古濁上）

| | | |
|---|---|---|
| 陰平 | 31 | 高、知、婚、初、驅 |
| 陽平 | 313 | 陳、平、寒、鵝、龍 |
| 上聲 | 54 | 古、楚、死、老、粉 |
| 去聲 | 24 | <u>近</u>、<u>柱</u>、蓋、唱、岸 |
| 入聲 | ʔ32 | 急、桌、入、麥、舌 |

二、資師韻　唐末的資思韻開啓了漢語史舌尖元音化的序幕，其進程是：精＞莊＞章＞知。相應的語音過程是：

精 ʦi>ʦɿ　　　　　　（唐代）
莊 ʧi>ʧɿ>tʂʅ　　　　（宋代）
章 ʨi>ʧi>ʧɿ>tʂʅ　　（元代）
知 ȶi>ʨi>ʧi>ʧɿ>tʂʅ　（明代）

所謂資師韻是指止攝字裡精莊兩組都讀爲舌尖元音的現象。這樣的邏輯過程合情合理，但在文獻上，元明兩階段都有韻書紀錄可以參照，唐宋兩階段的發展是經由其他途徑加以證實的。宋代的資師韻反映在南方詩文押韻裡的「支魚通押」上。[16] 例如嚴羽的七言古詩《塗山操》第三韻段就有「死、恕、士」相押的實例。嚴羽（1192-？）是南宋時期福建邵武人，在他之前生卒年可考的福建詩人如楊億（974-1021）、鄭俠（1041-1119）、楊時（1053-1135）、廖剛（1071-1143）、鄧肅（1091-1132）也都有同樣的押韻行爲。換言之，這種押韻是北宋時期就已開始的—資師韻裡只有精莊兩組字讀爲舌尖元音，福建詩人支魚通押的現象裡也只有止攝精莊組字（支）能與魚模韻字（魚）相押；語音上，那是因爲北方的舌尖元音到了福建變成魚模：ɿ~ʅ>y、u。[17] 廣東境內如南海、順德、三水、台山、恩平等地也可以見到資師韻的分布，其讀法亦如福建所見以圓唇元音替代舌尖元音；整個廣東只有斗門等少數地方的讀法仍作舌尖元音。其實，如果我們以音類分合著眼，也就是精莊一組有別於章知一組，那麼華南一大片地方都可以見到資師韻層的痕跡。[18] 資師韻在閩語是文讀，而在廣東南海等地無所謂文白；可見這個新的語音事件曾以雅言形式作爲讀書音推廣，也曾以通語形式隨北宋移民帶到廣東—不難設想，這些移民的祖先在華北早就熟習雅言並將雅言融入口語。

隨著資師韻的起來，出現在舌尖元音前的塞擦音系列就有舌尖前與舌尖後兩類。換言之，漢語史上聲母捲舌化運動是宋代開始的，因爲止攝莊組字的韻母從原來的愛歐塔元音變爲舌尖元音之後，聲韻結合上，莊組聲母也已由原來的舌葉發音狀態變爲捲舌聲母狀態。

三、陽韻莊組的發展　從官話方言發展史看，陽韻莊組長期以來令學界感到不解：爲什麼一個開口三等最後會變成如同一個合口一等？現在看來，那是因爲演變初階不見於文獻記載，現代官話方言沒有反映。首先，我們看由唐至今的邏輯過程：唐 *ioŋ> 宋 yoŋ> 元 uoŋ> 明清 uaŋ。前三個階段主要是介音由前往後變，最後一個階段是主要元音發生變化。表面上，介音的變化似乎單純由圓唇元音引發，實際上，舌葉發音的圓唇性質也一起發生作用；*ʧioŋ>ʧyoŋ 的變化是從「圓 - 展 - 圓」變成「圓 - 圓 - 圓」，因爲這樣，陽韻莊組與同韻的章知組（如章、張）分道揚鑣。

唐代的 *ioŋ 見於廈門方言「狀 ~元」[ʦioŋ꜅ ]。浙江南部吳語也有反映，例如「床」：遂昌 [ ꜁ʑiɔŋ]，慶雲 [ ꜁ʒiɔ̃]，慶元 [ ꜁ɕiɔ̃]。從整個韻母形式看，上列吳閩方言的反映是所有漢語方言最保守的狀態，其他東南方言的讀法常見介音消失，例如「莊」：南昌 [ ꜀ʦɔŋ]，梅縣 [ ꜀ʦɔŋ]，廣州 [ ꜀ʧɔŋ]，福州 [ ꜀ʦouŋ]。[19]

宋代的 *yoŋ 在華南分布很廣，常見的音讀模式有如下兩種，以「霜」字爲例：

*yoŋ—浙江溫州 [ ꜀ɕyɔ]，江蘇南通 [ ꜀ɕyɔ̃]，江西弋陽 [ ꜀ɕyon]
*yaŋ—湖南長沙 [ ꜀ɕyan]，江蘇東台 [ ꜀ɕyɑŋ]，浙江杭州 [ ꜀sɥɑŋ]

除了江蘇所見出自江北通泰方言之外，其餘都見於江南。我們在這裡以介音為著眼點把兩類韻母放在一起，那是因為宋代的 *yoŋ 在華北後來繼續變為元代的 *uoŋ 之外，在華南發展異趣由 *yoŋ 變 *yaŋ－杭州所見只不過是發生了介音的舌尖化。除此之外，長沙和弋陽的舌根尾變成舌尖尾。不管是元音變化還是介音變化或者韻尾變化，上列形式的共同起點都來自宋代的 *yoŋ。

元代的 *uoŋ 與明清的 *uaŋ 主要分布在華北，前者零星見於中原外圍，後者廣布於中原核心。底下以「莊」字為例：

*uoŋ－青海西寧 [ ꜀tʂuɔ̃]　甘肅敦煌 [ ꜀tʂuɔ̃]　山西臨汾 [ ꜀tʂuɔ]>[ ꜀tʂɔ]
*uaŋ－河南開封 [ ꜀tʂuaŋ]　山東濟南 [ ꜀tʂuaŋ] 河北平谷 [ ꜀tʂuaŋ]

這些例子是比較清楚的分野。但是在大華北地區，更常見的韻母形式是介於兩者之間的 *uɑŋ，這種形式到底應歸元代的還是明清的說不清楚－從歷史音系學的角度看，*uoŋ>*uɑŋ 是歐音阿化的先聲；從共時音系學的角度看，*uɑŋ 是 *uaŋ 的變體。

宋代陽韻莊組的韻母形式像是一座橋梁－上承唐代，下啓元代－具有樞紐地位。但是，就地理分布來說，這個韻母形式在華北早已被後起的形式所淹沒和取代；今天南方所見的宋代形式原來應該出自開封，但在推廣工作上，杭州的南宋政府功不可沒。看看現代杭州的反映形式，多少應可撫今追昔，了解其來龍去脈。

四、梗攝二等　從對比狀態看，梗攝二等最早的韻母形式是一個前低元音。這一點，客贛方言顯示得很清楚。底下是南昌和梅縣在宕一、梗二、曾一三類之間所顯示的元音對立狀態：

| 重建形式 | *oŋ　*aŋ　*eŋ | 唐韻 | 耕庚 | 登韻 |
|---|---|---|---|---|
| 南昌<br>梅縣 | ɔŋ　aŋ　ɛn<br>ɔŋ　aŋ　ɛn | 桑 ꜀sɔŋ<br>桑 ꜀sɔŋ | 生 ꜀saŋ<br>生 ꜀saŋ | 等 ꜂tɛn<br>等 ꜂tɛn |

雖然韻書分耕庚為兩類，但現代方言看不出其間的區別，我們可以就合為一類的事實作探討的基礎。這三個韻母可以根據元音性質分為前後兩類，漢語語音發展史顯示：雖然歷經演變，前後的對立始終存在，但是兩個前元音的韻母最終走上合流。其中的關鍵就在梗攝二等元音越益升高或央化：

梗攝二等　*aŋ>ɛŋ>eŋ>iŋ~əŋ

*ak>ɛk>ek>ik~ək

歷史年代上，這四個邏輯過程的時代次序是：六朝＞宋＞元＞明清。這樣的時代發展只是一個大體的概括—例如宋可以說是唐宋，而元也可以涵蓋宋元—因為除了舒入發展不平行之外，方言之間的發展也不平行。有了這樣的了解，我們嘗試探討開封的角色。

東南方言梗攝二等字都有文白異讀現象，白讀元音較低，文讀元音較高，舒促都如此。常見的舒聲字可以「生」字為例：

| 「生」 | 蘇州 | 雙峯 | 梅縣 | 南昌 | 福州 | 廣州 | 績溪 |
|---|---|---|---|---|---|---|---|
| 文讀 | ꜀sən | ꜀sæ̃ | ꜀sɛn | ꜀sɛn | ꜀seiŋ | ꜀ʃɐŋ | ꜀sɛ̃i |
| 白讀 | ꜀saŋ | ꜀sɒŋ | ꜀saŋ | ꜀saŋ | ꜀saŋ | ꜀ʃaŋ | ꜀sã |

這七個代表點涵蓋了吳語、湘語、客家話、贛語、閩語、粵語、徽語，不但白讀如出一轍，文讀也顯現系出同門。入聲字的文白異讀可以「格」字為例：

| 「格」 | 蘇州 | 雙峯 | 梅縣 | 南昌 | 福州 | 廣州 | 績溪 |
|---|---|---|---|---|---|---|---|
| 文讀 | kɤʔ꜆ | ꜁ke | kɛt꜆ | kiɛt꜆ | kaiʔ꜆ | --- | --- |
| 白讀 | kɒʔ꜆ | ꜁kia | kak꜆ | kak꜆ | kaʔ꜆ | kak ꜀ | kɔʔ꜆ |

舒入兩相對照，音讀模式相當清楚：東南方言梗攝二等白讀

的共同來源是 *aŋ/k，而文讀的共同來源是 *ɛŋ/k。白讀應是西晉末年隨永嘉移民從北方故土帶來的，文讀的形式應該是南宋政府推廣的北宋雅言。蘇州文讀與衆不同，既可能出自較晚的北方（如 *əŋ>ən），也可能因爲演變較劇烈（如 *ek>ɤʔ）；福州舒入都發生複化現象（*ɛŋ>ɛiŋ~eiŋ，*ɛk>ɛʔ>aiʔ）。其他方言不一一細說。

資師韻在元代發展成爲支思韻，陽韻莊組的第二階段進入元代的第三階段以後也功成身退，兩者都起於北方但是在現代北方已不復聞見，其形貌往往以變體形式反映在南方。就漢語語音發展史而言，梗攝二等的音讀模式可以把南北方言關係聯繫起來，底下是兩個具有啓發意義的例子。

首先，引起我們注意的是陝西西安與山東濟南方言的文白異讀。例如：

| 「生」 | 西安 | 濟南 |
|---|---|---|
| 文讀 | ꜀səŋ | ꜀ʂəŋ |
| 白讀 | ꜀sẽ | ꜀ʂẽ |

從上文的邏輯過程看，這兩方言的白讀來自第三階段的 *eŋ，時代應在宋元時期；文讀來自第四階段的 *əŋ，時代應在明清。

其次一個例子是河南方言梗攝二等入聲字的讀法，以開封、鄭州和信陽爲例：

| 河南 | 格 | 客 | 額 |
|---|---|---|---|
| 開封 | ꜀kɛ | ꜀k‘ɛ | ꜂ɣɛ |
| 鄭州 | ꜀kɛ | ꜀k‘ɛ | ꜂ɣɛ |
| 信陽 | ꜀kɛ | ꜀k‘ɛ | ꜀ŋɛ |

這些形式在河南方言無所謂文白，顯然行用已久早已進入口語，但是從上文所列南方方言文白異讀的差異看，這些漢字音讀法與南方文讀相當。簡單地說，南方文讀與北方白讀相應。換言之，唐宋時期梗二入聲的韻母形式 *ɛk 在南方是較晚的文讀，而在北方是較早的白讀，現代漢語南北方言的分水嶺應在宋代，更明確地說，是金與南宋對峙時期。北方的 *ɛk 後來演變為 *ek，在西安、濟南循 *ek>eʔ>e>ei 成為今日所見：「格」，濟南 ꜀kei，西安 ꜀kei。

漢語語音發展史上，宋代的開封上承唐代的洛陽，下啓元明清的北京，這樣的樞紐地位在幾個音韻發展上可以看得很清楚，概括如下：

| 歷史年代的次序 | 唐代 | 唐末 | 宋代 | 元代 | 明清 |
|---|---|---|---|---|---|
| 舌尖元音化運動 | 脂部 | 資思 | 資師 | 支思 | 知思 |
| 止攝聲母捲舌化 | ----- | ----- | 莊 | 章 | 知 |
| 陽韻莊組的韻母 | *-ioŋ | ----- | *-yoŋ | *-uoŋ | *-uaŋ |
| 梗攝二等的元音 | *-aŋ | ----- | *-ɛŋ | *-eŋ | *-iŋ~əŋ |
| | *-ak | ----- | *-ɛk | *-ek | *-ik~ək |
| 地理分布的狀態 | 南方 | 南方 | 南方 | 中原外圍 | 中原核心 |

其中，除了梗攝二等元音的時間跨度不能清楚界定之外，其餘相對明確。北宋的首都在開封，南宋的首都在杭州。靖康之難後，宋室駐蹕臨安，不管是扈從的官員還是躲避禍亂的百姓，初來乍到，在語言上必然沿襲北宋開封之舊，包括文教推廣的雅言與日常交際的通語。換言之，現代南方所見宋代語言的面貌一方面是移民留下的烙印，另一方面應是南宋政府在偏安時期的約 150 年間推廣文教的結果。北宋時期，雅言與通語在中州幾乎已融為一體，但是從一些跡象看仍有必要加以區分。

# 第六節　北京與南京

北京所處的地理位置是中原的邊陲，中國歷史上的民族走廊。緊接在宋代的開封之後，漢語史的探討中心就轉到元代的大都，因爲現代的北京與大河北方言大致可以說是從元代大都話一脈相傳而來。就漢語發展史而言，北京作爲帝國首都最晚，在北京話未取得全國標準語地位以前，它就像任何一個邊陲地帶的方言一樣必須不斷接受雅言的洗禮，文白異讀的存在就反映這個事實；元代以前就有文白異讀現象或許不令人意外，元代以後又出現新一波的文讀不能不認眞檢討。

一、元代的北京　從歷史和地理的角度看，周德清把他描述的元代大都話叫做《中原音韻》有點不倫不類，也可說是大膽的創舉。北京在金元兩代和更早以前怎能冒稱中原？指爲中原邊疆才恰如其分。爲什麼周德清會用略帶僭越色彩的標籤去指稱當時的北京話呢？因爲元代的大都是跨越歐亞大陸的蒙古帝國在中國轄區的行政中心，掌理中國在古代的說法就是入主中原，中原人所說的話不叫中原音韻，難道要叫中原邊陲音韻嗎？從漢語史看，原來的鄉下後來躍昇成爲城市，用中原指稱等於給它戴上皇冠，這是一種加冕典禮，合法性的象徵。換言之，蒙元統治者決定要用當時首都的語言作爲通語加以推廣、溝通臣民。我們提出上述問題，主要是因爲，從漢語方言的比較來看，元代的大都話一方面反映正規的（orthodox）演變，另一方面也有異軍突起的（heterodox）狀況。

所謂正規的演變指的是在漢語發展史上具有承上啓下意義的時代特點，例如上文所列的支思韻及相關的聲母捲舌化和陽韻莊組的第三階段。這些元代大都話的特點在現代漢語方言裡比較明顯地保留或反映在山東東半海邊煙台、牟平……等地，底下以榮成方言爲例：

| 三　等 | 莊組 | 章組 | 知組 |
|---|---|---|---|
| 止　攝 | 師 ꜀ʂʅ | 詩 ꜀ʂʅ | 知 ꜀tʃi |
| 宕　攝 | 莊 ꜀tʂuaŋ | 章 ꜀tʃiaŋ | 丈tʃiaŋ꜄ |

宋代之時，止攝莊組捲舌，章知組不捲舌。到了元代，止攝章組捲舌而知組不捲舌。止攝知組的捲舌是明清以後的事。伴隨聲母捲舌的就是愛歐塔元音舌尖化：宋代資師韻 > 元代支思韻 > 明清知思韻。元代的陽韻莊組讀 *-uɔŋ，但許多方言像榮成一樣續變為 -uaŋ—在大華北地區 -uɔŋ 與 -uaŋ 不對立，在華南許多地方（尤其是江西）有必要區別。附此一提，《中原音韻》裡知二（茶、桌）和莊二（沙、刷）讀為捲舌，榮成也不例外。

所謂異軍突起是說只此一家別無分號。這樣特殊的語音事件見於《中原音韻》蕭豪與皆來的古入聲來源字—前者來自宕江兩攝入聲字，後者來自職韻莊組和陌麥兩韻。底下，我們看兩個河北方言反映的情況：

順平：拖 ꜂tʻɑu／擱 ꜂kɑu／酌 ꜂tʂɑu／郭 ꜂kuɑu／鶴 ꜁xɑu／摸 ꜀mɑu
　　　約 ꜀iɑu／虐 ȵiɑu꜄／掠 liɑu꜄／桌 ꜂tʂuɑu／岳 iɑu꜄／學 ꜁ɕiɑu
大城：側 ꜂tʂai／色 ꜂ʂai／柏 ꜂pai／拆 ꜀tʂʻai／責 ꜁tʂai／冊 ꜂tʂʻai

這兩種韻母形式是元代大都話的縮影，原來轄字更廣；同時，比起北京，順平與大城保守多了。換言之，早年城市時髦寄存在現代鄉下。這兩種語音事件為什麼說是異軍突起呢？因為在漢語方言極為罕見，不但南方稀缺，即便在官話方言分布區裡也可說是奇葩，其來由是元音複化，如下：

宕江入聲：　*ɔk>ɔʔ>ɔ>ɑu
職(莊)陌麥：　*ɛk>ɛʔ>ɛ>ai

前中元音的複化在大華北常見，但是後中元音的複化則極爲罕見一大約因爲這樣，宕江入聲字在元代既有白讀蕭豪（*au）又有文讀歌戈（*o）；文讀的引進是因爲白讀偏離雅言 - 通語的正軌。關於文讀後面還將繼續探討，這裡應該強調的是前後兩個中元音都發生複化，並駕齊驅，這種語音事件是元代北京的特色。

元明清三代都以北京爲政治文化中心，語言上的傳承不絕如縷，既有延續性的一面也有連續發展的軌跡。但是，明初五十幾年的首都位在南京，它在漢語發展史上是否曾經起過作用不能不引起我們的關注。

二、明代的南京　明神宗萬曆年間遊歷中國的義大利人利瑪竇（Matteo Ricci 1552-1610）指出，當時的中國除了各省的方言土語之外，「還有一種整個帝國通用的口語，被稱爲官話（Guonhoa），是民用和法庭用的官方語言。這種國語的產生可能是由於這一事實，即所有的行政長官都不是他們所管轄的那個省份的人，爲了使他們不必需學會那個省份的方言，就使用了這種通用的語言來處理政府的事務。官話現在在受過教育的階級當中很流行，並且在外省人和他們所要訪問的那個省份的居民之間使用。懂得這種通用的語言，我們耶穌會的會友就的確沒有必要再去學他們工作所在的那個省份的方言了。各省的方言在上流社會是不說的，雖然有教養的人在他的本鄉可能說方言以示親熱，或者在外省也因鄉土觀念而說鄉音。這種官方的國語用得很普遍，就連婦孺也都聽得懂。」（《利瑪竇中國札記》）[20] 利瑪竇居留中國的時間是明萬曆十年到三十八年，西元 1582-1610，他所觀察和知悉的應是明代社會共同認知和早已普及的事實。他所說的事實可分兩點：

1) 官話的定義　早於利瑪竇一百年，明代謝榛（1495-1575）

的書裡就提到官話，他說：「及登甲科，學說官話，便作腔子。」（《四溟詩話》卷三）也就是說，通過公務員考試錄取之後，走馬上任之前，準官員都有必要學會溝通臣民的語言工具—對庶民來說那就是官員說的話，而對大一統的政府來說那就是共同語或國語。[21]

2) 官話的普及　現代漢語方言地圖顯示，從南京到烏魯木齊，從哈爾濱到昆明都是官話方言的分布區，縱有分歧，溝通並無大礙。這樣的語言態勢大約從宋代末年以來就已底定。所以，官話的名稱雖然始見於明代，但是它所涵蓋的語言內容包括了宋代的雅言和通語。

利瑪竇所指稱的官話極可能是當時的南京話，因爲他說的這個官話有五個聲調：陰平、陽平、上聲、去聲、入聲，正是包括南京在內的江淮官話的共同特點，來自宋代開封推廣的雅言。明代從洪武元年（1368）開始到永樂十九年（1421）爲止大約有五十四年的時間以南京爲帝國首都，來自安徽的統治集團選定南京話作爲通用的語言是很自然的，因爲安徽首府合肥與江蘇南京從宋代以來就走上官話化之路（雖然那時沒有官話之名），今天同屬於江淮官話。從時代上說，江淮官話是宋代中州話，而元大都所繼承的也是唐宋的中州話；前者略爲保守，後者續有創新，這樣的差異在溝通上並不構成阻礙。

作爲明朝初年的政治文化中心，南京話似乎曾經影響過當時的北京話。探討這個問題，我們首先回顧一下元代大都話的內涵。從現代大河北方言看，一種文白異讀是元代就有的，一種文白異讀爲元代所無。底下列兩個表以見一斑。

表一　鐸藥覺的文白異讀

| 河北順平 | 落 | 略 | 桌 | 著 | 約 | 弱 | 學 |
|---|---|---|---|---|---|---|---|
| 白　　讀 | lau꜄ | liau꜄ | ꜂tʂuau | ꜁tʂau | ꜀iau | ʐau꜄ | ꜁ɕiau |
| 文　　讀 | luo꜄ | lyɛ꜄ | ꜂tʂuo | ꜁tʂuo | ꜀yɛ | ʐuo꜄ | ꜁ɕyɛ |

表二　職陌麥的文白異讀（職韻只含莊組字，下同）

| 河北大城 | 側 | 色 | 窄 | 責 | 冊 | 策 | 客 |
|---|---|---|---|---|---|---|---|
| 白　　讀 | ꜂tʂai | ꜂ʂai | ꜂tʂai | ꜁tʂai | ꜂tʂʻai | ꜂tʂʻai | ꜂tɕʻiɛ |
| 文　　讀 | tsʻɤ꜄ | sɤ꜄ | --- | ꜁tsɤ | tsʻɤ꜄ | tsʻɤ꜄ | kʻɤ꜄ |

表一的文白異讀在《中原音韻》已成事實，白讀收在蕭豪韻，文讀收在歌戈韻；前者來自唐宋，後者可能來自宋金。白讀所從出的元音較開（*ɔk），文讀所從出的元音較關（*ok）。文讀形式與現代開封如出一轍，差異只在 *iok：開封 yo> 北京 yɛ（略、約、學），其餘全都相同。

表二的白讀在《中原音韻》是皆來韻或車遮韻（客）的讀法，文讀不見於《中原音韻》。文讀形式如何而來？這個問題有必要與支思韻的特殊現象合而並觀。這個特殊現象就是周德清在支思韻裡的特別標註：「澀、瑟音史，塞音死」。這三字如果用現代北京去讀應該讀爲 [ ꜂ʂʅ] 和 [ ꜂sɿ]，與此相應的讀法見於河北方言與山西汾河流域，例如：（元代清入作上是膠遼官話的規律，清入作陰平是中原官話的規律）

澀 [ ꜀ʂʅ]—河北：玉田、高陽、安國、肅寧、深澤、石家莊

塞 [ ꜀sɿ]—山西：萬榮、運城、吉縣、臨汾

北京沒有延續元代的舌尖元音，上列三字在現代北京都讀 [sɤ꜄ ]，也就是文讀的讀法。

底下，我們不避重複把深攝的「澀」字與上列皆來韻的莊組字放在一起觀察，看一下大河北方言屢見不鮮的音讀模式：

| 例字 | 澀 | 色 | 責 |
|---|---|---|---|
| 白讀 | ꜀ʂʅ | ꜂ʂai | ꜁tʂai |
| 文讀 | sɤ꜄ | sɤ꜄ | ꜁tsɤ |

面對這個比較表，我們感到不可解的是：爲什麼在一個捲舌音發達的大河北方言，文讀的莊組不依規律讀爲捲舌而讀爲平舌？爲什麼文讀的韻母都是一個央化的元音？這些文讀既然不見錄於元代，它必定起於元代之後，就是在這樣的考量之下，我們覺得極可能是明代初年從南京帶進來，歷經清代演變才成爲今日所見的。

首先，我們看一下相關字在南京的讀法：澀 sɛʔ꜇ / 側 ʦ‘ɛʔ꜇ / 色 sɛʔ꜇ / 窄 ʦɛʔ꜇ / 責 ʦɛʔ꜇ / 冊 ʦ‘ɛʔ꜇。這些莊組字的聲母全都讀爲平舌，韻母都是前中元音帶喉塞尾。

其次，《中原音韻》的車遮韻（*iɛ）分爲兩類，一類延續至今沒有什麼變化（些、鐵、謝、葉、別），另一類經過元音央化的過程（遮、者、哲、攝、社）。後一類的字主要是章知組，也就是在聲母捲舌化過程發生了介音消失，然後前中元音央化。例如：

社　ʃiɛ>ʃɛ>ʂɛ>ʂɤ

第三，有了上述內部規律做基礎，不難推知，南京話的音讀模式進入北京之後，喉塞尾消失，然後隨著原有的車遮韻一起發生元音央化。例如：

色　sɛʔ>sɛ>sɤ

從整合音系學（integrative phonology）來看，上列音系規則要求進一步的解釋。底下，我們分元音央化與聲母平舌兩個部分來討論。

元音央化的問題有兩個，一個是條件，另一個是發生的時代。關於元音央化的條件，從大河北方言看，那就是在單韻的情況下才發生：*ɛ>ɤ，如果有伊介音則不變：*iɛ>iɛ。平行的現象見於後中元音：*o>ɤ，但是*uo>uo不變，至於*io則循yo>yɛ的規律發生變化。前中元音央化的時代可能是清初以後，因爲明末萬曆年間徐孝（1573-1619）的《等韻圖經》仍列爲乜邪一類（*ɛ），到了乾隆道光年間李汝珍（1763-1830）的《李氏音鑑》已變爲第八韻一類（*ɤ）。

莊組平舌在北京音系發展上是不規律的，但從外而來看卻是規律的。爲什麼呢？因爲漢語語音發展史有一個先來先走（first come, first go）的演變規律，這樣的規律多見於中原外圍—孰先捲舌孰先平舌，莊組是最先捲舌的也因此最先變爲平舌。符合這個條件的方言很多，但是在明初沒有一個方言具有像南京一樣的崇高地位，能以文讀身份進入另一個大都會推廣開來。

歷史背景上，北京在洪武年間不再作爲帝國首都，人口僅數萬而已。隨著永樂十九年遷都，北京城的人口結構發生巨大的變化，從南京遷入北京的富戶、工匠和官吏達 18 萬人之多，遷自南京的軍衛戰士及其家屬達 54 萬人。這 72 萬人遠遠超過北京土著的數量，當時的北京城幾可說是滿城都聞南京腔。[22] 在這樣的語言環境下，學校教育的通用語言不能不多少受南京話的影響。

北京所在的大河北在中國歷史上屬於邊陲位置，從漢語發展史來說，一個地方只有語音不正才會一再引進文讀，就這一點而言，河北跟山西頗相類似。雖然不正的程度隨地而異，但是兩度引進文讀就說明大河北原來不在中原核心，其語音與中州是有所偏離的。鐸藥覺的白讀源自唐代的洛陽，文讀應是宋代以後經由金朝從開封引進的。金滅北宋以後，金世宗大定六年（1166）置國子太學，科考所用平水韻沿襲北宋《景德韻略》，[23] 這可能就是北京鐸藥覺文讀讀爲歌戈的來源。

從漢語語音發展史的觀點看，北京話與南京話在明朝的地位並非自始至終沒有變動的。明初定都南京，至少在洪武和永樂主政的那五十幾年間，南京話在學士大夫心中享有崇高的地位。南京話的影響除了上文所說在北京話留下烙印（職陌麥的文讀）之外，也以通語的地位隨軍民撒播到雲貴高原成爲日後西南官話的源頭。明朝的行政區劃在永樂十九年定都北京以後行兩京制，北京是北直隸，南京是南直隸。這樣的行政區劃在語言上自然造成「北主《中原》、南宗《洪武》」的風氣；北直隸通行元代以來的北京話，南直隸通行宋代以來早已流通的江淮官話，各行其是。這樣的南北語言態勢在明朝可能長期不變，也許直到明末都還如此。滿清入主中原之後，行政上南北直隸的界劃取消了，北京話終於躍昇成爲帝國眞正的標準語代表一正如清陳鍾慶所說「國朝建都于燕，天下語音首尚京音」[24]，在文教推廣的努力下，南京成爲北京話在江南擴散的橋頭堡，跡象之一是捲舌發音大量引進，原來的資師韻層之上疊加了知思韻的特色。這一段歷史眞是有趣：明初南京把莊組的平舌帶進北京，清初以後北京把擴大的捲舌化運動（章知組）帶進南京。

## 結　語

希臘、羅馬的語言統一運動出現在公元前數百年，約當中國歷史上的戰國時代，到了公元前兩百年，中國歷史走上大一統的局面，語言統一運動也開始提上議程。秦始皇一統天下以前，中國長期處於割裂狀態。春秋戰國（前 770-221）的五百五十年期間，中央王朝力量薄弱，各諸侯國相對獨立，周王朝的通用語「雅言」無法得到充分推展，方言的分化隨諸侯國的政治、文化力量越益明顯。其情況大體如許愼在《說文解字．敘》所說：「其後諸國力政，不統於王，惡禮樂之害己，而皆去其典籍。分爲七國，田疇異畝，車塗異軌，律令異法，衣冠異制，言語異聲，文字異形。」面對這種境況，秦始皇開始了「書同文，語同音」的政策；如果小篆的推廣代表書同文的努力，什麼代表語同音的具體內涵？

一個明顯而便捷的答案就是《論語．述而》提及的雅言。所謂雅言，就是正言，即中央政府認可頒布的書面語標準發音系統，孔子用來讀《書經》、《詩經》的那套漢字發音。孔子生當春秋末葉，他所傳習的雅言應該是西周國家規模粗具時期由王室規範、加以推廣的，其基礎是流行於中州洛邑一帶的華夏通語，地理上位居天地之中，語言上比起四鄰最爲雅正，不但春秋時期的孔子推尊，隋初的顏之推標榜，直到宋代陸游也翹首仰望。秦漢以前，華夏是對東夷、西戎、南蠻、北狄而言；秦漢以後，所謂天地之中是對南染吳越、北雜夷虜而言。大約從周朝開始，尤其是平王東遷以來，洛陽就一直充當雅言的培護、傳習中心，歷經世亂，仍弦歌不輟；所謂中心同化周邊的歷史進程，在中國語言史上就是雅言對外擴散普及的統一運動。

中央王朝如何把雅言推廣到帝國轄境？在幅員遼闊而交通不便的古代，最簡單的一個辦法就是「學在官府」，也就是透過學校層級組織從中央到地方可以無遠弗屆。從中國教育史看，學校體系在漢代分「學、校、庠、序」可說略具規模，到了唐代才算完備。唐代學校教育體系有官學與私學之分，官學分爲中央與地方，地方官學又根據行政地理大小分爲六級，地方官學的最高級別京都學設在東京洛陽，西京長安，北京太原。爲什麼京都學設在這三個地方？中國歷史上的行政單位設置都有一定的歷史淵源或文化背景，學校教育體系的成立可能更多地考慮其語言文化差異。換言之，這三個京都學的所在是當時三個方言類型的代表，更早可以溯及兩漢。洛陽型在守護全濁聲母方面較佳，中唐以後發生清化；長安型與太原型的清化在漢代已經展開。怎麼知道呢？移民運動透露的。

揚雄《方言》沒有一語提及漢代的豫章郡（今江西），當然更沒有涉及猶在化外的閩越（今福建）。這兩處的漢語人口主要是西晉末年永嘉亂世從北方來的。爲什麼江西方言（含客家在內）的古全濁聲母變化都是長安型？爲什麼閩語既有太原型又有長安型變化？如果把時代往回推到漢代，情況就變得明朗起來。

閩語反映的濁音清化其實是規律的，一個是閩語先民的東齊故地太原型，一個是西漢文教推廣而來的秦晉通語長安型。「石、席」的韻母（*iok）是西漢的雅言讀法，前者循太原型濁音清化規律讀爲不送氣，後者循長安型濁音清化規律讀爲送氣，一個是方言固有，另一個透過文教推廣而來－秦晉方言是西漢時期通語的基礎方言，其影響遍及關東地區。[25] 有了這個背景認識，我們就不難了解，爲什麼永嘉移民都帶有長安型的特點，客贛方言如此，江蘇通泰地區也是如此。

粵語在現代漢語方言分區裡的定義（古濁聲母清化，平上送氣，去入不送氣），學界一般都不覺得有什麼不妥，實際上，濁上部分只有白讀字才是送氣的。其實，粵語先民出自河南，它的濁音清化是洛陽型的（平聲送氣，仄聲不送氣）[26]，在洛陽型崛起以前長安型獨步天下，現代粵語白讀濁上讀爲清音送氣應該是長安型留下的烙印。這一條規律涵蓋範圍很廣，陝西、山西的「稻討同音」，湖北、湖南的「皖款同音」，其他地方的「跪愧同音」和「桶統同音」，都是早年長安型橫掃天下的見證。總結言之，粵語先民在北方故地先是受過長安型的洗禮，後來在洛陽型的大力推廣之下，其長安型特色逐漸淡化，最終成爲殘跡；粵語先民所說的方言主要是唐代的洛陽型，少數口語用字猶帶漢代的長安型發音特色。

從學在官府的歷史看，漢字音原來都是中央政府推廣的雅言，起初都是文讀。但是，歷史上有機會在中央官學接受雅言教育的人畢竟只占少數，能夠在各大通語中心及其轄下的各級學校受教的人無疑占絕對多數；在這樣的背景下，不難設想，絕大多數的中國傳統知識分子所掌握的雅言並非中央官學所教的原版雅言，而是經過通語中心洗禮、變造的雅言，也就是通語。唐代最高級的京都學三大中心應該是此前千百年歷史文化的人文薈萃所在，雅言從中央到地方的傳播中心。隨著時間的推移，這三大中心也慢慢發展成通語中心，形塑了自己的特色，首先出現的是長安型和太原型，後來才出現洛陽型。漢唐兩代的語言統一運動應該說是秦晉通語和中州通語的推廣運動；太原型原來的分布很廣（兩河之間及山東一春秋戰國時期的晉齊兩國），在長安型與洛陽型的擴張運動下日漸萎縮。雅言是統一運動的表徵，通語是分化的源頭；現代漢語方言如非直接來自雅言，就是直接來自古代通語。總結言之，現代漢語方言就是歷史上統一與分化兩股力量交相運作的結果。

# 注　釋

[1] 張籍《永嘉行》，李冬生注《張籍集注》，第 42 頁，黃山書社，1989 年。

[2] 韓淲《澗泉集》卷 17《次韻》，《影印文淵閣四庫全書》1180 冊，台灣商務印書館，1983 年；韋莊《湘中作》，載周振甫《唐詩宋詞元曲全集全唐詩》第 13 冊，第 5187 頁，黃山書社，1999 年。

[3] 參看橋本萬太郎《言語類型地理論》，弘文堂，1978 年；橋本萬太郎著，余志鴻譯《語言地理類型學》，北京大學出版社，1985 年。

[4] 參看 Janson, Tore *The History of Languages: An Introduction*. Oxford University Press. 2012.

[5] 參看 [ 法 ] 約瑟夫 · 房德里耶斯著，岑麒祥、葉蜚聲譯《語言》，商務印書館，2011 年。

[6] 參看丁鋼 · 劉琪《書院與中國文化》，上海教育出版社，1992 年。

[7] 參看趙文潤主編《隋唐文化史》，陝西師範大學出版社，1992 年。

[8] 王力《漢語語音史》，商務印書館，2008 年。

[9] 周祖謨《齊梁陳隋時期詩文韻部研究》，《語言文史論集》，五南出版社，1992 年。

[10] 關於庚$_{三}$的變動時代，可以參看王顯《古陽部到漢代所起的變化》，《音韻學研究》（1994）第一輯 131-155。

[11] 太原方言如據沈明（《太原方言詞典》，江蘇教育出版社，1994 年），只有陰入；如據王福堂（《漢語方音字彙》，語文出版社，2003 年），只有陽入；在《臨縣方言志》裏，兩派都見。

[12] 據趙元任等《湖北方言調查報告》，中央研究院歷史語言研究所，1948 年。

[13] 反語較早的文獻見於《三國志 · 諸葛恪傳》：「成子閣者，反語石子岡也。」這裡記載的是東吳一首詛咒諸葛恪的童謠，暗示

他這種人死了只會被埋在石子岡這個亂葬崗，說者謂：「要在哪裡才能找到他這個傢伙呢？在成子閣！」。記載的人接著補充說明：「成子閣者，反語石子岡也。」底下，我們用梅縣客家話今讀說明何謂反語：

正反　　成 s(aŋ) + 閣 (k)ɔk = 石 sɔk
倒反　　閣 k(ɔk) + 成 (s)aŋ = 岡 kaŋ

這種民間的語言遊戲，後來發展成學士大夫的注音方法。參看：殷煥先《反切釋要》，齊魯書社，1979 年。
傅定淼《反切起源考》，上海古籍出版社，2003 年。
附此一提。現代梅縣客家話「石岡」讀做 [sak kɔŋ]。

[14] 現代漢語方言所見的幾種聲調發展現象唐代已現端倪，濁上變去只是其中一項。另外兩個是：平聲分陰陽，四聲各分陰陽。參看周祖謨《關於唐代方言中四聲讀法的一些資料》，收在《問學集》，中華書局，1966 年。平聲分陰陽與宋代濁聲母變化（平聲送氣，仄聲不送氣）應該是前後相承的一類，反映在江淮官話和山西大同等方言；至於四聲各分陰陽，那是四聲八調的反映，代表另一類。從語言發展的連續性看，平聲分陰陽（含濁平聲母送氣）開啓後代官話同類現象的先河；而四聲八調隨河南人遷徙被帶進嶺南，成爲粵語聲調發展的基盤。

[15] 周祖謨《宋代汴洛語音考》，《問學集》，中華書局，1966年。

[16] 邵榮芬《吳棫《韻補》和宋代閩北建甌方音》，《邵榮芬音韻學論集》，首都師範大學出版社，1997 年。

[17] 劉曉南《宋代福建詩人用韻所反映的 10 到 13 世紀的閩方言若干特點》，《漢語歷史方言研究》，上海人民出版社，2008 年。

[18] 資師韻指的是止攝裡精莊兩組的舌尖元音，在這個階段裡章知兩組字仍讀愛歐塔元音，資師韻層涵蓋已變和未變兩類。

[19] 語音上，漢語方言舌葉音聲母與伊介音的互動情況有兩種。一種是伊介音強則舌葉發音變爲舌面發音（如 ʃi->çi-），另一種是舌葉音強則伊介音弱化消失（如 ʃi->ʃʅ->ʃ-）。上列東南方言莊組聲母後的伊介音消失合於第二種情況，伊介音消失後，舌葉發音才變爲平舌發音。

[20] 何高濟等譯《利瑪竇中國札記》，中華書局，1983 年。

[21] 魯國堯《魯國堯自選集》，河南教育出版社 1994 年。

[22] 參看曹樹基《中國移民史》第五卷，頁 515，福建人出版社，1997 年。

[23] 參看忌浮《十四世紀大都方言的文白異讀》，《中原音韻新論》，北京大學出版社，1991 年。

[24] 語出陳鍾慶《古今音韻通轉匯考》。參看葉寶奎《明清官話音系》，廈門大學出版社，2001 年。

[25] 劉君惠等《揚雄方言研究》，頁 150，巴蜀書社，1992 年。

[26] 從粵語先民的移民運動看，洛陽型的濁音清化顯然比文獻紀錄的時期早。換言之，粵語先民還未離開河南的時候，通語已經清化，時代應在唐代中葉，同一個時期雅言仍保有濁音一其清化比通語晚得多。聲調上，通語依聲母清濁由四聲變八調的時候，雅言仍只有平上去入四聲；粵語的陰入分上下，是到了嶺南後才發生的，起於底層語言的影響。

# 後記

漢語音韻學的終極目標是在探討漢語語音發展史。其核心工作有二：一是探討漢字音從古至今演變的規律，二是探討漢語方言之間的關係。用歷史語言學的概念來說，那就是歷史的連續性（historical continuity）；如用現代歷史學家的話比喻，那就是探討邏輯的眞實性。如何才能完整地爲漢語描繪歷史的連續性？我們在書裡提出文獻、方言與歷史人文活動三合一的觀點。如果文獻是地下考古文物，方言就是地上考古文物，歷史人文活動就是穿梭其間的歷史故事。如此說來，漢語音韻學應該是充滿趣味，生機盎然的一門學問。

傳統的漢語音韻學以文獻材料探討爲主要課題，把援引漢語史文獻當作鐵證如山，甚至以爲只要把文獻材料按時代排比就可以得出語言的連續性。這樣的觀念永遠無法了解什麼是邏輯的眞實性，也體會不到歷史學家所說「文學比史學更眞實」的深刻含意。簡單說，文獻是要經過邏輯辯證加以解讀的。

從二十世紀初年以來，漢語語音史研究從國外引進歷史比較法，在學界引起一陣旋風，以爲這門學科從此踏上科學之路。其實，當時引進中國的不是原汁原味、雄渾有力的歷史比較法，而是半信半疑、若即若離的比較法。如果是原汁原味的比較法，爲什麼執行了一個世紀還得不出歷史的連續性？

出於三合一的考量，我們沒有把上古音的討論收在書裡。作爲漢語音韻學的基礎知識，初學者的首要課題是把中古時期的文獻材料弄清楚；如果，從中古漢語到現代方言的變化都說不清楚，我們有什麼憑藉能把上古音說清楚？同時，就比較法的工作程序來說，上古音的重建必須建立在中古音的基礎上，掌握了中古音以後，往上延伸也就變得輕而易舉。

語音規律是歷史語言學的主軸，我們在相關的地方都盡可能用語音規律去說明。出於篇幅的考慮，我們沒有單獨立爲一章去討論。這有兩方面的原因。第一，我們把篇幅用來討論古代通語與現代方言的關係，包括閩客方言異同的起點，官話方言的發展，現代北京話的來源。第二，作者 2019 在商務所出《漢語語音發展史》第四章〈音變原則〉已有詳細的討論。有興趣的學者可以前往觀看。

最後，我要向海內外幾位學者表達誠摯的謝意。書稿寫完以後，我把稿件寄給他們審讀，承他們費心看稿，勘誤補缺，讓本書的錯誤降到最低。他們是：台灣大學中文系的李存智教授，廣東外語外貿大學的賈璐教授，台灣中央大學的鄭曉峰教授，東海大學的陳筱琪教授，台北市教育大學的張淑萍教授，福建泉州華僑大學的袁碧霞教授。

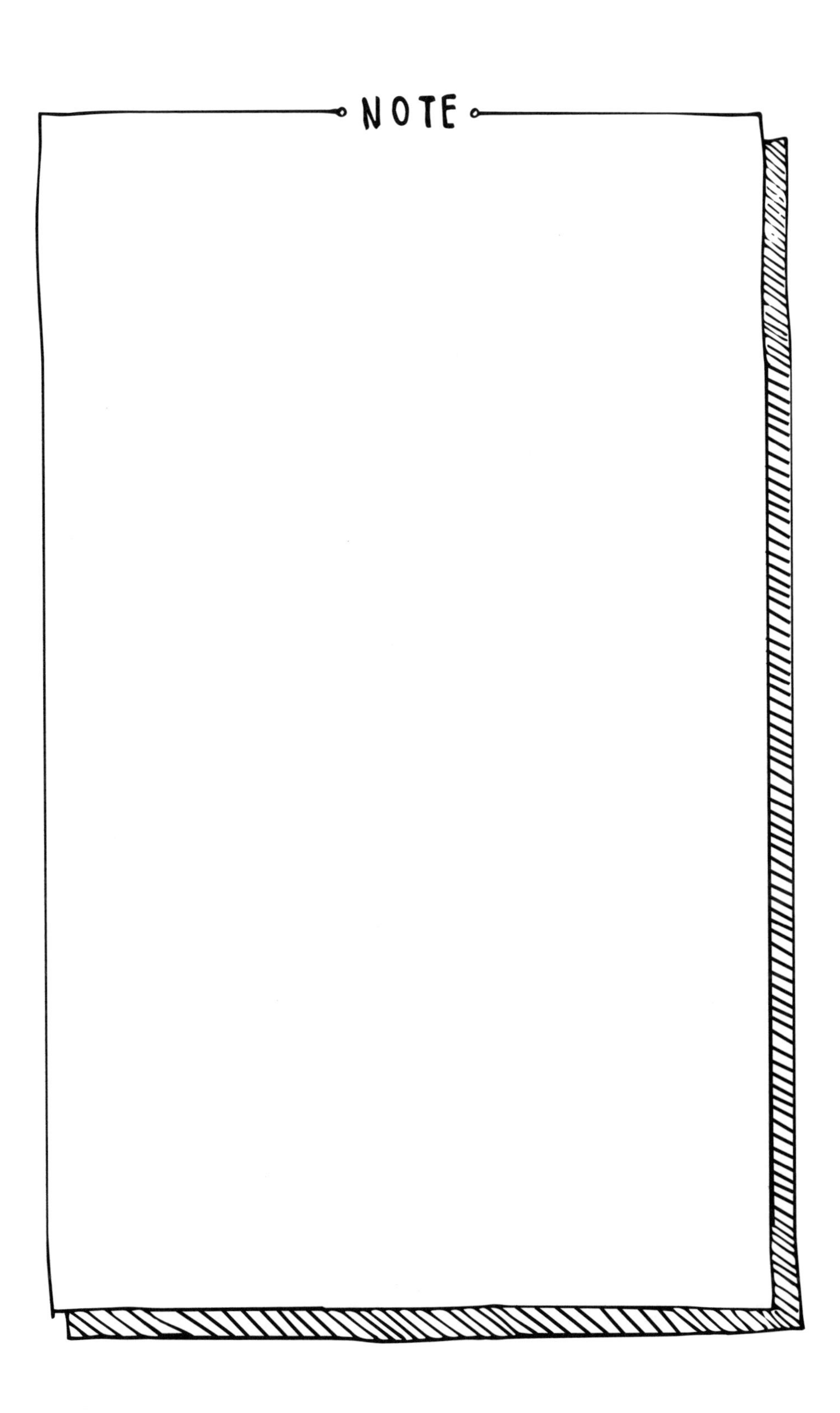
NOTE

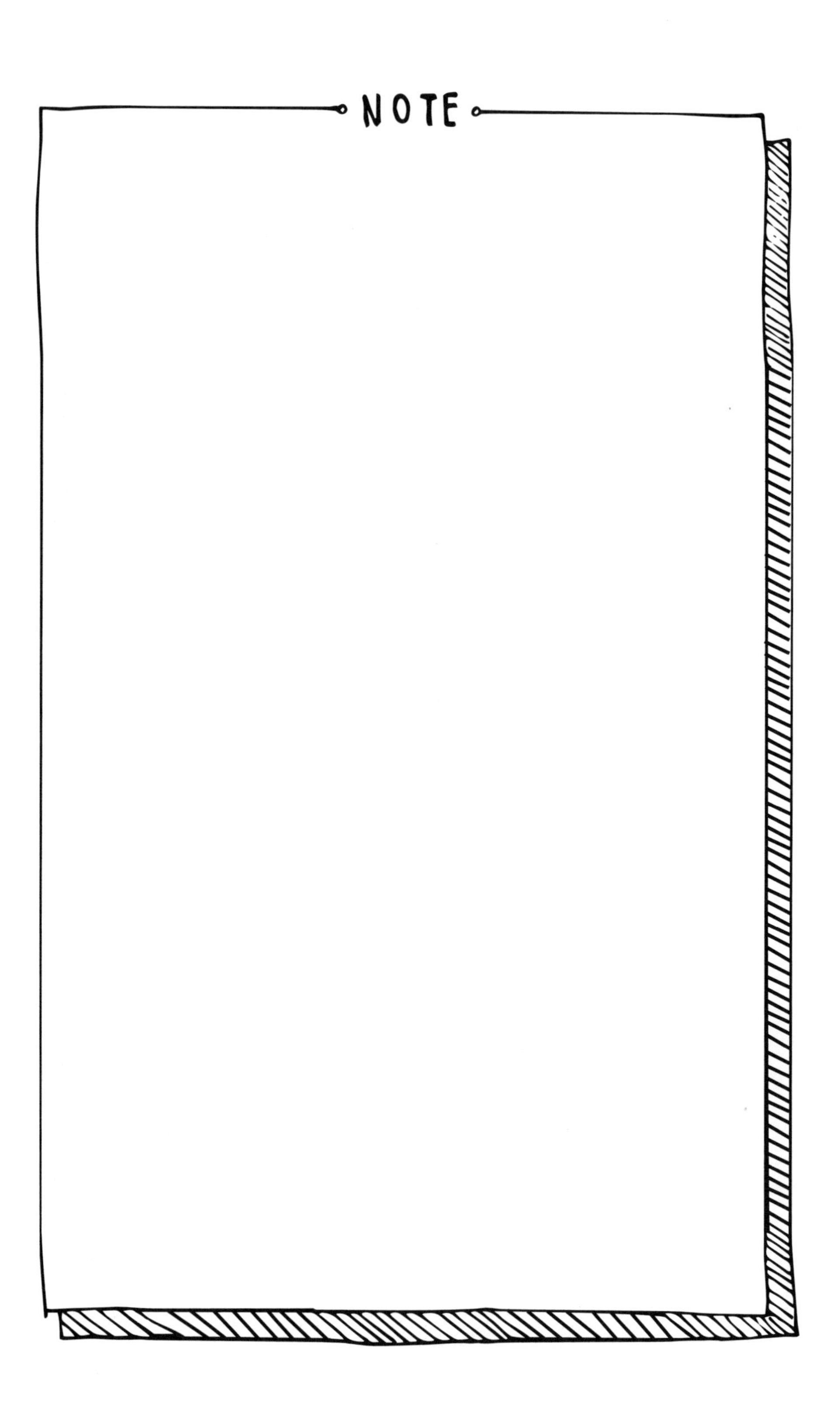
NOTE

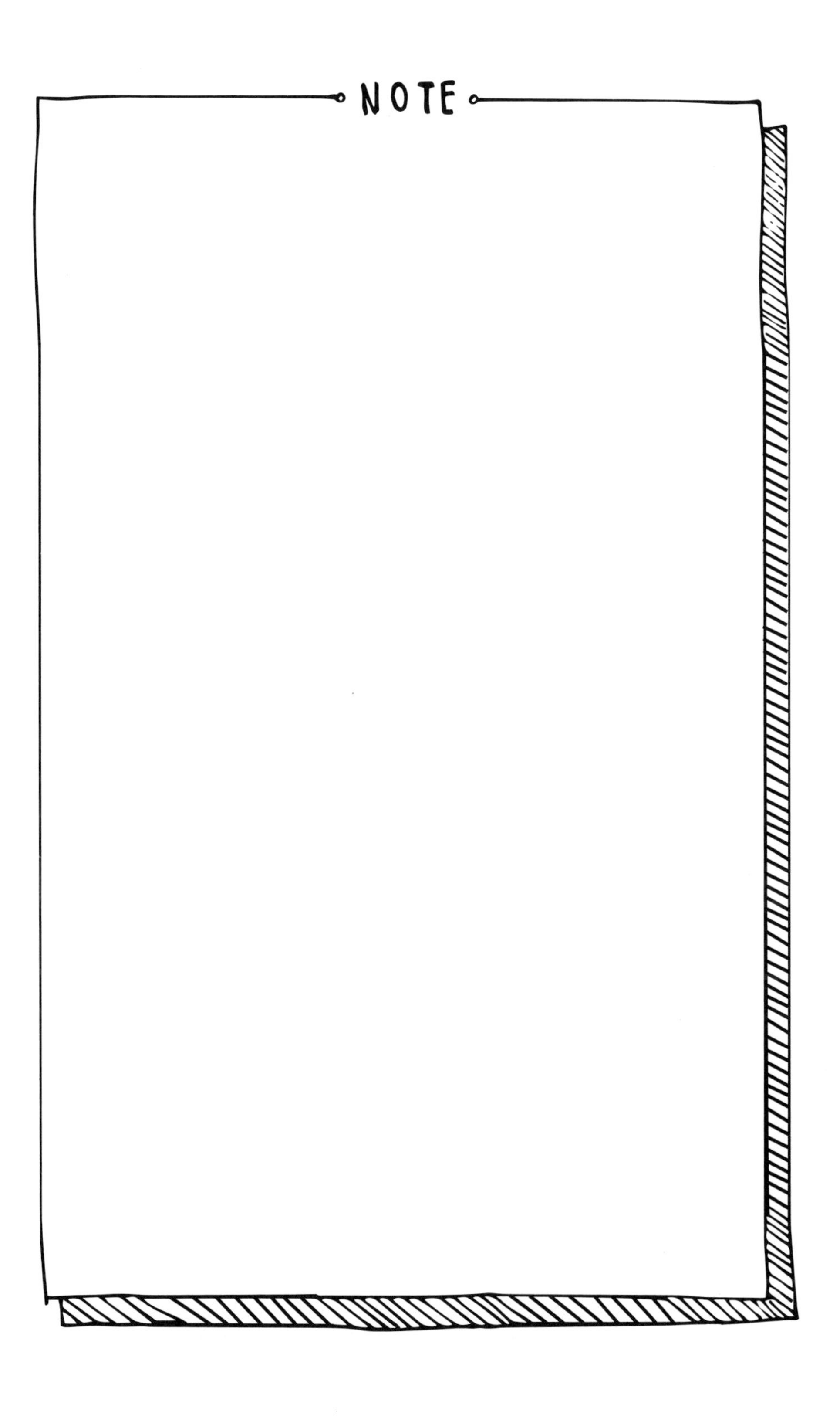
NOTE

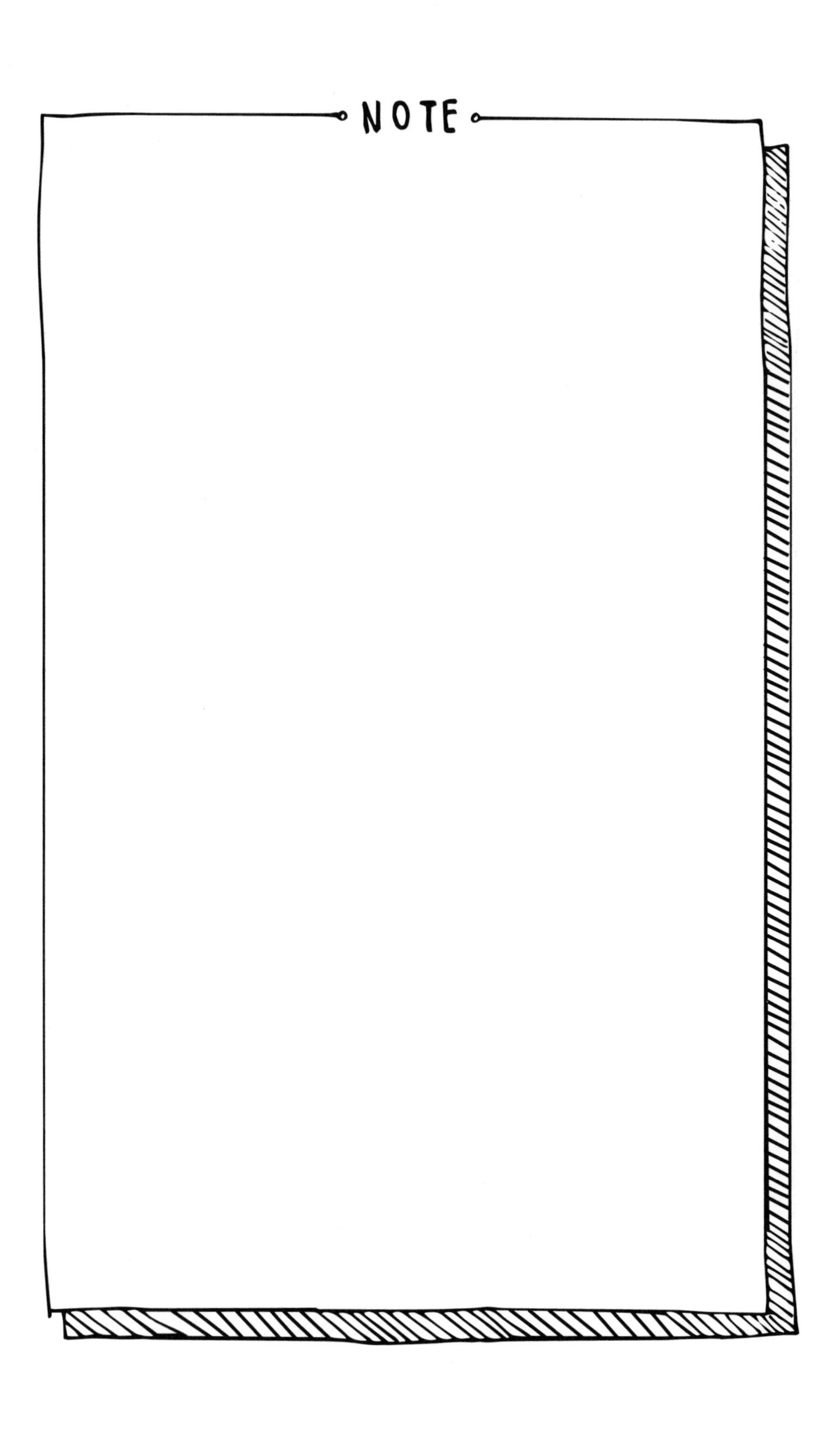
NOTE

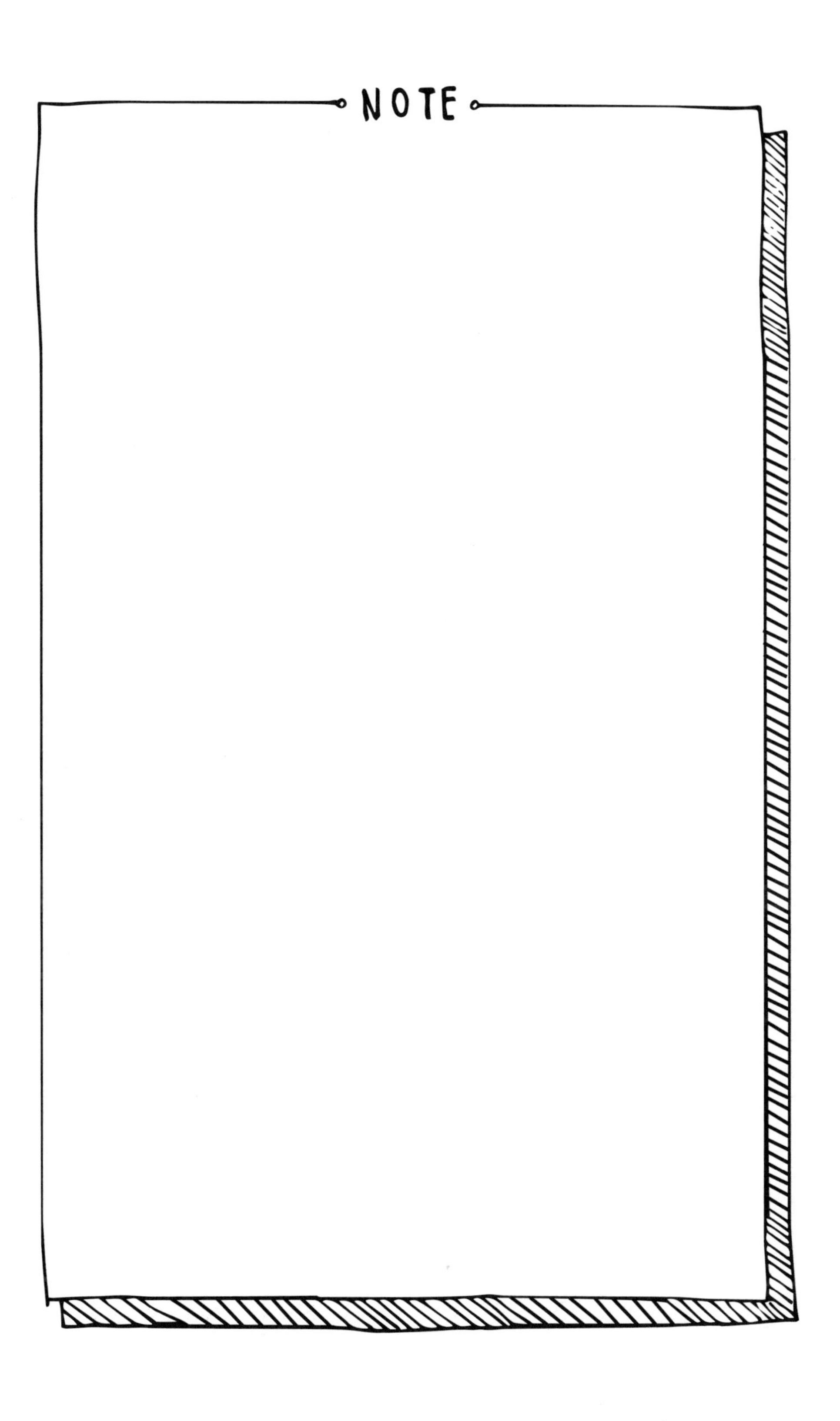
NOTE

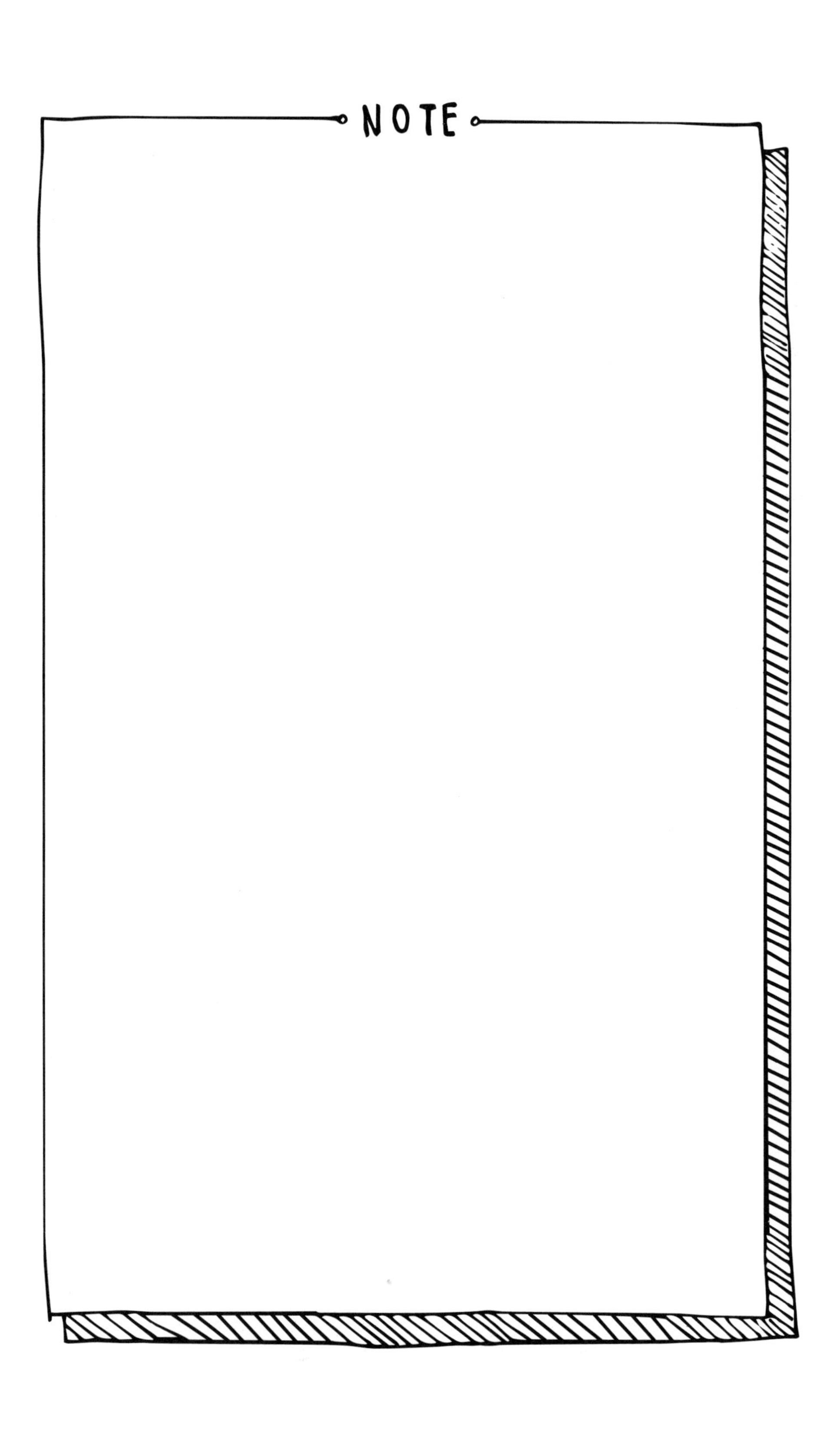
NOTE

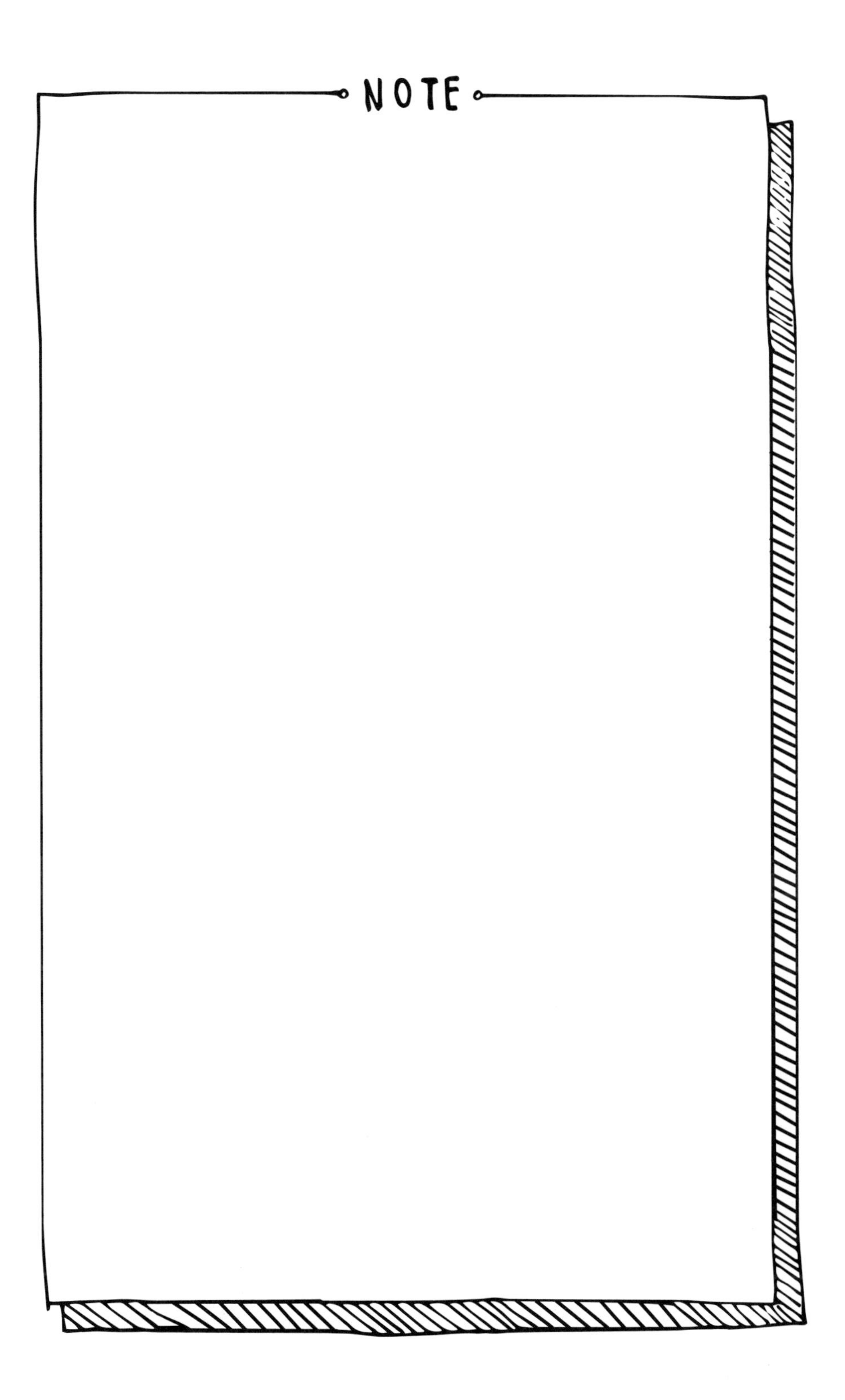
NOTE

國家圖書館出版品預行編目資料

漢語音韻引論／張光宇著. -- 初版. -- 臺北市：五南圖書出版股份有限公司, 2021.08
面； 公分
ISBN 978-626-317-030-8（平裝）

1.漢語 2.聲韻

802.4 110012403

1XLF

# 漢語音韻引論

作　　者 — 張光宇（200.9）
發 行 人 — 楊榮川
總 經 理 — 楊士清
總 編 輯 — 楊秀麗
副總編輯 — 黃文瓊
責任編輯 — 吳雨潔
封面設計 — 姚孝慈
美術設計 — 姚孝慈
出 版 者 — 五南圖書出版股份有限公司
地　　址：106台北市大安區和平東路二段339號4樓
電　　話：(02)2705-5066　　傳　　真：(02)2706-6100
網　　址：https://www.wunan.com.tw
電子郵件：wunan@wunan.com.tw
劃撥帳號：01068953
戶　　名：五南圖書出版股份有限公司

法律顧問　林勝安律師事務所　林勝安律師

出版日期　2021年 8 月初版一刷
定　　價　新臺幣320元